一首詩的故事

A POEM'S STORY

王盈雅 著

【插畫新版】

煮一壺咖啡或泡一杯茶，
走進這100篇讓人淺酌低吟、回味再三的動人故事，
在詩詞曲賦的天地中，覓得真摯情感的蹤跡。

好讀出版

作者自序

一百個繽紛多彩的詩詞小天地

國中一年級的暑假，一個熱到讓人昏昏欲睡的夏日午後，父親扛了一箱書進了家門。有新書可以看，對我們來說是件興奮的事，我們圍到箱子旁邊，迫不及待拆開封條。映入眼簾的是三十六本紅色封皮的套書，封面還用燙金古典字體寫著「中國文學欣賞精選集」，——看到書名，我們的熱情立刻冷卻，因爲那樣有「學問」的書，對還在讀國中國小的學生而言，就是代表了「枯燥」兩個字，沒什麼好看的。這套書，成了書櫃裡的擺飾品，我們只有在寫作業需要找資料的時候，才會將它們從「冰宮」裡解放出來，還算是挺好用的工具書。

原本以爲，那些並不容易閱讀的所謂古典詩歌，不會成爲我生活中的一部分，雖然課本裡總是會出現幾首詩詞作品，對於語文底子還不差的我來說，應付考試其實綽綽有餘。直到大學放榜，知道自己考上了中文系，我才終於知道，國一的那個暑假，與擁有火紅燙金外表的「它們」相遇，是我早已註定的宿命！

大學四年，每當我們抱著重死人不償命的大部頭書，出現在校園裡的時候，只要遇到其他科系的朋友，一定會出現這樣的「讚嘆」聲：「哇！了不起！《說文解字》耶！」「《中國聲韻學大綱》，好有學問喔！」接著一定再問：「你們等一下要上什麼課啊？」無辜的我們回答：「詞曲選及習作。」然後又會看到對方「崇拜」的眼神：「聽起來好浪漫喔！」最常聽到的，是這種自暴自棄的聲音：「唉！就是沒那慧根，完全看不懂那些詩啊詞的！」

事實上，真的一切都是誤會啊！會唸所謂有「氣質」的中文系，真的只是聯考分發的結果；至於為什麼會把中文系填進志願裡，我的理由很簡單，因為根本沒有學數理的腦筋，被數學折磨多年的我，唸個中文系總可以逃離數學的魔掌了吧？所以，我唸中文，絕對沒有任何能跟浪漫扯上關係的原因，也肯定不是因為我有慧根！

也許是老天特別眷顧，這些古典詩詞歌賦並沒有太過為難我，而我也發現，它們並沒有想像中那麼地難以親近。只是那樣的用語文字，畢竟已經不是現在的我們會在日常生活中使用的了，感覺有距離是當然，而市面上許多有關古文或詩詞著作的書籍，雖然解釋詳盡，雖然專業嚴謹，卻少了那麼一點親和力，要是沒有一些文學基礎，恐怕看不到一分鐘就放棄了。但是，這些中國前人留下來的文化瑰寶，千錘百鍊的心血結晶，難道就註定該被冷落在書店的一角，永遠被當成考試的參考書嗎？

現在，請你泡一杯咖啡，或是溫一壺茶，靠著舒服柔軟的抱枕，暫時拋開「中國詩詞」盡是枯燥乏味的刻板印象，輕輕鬆鬆、沒有負擔地，走進這一百個或有趣、或溫馨、或纏綿悱惻，也或是能讓你心有所感，繽紛多采的詩詞曲小天地吧！

目次

一先秦、兩漢一

一隋唐一

一 五代、宋 一

一遼金元明一

一清一

先秦、兩漢

北方有佳人，絕世而獨立。
一顧傾人城，再顧傾人國。
寧不知傾城與傾國？佳人難再得！

1 廚師爺的故事

無名氏

高雄市前鎮區的衙華街上，有一間全台唯一的易牙廟。農曆六月二十八日，是易牙的誕辰，高雄市政府會在這一天，於易牙廟舉行祭祀大典。現場不但準備了「君臣宴」共八大八小菜色，且一切儀式遵循古禮進行，盛大莊嚴且隆重，已經成爲高雄市每年觀光季的重頭戲之一。

說了這麼多，你一定很好奇，「易牙」到底是何許人物？

看過周星馳的電影《食神》嗎？中國是個多神信仰的民族，任何大大小小的事情都有個代表神或守護神。神話傳說中有三個食神，一個是伊尹，一個是彭祖，另一個就是易牙；然而訪問現在的餐飲業或是廚師，卻沒有多少人知道「易牙」是食神。餐飲業者習慣祭拜「土地公」或「關聖帝君」，因爲祂們是「財神」，若說要祭拜手藝精湛的易牙，那應該是廚師的事情，但實際上奉祀易牙的廚師卻寥寥可數。能夠被奉為食神的易牙，想必有一手好廚藝，但為何信仰他的人並不多呢？這該是與易牙的人品有關！

易牙，也有人叫他狄牙，是春秋時代的齊國人。他本來是民間的廚師，善用五味調味料的他，做出來的菜，色、香、味俱全，不但美味可口，讓人唇齒留香，還首創養生食療餐飲，有很多創新點子，因此名氣漸大，後來就傳到了齊桓公的耳裡。

剛好當時齊桓公一個愛妾生了病，怎麼治都沒有起色，聽說易牙有養生食譜，就把他召進宮中，命令他照顧這位愛妾的膳食。易牙抓到機會表現，當然竭盡心力研究菜色，後來愛妾吃了他所做的菜，精神與氣色都慢慢變好，齊桓公非常高興，就把易牙留在宮中當御廚，負責打點齊桓公的三餐。

易牙當了御廚之後，每天絞盡腦汁地創作不同的菜色，迎合齊桓公的胃口，深得齊桓公的喜愛，搖身一變成為寵臣。齊桓公只當他是個傑出的廚師，卻不知易牙也有政治野心，而且為了達到目的，已經到了喪心病狂的地步。

有一天，齊桓公用餐之後，酒足飯飽，卻突然嘆了一口氣，跟易牙說：「有你在我身邊，我算是快吃遍天下美食了。只可惜，我還沒吃過你烹煮的人肉呢！」旁人聽了，也許只當齊桓公說玩笑話，易牙卻是牢記在心，回家之後竟然冷血殘酷地殺了自己的兒子，煮了一道蒸肉大餐，恭送到齊桓公面前，請他品嚐。知道眼前這道菜的材料是易牙的兒子，齊桓公的反應竟然是感動不已，大讚易牙是個忠心爲君的賢臣！

齊桓公的宰相管仲，知道易牙烹子的暴虐行徑之後，知道他將來必定禍亂齊國，力勸齊桓公小心防範，他告訴齊桓公：「易牙這人連自己的兒子都能殺，還有誰是他下不了手的？」一直到他臨終之前，還是一再勸誡齊桓公要除去易牙，齊桓公卻沒把他的話放在心上，照樣重用易牙，後來果然自食惡果。

齊桓公生病之後，易牙就開始造反謀亂，還假借桓公名義趕走宮中侍衛，不給臥病在床的桓公吃東西，桓公就這樣給活活餓死。臨死之前他想起管仲的話，後悔得搥胸頓足，但一切都來不及了。

而在彭祖的封地彭城，曾經流傳這樣一首古詩：

雍巫善味祖彭鏗，三坊求師古彭城。

九會諸侯任司庖，八盤五簋宴王公。

詩開頭的「雍巫」，指的就是易牙。由詩中可以知道，易牙的高超廚藝能與彭祖一較高下；單就技藝而言，易牙絕對夠資格被尊稱為「食神」，但他泯滅人性，不惜殺掉兒子換取高官厚祿的無恥瘋狂行為，徹底掩蓋了他的才華能力。中國人向來講求忠孝仁義，如何能夠接受如此低下人品的小人被尊奉為神？他的名字之所以被刻意掩埋，可以看出中國人對人性、對道德的良知表現。

受人尊重與否，與容貌、才幹其實沒有多大關係，只在於一顆心，一顆懂得關懷、知道憐憫，有溫度的心啊！

李延年

2 絕代佳人

話說西漢武帝時候，有個人叫李延年，因爲年輕的時候曾經犯法，而被處以「腐刑」（閹割男子生殖器的刑罰），爾後被派發在宮中，以「太監」的名義管理犬隻，稱爲「狗監」。雖然做著卑微的工作，但是李延年頗富音樂細胞，不僅歌唱得很棒，也會作詞作曲；他的卓越能力很快就傳到了漢武帝耳裡，武帝本身也喜歡音樂，就拔擢他當內廷的音律侍奉，是專門寫歌或唱歌，爲漢武帝消愁解悶的表演者。

李延年有個妹妹叫李妍，她有著如白雪般光滑細緻的肌膚，笑容甜美誘人，一雙水汪汪的美麗眼睛總勾人心魂，身段窈窕，舞姿曼妙，是個不可多得的絕色佳人。因爲家境貧寒，李妍被迫淪落風塵，但她的豔名早已遠播，不知道迷死了多少公子哥兒。俗話說「人往高處爬」，李延年也想出人頭地，而李妍的美麗更不應該埋葬在柳巷青樓裡，如果能讓李妍進宮，專寵於武帝一人，榮華富貴想必是垂手可得。

只是，如何才能讓妹妹順利獲得武帝召見呢？靈光一閃，精通音樂的他寫下了〈佳人歌〉：

北方有佳人，絕世而獨立。一顧傾人城，再顧傾人國。

寧不知傾城與傾國？佳人難再得！

這首詩歌的意思是，北方有位絕代佳人，過著與世隔絕的生活，脫俗而出眾。當她回眸一笑，守衛城牆的士兵都為她放下武器，使得城牆失守；當她回頭望向一國之君，恐怕國君也將為她迷失，國家因而毀滅。但是難道您不知道就算會讓城牆倒塌、國家滅亡，這樣的佳人卻是稍縱即逝、千載難逢的啊！

這一天，武帝一臉倦容的回到內宮，李延年見機不可失，馬上就向武帝稟告，說他作了新曲想讓武帝欣賞，解解武帝的煩悶，武帝也就准了奏。於是，宮中樂師開始演奏〈佳人歌〉，由李延年親自演唱。

歌一唱完，武帝輕聲一嘆說：「世界上真的有這樣的佳人存在嗎？」

李延年馬上奏稱：「聖上不需嘆氣，世上的確眞有這樣的絕色呀！」

武帝眼睛一亮：「當眞？在何處？」

李延年回答：「舍妹李妍正是詩歌中的女主角！」於是武帝立刻下令召李妍進宮。

李妍出身娼館，舉手投足、一顰一笑，都跟宮中那些拘謹莊重的嬪妃大不相同，帶給武帝完全不一樣的感受。武帝一見她就暈了頭，疼愛珍寵的程度，竟然是連著三天都不上朝，眼裡、心裡都只有她，並且立刻封她爲「夫人」。李妍能夠專得武帝的寵幸，完全是哥哥李延年從中牽線，她當然知恩圖報，在武帝面前爲兄長說了不少好話。因爲她，李延年不久就被封爲協律都尉，是當時專門管理樂歌的機關「樂府」的最高長官，連弟弟李廣利都貴爲貳師將軍海內侯。李氏一家，由於李妍受寵，可說是顯赫一時。

一年後，李妍生下兒子，受封爲昌邑王，但她卻因爲生產元氣大傷，日漸憔悴，纏綿病榻。當武帝心急如焚前來探望時，李妍卻怎麼樣都不肯見他，武帝只有無奈又生氣地離去。其他宮女對李妍的行爲百思不解，責怪她惹皇帝不悅，恐怕會招來災難。

李妍這才哭著說：「聖上因爲我的姣好容顏才專寵於我，如果讓他看到我這樣醜陋憔悴的樣子，恐怕對我再也不會有任何愛意了！日後又怎麼還會照顧我的家人與兒子呢？」原來，有著絕世容貌的她，也有絕頂聰明的心機。就因爲武帝心中只記得她的美與好，當她香消玉殞以後，武帝心痛難當，對她的家人也眞的照顧有加，李妍的用心果眞沒有白費。

李妍雖然出身低微，但也因爲如此，看盡人生的現實與醜惡，她知道外表只是短暫的表相，青春美貌總有逝去的一天，智慧才是眞正有用的東西。一夕之間「飛上枝頭當鳳凰」的她，不但保留了武帝對她的愛，也讓她的家人倖免於難。眞正聰明的女人，該要多多充實內涵，別只在意外貌的光鮮亮麗。記得，頭皮下的東西，絕對比頭皮上的東西來得實在有用喔！

卓文君

3 無「億」詩

現在四川邛崍縣城文君公園內，有一口文君井。文君井的泉水純淨明亮，終年不會乾枯，也不見它滿溢出井口，用這口井的泉水煮茶，芳香甘甜，令人回味無窮。傳說中，這口文君井，就是西漢時司馬相如與卓文君用來煮茶賣酒的用水來源。卓文君夜奔司馬相如的傳奇故事，這口井留下了見證。

司馬相如，字長卿，蜀郡（今四川）成都人，擅長寫辭賦。他原本是西漢景帝的武騎常侍，但後來覺得這個職務不是他所喜歡的，就辭職投靠在梁孝王門下，沒想到後來梁孝王死了，他只好回到四川，投奔在臨邛當縣令的好友王吉。當時的臨邛有個富豪叫卓王孫，據說家中有八百個家僮。卓家以冶鐵致富，是當時臨邛的鉅富，擁有千萬公頃的良田，富麗堂皇的華廈，當然金銀珠寶、古董珍玩更是多得數不清。卓王孫聽說成都才子司馬相如回到四川，因爲欣賞他的才華，就邀請司馬相如到家中作客。

卓王孫有個女兒卓文君，年方十七歲，美麗大方，琴棋書畫樣樣精通，卻因爲父親想要高攀權貴，把她嫁給一個過氣官吏的兒子，誰知道她過門不久，這兒子就因爲癆病過世了，卓文君新婚不到半年就守寡，又回到了娘家。她早就聽聞了司馬相如的名聲，當司馬相如到家中作客，她當然想看看這位才子的廬山眞面目，但她畢竟是個寡居的女子，不方便露面，只好躲在屏風後面偷看。而她含羞帶怯、遮遮掩掩的倩影，讓眼尖的司馬相如看見了。卓文君的美麗聰慧早已聞名，司馬相如說什麼也不能放過機會，靈機一動，手一揚，琴聲跟著響起，卓文君也懂音律，她一聽旋律就羞紅了臉，因爲這首曲子名叫〈鳳求凰〉，這可不是司馬相如以琴傳情，在對她表達愛慕之意嗎？

當天晚上，卓文君收拾了簡單的行李，悄悄走出家門，司馬相如正等在門口，文君嫣然一笑，心有靈犀的兩個人，就這樣手牽著手，一起走向未來的人生。

卓王孫知道女兒與司馬相如私奔之後，大發雷霆，對外聲明與女兒斷絕關係，卓文君的死活再也不關他的事。他的聲明，反而給了他倆一條活路。司馬相如雖有滿腹文采，卻抑鬱不得志，沒官做就算了，根本是個身無分文的窮小子，當卓王孫的狠話傳到他們耳裡，卓文君就決定不再顧忌父親的身分地位，兩人竟然在臨邛的街上開了一家小酒館，做起生意來。只見卓文君布衣布裙，不施脂粉地當街賣酒，司馬相如更是當起店小二，忙裡忙外地招呼客人。這酒館一開，轟動地方，卓王孫簡直是氣到快中風，覺得自己丟臉丟到家了，但是親朋好友都勸他退讓一步，別讓女兒、女婿在外拋頭露面。最後，他妥協了，給了他們房子，也給了百萬嫁妝，小夫妻總算有了安穩的生活。

之後，漢武帝即位，非常欣賞司馬相如寫的〈子虛賦〉，經過狗監楊得意的引薦，他獲得漢武帝召見，隨即又竭盡所能爲武帝作了〈上林賦〉，武帝龍心大悅，封他爲中郎將，這下他總算是出人頭地了。只是，春風得意的司馬相如，應了「飽暖思淫慾」這句話，在長安樂不思蜀的他，已經忘了與他共患難的妻子卓文君，甚至有了見異思遷的念頭。他派人給卓文君送去一封信，信裡只有「一二三四五六七八九十百千萬」十三個數字，別人是丈二金剛摸不著頭腦，聰明的卓文君可是一看就懂了。

「一二三四五六七八九十百千萬」，不就少了「億」嗎？無「億」不就是無「意」？他對自己已經無意了啊！卓文君強忍心中的委屈與悲憤，也寫了一首詩回覆，這就是〈怨郎詩〉：

一別之後，二地相思，只說三四月，又誰知五六年。

七弦琴無心彈，八行書無可傳，九連環從中折斷，十里長亭望眼欲穿。百思量，千繫念，萬般無奈把郎怨。

萬語千言說不完，百無聊賴十依欄，

重九登高看孤雁，八月中秋月圓人不圓。

七月半燒香秉燭問蒼天，六月伏天人人搖扇我心寒。

五月石榴如火偏遇陣陣冷雨澆花端，四月枇杷未黃我欲對鏡心意亂。

三月桃花隨水轉，飄零零，二月風箏線兒斷。

噫，郎呀郎，巴不得下一世你爲女來我爲男。

看出來了嗎？她用了司馬相如所寫的「一二三四五六七八九十百千萬」，嵌在詩中，由小到大，再由大到小，層層相遞，不但是技巧高明，也把對於丈夫的寡情薄義與自己的心寒心碎表露無遺，淒婉哀怨的詞句讓人看了不忍。司馬相如看完詩，愧疚自責不已，親自回四川把文君接到長安，從此不再有貳心。

爲了成全自己想要的愛情，卓文君叛離父親，夜奔心上人。她的勇氣、她的自信，與不回頭的決心，爲中國的自由戀愛史開啓新頁，也爲被禁錮在傳統禮教束縛中的中國女子，樹立了一個永難磨滅的典範。而知道丈夫有背離之心的時候，她也不哭不鬧，運用智慧與深情，喚回丈夫的心。難怪那口井要名爲「文君井」，卓文君，的確是該被記住的名字。

一個人想要什麼樣的幸福，該是自己去付出與爭取的，往前走，也許會遇到挑戰與困難，但如果不跨出那一步，幸福，永遠只是天邊的一道彩虹，那麼遙不可及啊！

曹植

4 本是同根生，相煎何太急！

曾在母親節前夕看到這樣的新聞：四個女兒因爲財產問題，上法院控告母親與弟弟，要法院強制執行分割財產。看著新聞裡爭吵的姐弟與流淚無奈的母親，實在難以形容心中的感慨，爲什麼現在的親子手足之情，總是抵不過金錢的誘惑？爲了金錢，可以不顧血濃於水的感情而對簿公堂，甚至演出流血事件呢？

俗話說，歷史是一面鏡子，我們從歷史中看到了前人的故事，卻爲何總不能引以爲鑑？親子相殘的悲劇，似乎從有了皇帝開始，就不停在歷史中上演……。

被人稱爲一代奸雄的曹操，總共有二十五個兒子，其中以長子曹丕與三子曹植最爲人所知。曹丕是一個深懷心機也最有雄才大略的人，當曹操自封魏王，爲了立誰當儲君猶豫不定的時候，曹丕就積極努力地表現自己，希望能夠得到曹操的歡心。但是，當時的曹操比較喜歡他的弟弟曹植。曹植從小聰明，而且文筆才華出色，詩歌藝術成就很高，曹丕雖然也會寫詩，但他的文才比起曹植來就遜色了一點。曹操本身是文學家，也是建安時期文學新局面的開創者，自然對曹植較爲偏愛。曹植文學成就高，對政治也有一番抱負，時常用詩歌來表達他希望爲國家建功立業的期望，這一點也讓曹操非常滿意，因此當時曹操心中世子的第一人選，可以說就是曹植了。

曹植的受寵，直接威脅到曹丕的地位，他當然不會輕易放棄，除了更加爭取表現的機會，也開始暗中耍詭計，破壞曹植在曹操心中的印象；再加上曹植的個性比較任性，常常會忘記宮中的規矩，甚至違背曹操的命令，最後他因爲喝醉酒誤了大事，曹操火冒三丈，對他失望到極點。於是曹植失寵，世子位置也拱手讓給了曹丕。

心胸狹窄的曹丕，即使後來當上了皇帝，還是把曹植當成心腹大患，怎麼樣看都不順眼，甚至想要殺了他，永絕後患。但他跟曹植畢竟是同父同母的親兄弟，沒有任何理由就殺曹植，恐怕世人會對自己有不好的評語，因此他一直苦無機會下手。

建安二十五年，曹操在洛陽病逝，當時曹植剛好不在曹操身邊，曹丕就以此爲理由召曹植進京，要治他死罪。這個消息讓兩人的母親卞太后知道了，卞太后爲曹植求情，希望曹丕看在手足情分上放過曹植。曹丕不敢違背母親的意思，但又不甘心這樣放過曹植，心裡非常煩亂。這時候，他的謀士華歆給了他一個建議：「大家都說子建（曹植的字號）才華出眾，可以出口成章。既然這樣，主上您可以試試看他的功力，如果他做不到，就殺了他；就算他做到了，也可以貶了他！」

曹植忐忑不安地來到了曹丕面前請罪。曹丕說：「我跟你雖然是親兄弟，但也是君臣關係，今天你犯下這樣的罪過，本來死罪難逃，但是看在兄弟的情分上，我給你一次機會。如果你能在七步之內作出一首詩來，我就免了你的死罪，如果作不出來，我一定治你重罪，絕對不會饒恕你！」

這樣的要求，讓在場文武百官都爲曹植捏了一把冷汗。曹植看著自己的親哥哥，實在是心痛如絞，雖然他一直都知道曹丕當自己是眼中釘，但萬萬沒想到曹丕對他的怨恨已經到了要他命的地步。他踏出了一步，又一步，每一步都像有千斤重，每一步都關係著自己的性命！終於，他走完了七步，當曹丕正想下令的時候，他開口了！

煮豆持作羹，漉豉以爲汁。
萁在釜下燃，豆在釜中泣。
本是同根生，相煎何太急？

詩歌一出口，全場寂靜無聲，每個人都被詩中的沉痛與無奈給震撼了！曹植想說的，全在詩裡面表達出來了。我們是同父同母的親兄弟啊！我的才華與智慧眞的讓你這麼深惡痛恨嗎？你怎麼能夠把我逼到這樣的地步呢？

曹丕愣住了，他知道曹植藉著這首詩在諷刺他，提醒他：自己有多麼無情無義，冷血的程度，是到了想要親兄弟的命，他怎麼眞是這樣的人呢？一時之間，他無言以對，泯滅的良知似乎在那時被喚醒了。曹植做到了他的要求，君無戲言，他只能饒了曹植的死罪，但還是將曹植貶爲安鄉侯。之後，曹丕雖然不再對曹植趕盡殺絕，卻仍無法消除對曹植的猜忌與防備，於是把曹植一貶再貶，曹植遭受這樣的迫害，終於抑鬱死去，一代才子享年只有四十一歲。

俗話說「百年修得同船渡，千年修得共枕眠」，那麼成爲手足的緣分，又要修多少個百年、千年呢？能夠擁有手足，從小一起玩耍作伴，成長之後互相扶持依靠，該是多麼溫暖美好的事啊！名利、金錢也許是需要，但怎麼能讓它們全然蒙蔽了心靈、抹去了良知，甚至糟蹋了這樣的情分？請好好珍惜你的「兄弟姊妹」吧！

隋唐

朱雀橋邊野草花，烏衣巷口夕陽斜。
舊時王謝堂前燕，飛入尋常百姓家。

薛道衡

5 名震君王，才子遭妒

朋友近來晉升為單位主管，升官是喜事，責任卻也加重了。新官上任的他，事情就像在一夜之間冒出來一樣，工作量變成從前的好幾倍，常常晚上邀約一起吃飯，他都只能苦笑婉拒，更常在公司待到深夜十一、二點才下班。看他如此辛苦，我總是三不五時就勸他不要這麼拚命，把身體搞壞可就什麼都甭做了。他微笑說知道，卻又加上一句：「其實我是滿心甘情願這樣拚命的！」好奇問他原因，他說：「能坐上這個位置，是我的主管拉了我一把，而且他對我是完全信任，叫我儘管放手去做，從來不會干涉我做的任何決定。眞的很謝謝他，所以不管再累，也想做一番成績給他看！」

有句話說：「用人不疑，疑人不用。」相信許多上班族都夢寐以求這樣的主管，只是依筆者所見所聞，這樣的主管是稀有動物，最常遇到的，是那種心胸狹窄，認為自己的能力足夠壓制下屬，甚至下屬表現優秀的時候，還會刻意打壓的豬頭主管。

薛道衡是隋朝的大詩人，字玄卿，出生於東魏孝靜帝時，祖父薛聰做過東魏的齊州刺史，父親薛孝通則做過常山太守，薛家可以說是一個典型的官僚家庭。薛道衡六歲那一年，遭逢喪父之痛，但小小年紀的他很懂事，仍然專心努力地讀書，非常用功。十三歲的時候，薛道衡讀了《左氏春秋傳》，把這本古籍背得滾瓜爛熟的他，不但不看書就能將裡面的故事與道理講得頭頭是道，而且因為敬佩春秋時代鄭國大夫子產的德政與功業，就寫了一篇〈國僑贊〉，用語文字超乎實際年齡的成熟，讀過這篇文章的人都對他的文采讚嘆不已。

薛道衡成年後受到北齊政府的召用，做到太尉府主簿，而且與北朝當時的詩人盧思道、李德林齊名，彼此交情很好。之後薛道衡升官，先後做了中書侍郎以及太子侍讀，北齊被北周滅了之後，他又在北周做過御吏二命士、司祿上士等官職。

西元五七九年，北周被外戚楊堅篡位而滅亡，隋朝建立，楊堅即位為隋文帝。薛道衡的才華與能力仍然受到楊堅的賞識，先是讓他做了淮南道行臺尚書吏部郎，兼管文書，等到滅了陳，完成統一大業後，又把他升為吏部侍郎，後再升內吏侍郎，還加封上開府儀同三司。因為寫詩作文的傑出才能，薛道衡很受楊堅的重用，官位是越做越高，當然就成了各路人馬逢迎諂媚的對象，不管是太子還是王公貴族，全都爭著跟他攀交情，地位可見一斑。只是隋文帝楊堅向來疑心病重，他怕薛道衡掌權太久會生變，後來把他調離中央，派他去做襄州總管，薛道衡照樣把襄州治理得井井有條，而且清正廉明，甚得當地百姓的愛戴。

薛道衡的文筆雖然還存有之前齊梁時候華麗的氣息，但已顯現出雄健清新的筆觸，當時隋朝很多應用文章都是他寫的，另一位賢臣房彥謙稱他爲「一代文宗」。他所寫的樂府詩〈昔昔鹽〉，不但在當時被爭相傳閱讚揚，也流傳至今成了不朽名作。

垂柳覆金堤，蘼蕪葉復齊。水溢芙蓉沼，花飛桃李蹊。
採桑秦氏女，織錦竇家妻。關山別蕩子，風月守空閨。
恆斂千金笑，長垂雙玉啼。盤龍隨鏡隱，彩鳳逐帷低。
飛魂同夜鵲，倦寢憶晨雞。暗牖懸蛛網，空梁落燕泥。
前年過代北，今歲往遼西。一去無消息，那能惜馬蹄？

這是一首閨怨詩，是描寫少婦獨守空閨，思念遠方良人的情詩。薛道衡把少婦的思念之情寫得絲絲入扣，雖然用語並沒有太多創新，但其中那句「暗牖懸蛛網，空梁落燕泥」，意思是灰暗的窗戶掛著蜘蛛網，空蕩蕩的屋梁上掉下了從前燕子銜來築巢的泥巴，把少婦那份無人理會的悲苦表現得透澈貼切，成了大家口耳相傳的名句。

隋煬帝楊廣即位之後，薛道衡已經是名揚文壇的領袖，但是楊廣自己也會寫詩，心高氣傲的他，妒忌薛道衡的文采，故意把他降爲潘州的刺史。大業五年，薛道衡被召回京城，上書〈高祖頌〉給煬帝，批評時政，煬帝非常不高興，不屑地說他的文章僅會堆砌華麗詞藻而已，只讓他當司隸大夫。沒想到其他早就眼紅薛道衡成就的御史大夫，又在煬帝耳邊煽風點火，說薛道衡自認爲是當代第一才子，根本不把煬帝放在眼裡，煬帝本來就個性暴躁又剛愎自用，火冒三丈的他馬上下令把薛道衡關進大牢裡，最後下令絞死薛道衡。據說，在薛道衡行刑之前，煬帝還冷冷地笑著問他：「現在你還作得出『空梁落燕泥』這樣的詩句來嗎？」隋朝威望最高的大詩人薛道衡，死在主子的忌妒心之下，享年六十九歲。

他人擁有傑出才華，絕非他的過錯，我們應該要有雅量給予真心的讚賞，並且「見賢思齊」，努力充實自己，還怕哪一天不能變成別人羨慕的對象嗎？因爲忌妒而四處與對方作對，只是顯得自己小心眼啊！

太原妓

6 半是思郎半恨郎

在老一輩的觀念裡，只要過了中秋節，氣溫將會日漸下降，也代表著時序即將入冬。雖然在寶島台灣，四季分別並不明顯，時常過了中秋，氣溫仍是居高不下，然而只要想起中秋節，似乎就會感到一陣清澈涼意，總讓人引頸期盼著呢！

「中秋」這個詞彙，最早在古籍《周禮》出現，因爲八月是一年之中居中的月分，處在春、夏、冬三個季節之間，十五日又剛好是月中，所以就把八月十五日叫做「中秋」。至於中秋賞月的習俗，大概是到了魏晉時代才開始的，而到了唐代，有更多的文人雅士選擇在中秋賞月，寫了許多有關月亮的詩句，唐代著名詩人歐陽詹，甚至在一首名爲〈長安玩月詩〉的詩前作了序，說明爲什麼中秋適合賞月。從此以後，中秋節成爲中國人除了春節之外的第二個重要節日，是闔家團圓歡聚的好日子。

「十一度圓皆好看，其中圓極是中秋。」這是歐陽詹的詩句。歐陽詹，字行周，是福建泉州人，大概生於唐肅宗至德年間，安史亂後的中唐。歐陽詹的家中，幾乎世代都有人當巡官或是縣令，算是福建地方的土豪，家境相當不錯。

歐陽詹小時候非常聰明，很喜歡讀書，個性中規中矩的他，是一個很會約束自己行為的人。據說他的意志力過人，一心一意想要做番大事，常常到現在福建著名觀光景點賜恩山上的一處洞穴裡，一個人靜心苦讀，後來就把這個石洞叫做「歐陽洞」，上面還刻了「高山仰止」四個大字。歐陽詹思想進步，擅長抒情敘事，說理也精闢，而且語言秀麗，用詞淺顯易懂，因為博覽群書，有很深的文學素養，傑出才華在德宗貞元初年就已經嶄露頭角，福建、浙江一帶的文人都聽過歐陽詹的大名。

貞元八年，歐陽詹來到長安應考，以非常優異的成績中了進士，當時跟他一起同登金榜的有韓愈、李絳、李觀、馮宿、庾承宣等人，都是當時有名的才子，所以大家就稱譽他們是「龍虎榜」。歐陽詹與後來唐代的文壇領袖韓愈為同榜進士，兩人也有頻繁往來；韓愈後來提倡古文運動，歐陽詹因為本身也極為認同，大力友情贊助，對於古文運動的提倡推廣起了一定的作用。歐陽詹後來做官做到國子監四門助教，卻在四十多歲的壯年就去世了，關於他早逝的原因，還有這麼一段淒美的愛情故事。

話說進士及第之後，歐陽詹心情放鬆不少，在還未被官派之前，他有一點空閒時間，就到處去遊歷。而當他來到山西太原的時候，邂逅了一名妓女，兩個人情投意合，恩愛甜蜜地朝夕共處了一段時間，眞可以說是「只羨鴛鴦不羨仙」。後來歐陽詹必須返回長安，情意正濃的他，不顧當時社會的世俗眼光，堅定承諾這名妓女，等他回到長安打理好一切，就會派人來太原迎娶她，要她稍安勿躁，耐心等待。然而回到長安的歐陽詹卻因事耽擱了，一個月、兩個月過去，女子日夜盼望，卻不見歐陽詹捎來半點消息，被相思折磨的她，終於病倒了，而歐陽詹，仍然不見蹤跡。絕望的她，以爲歐陽詹曾經對她說過的山盟海誓都是謊言，以爲自己早就被歐陽詹給忘到九霄雲外去了，最後，她含著淚水剪下一縷烏黑的秀髮，連同一首詩，寄給了歐陽詹後就含恨去世了。

那首詩就叫〈寄歐陽詹〉：

自從別後減容光，
半是思郎半恨郎。
欲識舊來雲髻樣，
爲奴開取縷金箱。

自從與你分別之後，我的容顏就失去了幾分光彩，一半的原因是因爲思念郎君你，另一半的原因卻是恨你啊！將來有一天如果你回來了，想再看看我從前的美麗模樣，就請你打開這個金箱，取出這束髮絲吧！

收到這首詩，歐陽詹悲痛難當，嚎啕大哭，傷心萬分的他，最後竟然因此抑鬱而死。雖然後來也曾有人批評歐陽詹竟然只爲了一個妓女，就賠上了自己的生命，實在不孝，然卻也可以看出歐陽詹的眞性情。比起其他那些虛僞矯情的所謂文人雅士，明明常爲了妓女神魂顚倒，卻又礙於道德禮俗，裝模作樣地故意貶低輕視妓女來顯得自己身分清高，歐陽詹眞是可愛多了！

王維

7 桃花女神暗助貧賤夫妻

你喜歡花嗎？相信少有人會搖頭吧！

不管是以前或現在，花，總是被我們歌頌著。美麗的花，除了看起來賞心悅目，還可以代替我們傳情達意，說出我們說不出的言語，這就是「花語」。

除了花語，你知道花神嗎？

傳說中，每一種花都有它的守護神，當然其中就有著許多動人的故事。

息夫人，是傳說中桃花的守護神。她姓嬀，原是春秋時期息侯的夫人。楚文王發兵滅了息國，俘虜了息侯夫婦，當他看到了息夫人的美貌，就把息夫人佔爲己有。但息夫人不是一個愛慕虛榮的現實女人，她心中還是掛念著息侯，不管楚文王對她如何百依百順，用盡方法要討她歡心，她就是不願意給楚文王好臉色看，甚至不肯開口跟楚文王說話。後來，她趁著楚文王外出打獵的機會逃出宮，歷盡千辛萬苦，終於又跟息侯團聚，但他們也知道沒有辦法逃過楚文王的追捕，最後兩個人選擇了殉情，到黃泉底下再做夫妻。當時，正好是春暖花開的三月，處處都是盛開的桃花，於是楚國人就爲息夫人立了祠祭祀，封她爲桃夫人，後人更把她升格爲桃花女神。

其實，靠著家世背景、龐大勢力，做出奪人妻女這種事情的人，似乎古今中外處處可見，大唐時代著名的山水田園詩人王維，也碰到了這樣的情況。

搶人家妻子的渾蛋，當然不是大詩人王維，是當時皇帝唐玄宗的哥哥——寧王李憲。王維當時已有名氣，當然受到王公貴族或是其他文人名士的注意，這些自以爲格調高尚的貴族名人，只要有聚會，都會邀請王維當客人，彰顯自己的地位。這天寧王李憲辦了酒宴，請了許多文人墨客參加，王維也是其中之一。酒宴當中，就看到李憲眉飛色舞地炫耀自己又娶了一個小妾，而且是國色天香的大美人。李憲說得起勁，當場把那小妾給叫到酒宴當中，讓每個人品頭論足一番。

這名年輕女子的確是嬌豔美麗，但臉上卻沒有一絲笑容，而且愁眉深鎖，不安地站在大家面前，不說一句話。王維覺得奇怪，就問了同桌客人女子的來歷。那人嘆了一口氣，小聲地說：「她本來是巷口一家糕餅店的老闆娘，是有丈夫的，偏偏被寧王路過給瞧見了，就把人家搶了過來當小妾。不過這個姑娘很有骨氣，根本不吃寧王那一套，一心一意只想著自己的丈夫，聽說她來這裡以後，連一句話都沒跟寧王說過呢！」

王維聽後非常同情這名女子，但寧王的勢力如此龐大，一時間也想不出方法可以解救她。沒想到這時候，寧王還故意要讓她難堪，對她說：「怎麼？還在想念你那個沒出息做糕餅的丈夫啊？告訴你吧！他拿了我的錢，早就不要你啦！你還在為他掉眼淚呢！不然這樣好了，為了讓你徹底死心，我現在就叫他過來，看他還要不要你回去！」

就在眾人還反應不過來的時候，女子的丈夫已經被叫到了寧王府，出現在酒席上。一直面無表情的女子，看到了自己的丈夫，眼淚終於奪眶而出，而做丈夫的，看到被搶的妻子，還被這樣羞辱，也忍不住痛哭失聲。兩個人就這麼面對面，淚如雨下，讓在座的賓客又感動又同情，每個人看著眼前這一幕，心中其實對寧王的行為都非常不屑，但礙於寧王的勢力，又不敢仗義執言，氣氛尷尬到了極點。

這時候的寧王，臉色一陣青一陣白，原本得意洋洋的他，萬萬沒想到會是現在這種情況。他只好急忙站起來，要現場的賓客吟詩作對，替自己解圍。那樣子的情況下，誰還會有心情吟詩作對呢？每個人都對寧王的要求顯得非常為難，就在這時候，王維說話了：「好，那麼就由我先來獻醜了。」也許是桃花女神不忍這對貧賤夫妻，於是，王維寫下了〈息夫人〉：

莫以今時寵，難忘昔日恩；
看花滿眼淚，不共楚王言！

詩一寫完，每個人心中都叫好！息夫人的故事大家都知道，王維是以這首詩寫出自己對女子的同情憐憫，也暗暗比喻寧王就是那個搶人妻子的楚文王；他拿筆當武器，刺了霸道無理的貴族一劍，替可憐女子出了一口氣。寧王不是呆子，他當然知道王維有意修理他，但理虧的畢竟是自己，只好假裝大方地說：「其實她是我的手下抓來的，我根本就不知道這件事，既然他們夫妻還這麼恩愛，那我就成全他們吧！」就這樣，王維的詩，解救了一對無辜的夫妻，還暗中教訓了狗眼看人低的寧王，真是大快人心啊！

從前人常說「百無一用是書生」，讀書人好像就是那種手無縛雞之力，只會吟誦風花雪月的寄生蟲。看看王維的勇氣與機智，不但救了當時那對夫妻，日後也用自己的作品保住了性命。所以，別小看了手中那枝筆，筆下的一字一句可都要仔細考量。請記住，文字，可以是救人的靈丹，也可以是殺人的武器喔！

8 王維的愛國情操

被蘇東坡稱讚爲「詩中有畫，畫中有詩」的大唐山水田園詩人王維，因爲生在官宦世家，家境富裕，官運雖然稱不上飛黃騰達，倒也沒有遇到什麼太大的阻礙，做過御史，也做過郎中的他，到了天寶年間已是過著半隱居的生活了。只不過這樣輕鬆愜意的日子並不長久，天寶十四年，安史之亂爆發了！

戰亂發生之後，叛將安祿山攻入了首都長安，唐玄宗慌張狼狽地跟一些將領大臣逃往四川，王維因爲來不及跟上隊伍，就被賊兵給抓走帶到了洛陽。安祿山攻佔長安以後，很多沒有離開的文官武將都投降了，安祿山還像皇帝一樣下旨，說要給投降的人加官晉爵。他逼王維接受原來的官位，王維不願意，就故意吞下一種會讓喉嚨沙啞的藥，假裝生病，安祿山便把他關在菩提寺中養病。

有一天，安祿山突然心血來潮，在凝碧池擺了筵席宴請百官，還召集了宮中演奏樂器的梨園子弟，要他們彈奏音樂助興。形勢比人強，即使知道他只是個叛賊，每個人還是乖乖地聽話。當大家準備要演奏的時候，有個很會彈琵琶的樂工叫雷海青，卻是動也不動，其他人看到了，怕他這樣的行爲會激怒安祿山，都勸他要合作，不要給自己帶來麻煩。就在大家七嘴八舌勸他的時候，安祿山發現了，他非常地火大，當場就下令要把雷海青拖出去斬了！

大家嚇壞了，紛紛爲雷海青求情，只見雷海青把手中的琵琶一摔，義正辭嚴激動地對著安祿山喊：「我雷海青這條命死不足惜，但我絕對不會爲你這個叛賊演奏！我死了，自然會有人討伐你們，你們的死期一樣不遠了！」說著說著，他突然往前衝，安祿山嚇了一跳，不過他旁邊的侍衛手腳更快，立刻拔出配刀上前攔阻，雷海青就這樣慷慨就義了！

雷海青不向叛賊低頭，不顧生命危險挺身而出的故事，馬上就傳遍了大街小巷，讓在叛賊勢力下忍辱偷生的老百姓非常感動，都爲他掉下了眼淚。這件事也傳到了菩提寺中的王維耳裡，他又是感動，又是愧疚，心中的感慨波濤洶湧，於是就寫下了這首〈凝碧詩〉，紀念雷海青，也爲這件事留下歷史的痕跡。

萬户傷心生野煙，百官何日更朝天？
秋槐夜落深宮裡，凝碧池頭奏管弦。

當自己的家國被侵略的時候，家家戶戶都升起了傷心的炊煙，百官什麼時候才能再見到天子的容顏呢？深宮裡的那棵槐樹已經是落葉滿地了，但大家聽啊！凝碧池旁邊的叛賊們竟然還在奏曲玩樂呢！

後來，安史之亂被平定了，唐肅宗收回了長安，重新掌握政權，下令處罰那些之前接受安祿山「封官」的官員。王維因爲作了這首詩，詩中還是看得出來他對唐朝的忠心，再加上他的弟弟自願降職來幫王維求情，唐肅宗也就不再追究了，不但赦免了王維，又另外給了他官做，讓王維無憂無慮地過完下半輩子。

雷海青只是個小小的樂工，但他的表現根本就是打了那些「識時務者爲俊傑」的官員一巴掌，他的勇氣與氣節都讓人敬佩。試問，如果有一天，有人想要侵略這塊你我生長的土地，你有勇氣留下來爲台灣奮戰嗎？愛家、愛國，都不是靠一張嘴就能證明的，希望這個問題的答案，在你的心裡會是肯定的！

王昌齡

9 真摯情性的詩家天子

前些日子，遠在台南的高中好友突然來信，說正好有事到台北一趟，問我是否可以抽空見面，順便找些目前在台北工作或唸書的高中同學敘敘舊；「有朋自遠方來」，我自然是開心地答應了。高中畢業後即北上求學工作的我，與高中時代的朋友鮮少見面，難得有這樣的機會，大家自然是話題不斷，天南地北地說個沒完。多年不見，我的穿著打扮都和青澀的高中時代不同了，好友一見我第一句話就是：「嘿！你變了耶！」等到大家聊開了，過往回憶裡的熟悉感覺又一點一滴地回來了，好友突然摟著我笑說：「好懷念喔！你真是一點都沒變！」

我啞然失笑了。究竟，我是改變了？還是沒有改變呢？

盛唐時候，有個詩人名叫王昌齡，字少伯，是京兆長安人（今陝西省西安市）。他出身貧寒，直到開元十五年，將近三十歲時才中了進士，生活總算有點改善，只是做官這條路，他走得並不順利。他先是被派任到汜水（現在河南省境內）當縣尉，後來因爲中了博學宏詞試，改任祕書省的校書郎；幾年以後，卻又被貶到嶺南，隔年回到長安，又被貶爲江寧縣丞，到了天寶七年，再被貶爲龍標尉。就因爲他的「經歷豐富」，所以後人也稱他是王江寧或是王龍標。

王昌齡官途的曲折坎坷，也許正跟他耿直廉潔的個性有關。歷史中，所謂廉明正直的好官，通常都會被排擠與打壓，因此「依照慣例」，王昌齡的命運自然也不會好到哪裡去，被貶抑根本是家常便飯。

但王昌齡之所以會留名青史，可不是因爲他被貶次數太多而出名，而是因爲他寫得一手可與李白比美的好詩。七言絕句是他的拿手本領，尤其是邊塞、宮怨、閨怨以及送別的詩最爲出色。絕句不像詞或律詩，能用較多的詞句形容，王昌齡最擅長的，就是把複雜又深遠的感情，濃縮提煉其中精華，寫成僅有四句的絕句，雖然言簡意賅，卻更耐人尋味與思索。就因爲這樣無人能及的眞本事，昌齡詩可說已經達到雕琢洗練的完美境界，他也因此博得了「詩家天子」、「七絕聖手」的美譽，且與「詩仙」李白並稱齊名。

雖然仕途遭遇多次挫折，王昌齡卻擁有許多友情，他與當時著名詩人王之渙、高適、岑參、王維、李白、孟浩然等都有來往。當他被貶到嶺南的時候，途中經過襄陽，孟浩然曾經寫詩相送；當他經過洛陽，也曾寫詩送李白；而被貶爲龍標縣尉的時候，李白也有詩遙寄給他。詩人與詩人間的唱酬往來可說從來沒有間斷過。

天寶元年，王昌齡被貶到江寧當官，剛好友人辛漸要從揚州經過，北上到洛陽去，昌齡於是親自送行。當王昌齡送行到潤州（現在的江蘇省鎮江）的時候，他就在西北城樓，也就是芙蓉樓上，設了酒宴爲辛漸送別。眼前的朋友即將離別，自己又是被貶的身分，即使平時表現豁達，在這樣的時刻，王昌齡心中也難免感觸良多，孤寂的感覺漸漸在胸中擴大蔓延。有感而發的他，將自己的感情寫成〈芙蓉樓送辛漸〉這首七言絕句：

寒雨連江夜入吳，
平明送客楚山孤。
洛陽親友如相問，
一片冰心在玉壺。

寒冷的夜雨下了一整夜，冰冷的雨絲橫連了江面，就像我的離情一樣苦，在這雨後的早晨，我送你遠行去洛陽，遠方的山巒似乎也顯得悽涼孤寂。如果在洛陽的親友問起我的近況，請你代我轉告：我的心依然純潔無瑕，就像冰一樣透明、像玉一樣澄澈，絕對不會被功名富貴給侵擾。

這首詩情意深切眞摯，含蓄動人，最後更把自己的情志表露無遺，自然而不做作，也只有像王昌齡這樣的高手才能寫得如此渾然天成，眞不愧爲「詩家天子」。後來，安史之亂爆發，社會動盪不安，王昌齡棄官回到故鄉，卻又得罪了刺史閭丘曉，最後被閭丘曉所殺。大詩人的人生結局竟是如此淒涼。

其實，時間繼續在走，經過歲月洗禮的我們，總是或多或少會有些許改變，也許是外貌裝扮，也許是價值與生活觀，但我想，那顆當初最眞的赤子之心，就像昌齡詩人所說，應該一如當初，好好保存，不要輕易改變喔！

白居易

10 昭君出塞

漢使卻迴憑寄語，黃金何日贖蛾眉。
君王若問妾顏色，莫道不如宮裡時。

這首詩是大唐著名社會詩人白居易十七歲時所寫的〈王昭君〉。昭君問著漢朝使者，皇帝什麼時候拿黃金來贖她回去呢？還叮嚀使者說，要是皇帝問起她現在的容貌，千萬不要說比不上在宮中的時候啊！

詩中描寫的昭君，似乎對到大漠和親仍然無法接受，還是殷殷盼望著能夠回到中原。昭君出塞和番的故事流傳至今，是許多文人墨客寫詩的題材，雖然大部分都同情昭君的遭遇，但也有人認爲昭君嫁到大漠其實不見得沒有好處，至少她的家人因此得到了皇帝的補償，過著比較好的生活。白居易的詩向來淺白易懂，看得出來他是同情這位被稱爲中國四大美女的奇女子。

匈奴是西漢王朝最大的外患，曾經多次威脅中國本土，讓當時的皇帝非常頭痛。但是，西漢初期的國力比不上匈奴，既然打仗打不過人家，只好改採柔性政策，也就是和親。漢高祖時，匈奴王冒頓單于向高祖請求和親，要求公主嫁給他，但是當時呂后只有一個女兒，說什麼都捨不得把自己的女兒嫁到那麼遠的地方，只好找宗室的郡主或宮女冒充公主，下嫁給匈奴王。漢代的和親政策從此開始。

漢元帝建昭元年，當時的王昭君十六歲，正是清秀可人的年紀，被選入宮中當宮女。後宮佳麗三千人，皇帝選了那麼多美女進宮，根本沒有時間一一看過，因此宮中有一種人叫畫工，負責把後宮美女畫成圖冊，讓皇帝翻閱欣賞，點選入宮服侍的人選。當時的畫工叫毛延壽，是一個見錢眼開的人，只要宮女的家人給他多一點好處，就算是醜八怪他都有辦法畫成大美女，因此每個宮女都想盡辦法討好他，對他畢恭畢敬，沒有人敢得罪他。

當時唯一不給他好臉色看的，只有王昭君。一方面是因爲王昭君家境不好，沒有辦法籌錢賄賂，另一方面也是因爲王昭君看不起毛延壽的行爲，而且認爲自己已經豔冠群芳，不需要多此一舉。但這樣一來，毛延壽心裡就不舒服了，他心裡想著：「你看不起我，我就讓你好看！」於是，他把王昭君畫成一個其貌不揚的女子，臉上甚至還誇張地點了一顆大黑痣，存心要報復王昭君。漢元帝看到那幅畫，怎麼還可能會對王昭君感興趣，根本就是嫌惡到極點。王昭君得不到皇帝的青睞，但也不知道是因爲毛延壽暗中動了手腳，所以很認命地過著平靜的生活，數著漫漫無止盡的白天與黑夜，虛度著年華與光陰。

漢元帝竟寧元年，西域都護甘延壽滅了北匈奴，南匈奴的呼韓邪單于怕了，向漢元帝上書說要入京朝覲，表示願意當個忠心的藩屬。漢元帝非常高興，大擺酒宴招待呼韓邪單于，還把後宮的宮女叫來服侍單于。呼韓邪從來就沒看過那麼多細皮嫩肉的中土美女，看得他眼睛都花了，興奮地跟漢元帝說他願意當漢朝的女婿！漢元帝在興致當頭，也很開心地答應他：「那有什麼問題？你想要哪一個，隨便點，點到就是你的！」

這下呼韓邪不客氣啦！伸手一指：「我只要她！」順著他的手看過去，是一個婀娜多姿，眉眼間盡是風情的絕代美女，她，就是王昭君。元帝完全無法將眼光從她身上移開，她的一顰一笑牽住了他的魂，恨不得立刻將她擁入懷中，耳鬢廝磨一番。但是，他已經答應了呼韓邪，就算心中再懊惱也來不及了。

回到宮中，元帝氣急敗壞地翻出畫冊，後宮有這樣一位美麗佳人他怎麼會沒有任何印象呢？當他翻到王昭君的畫像，發現與眞人有天壤之別時，大發雷霆，立刻就下令把畫工毛延壽給斬了！

雖然遠嫁到匈奴是命運的捉弄，但昭君並沒有因此怨天尤人，之後她爲呼韓邪單于生了一個兒子，被封爲「寧胡閼氏」，也就是匈奴的皇后。呼韓邪死後，她又依匈奴習俗嫁給呼韓邪之前所生的大兒子。白居易的詩裡說昭君還希望元帝來贖她回去，但根據一些歷史記載，昭君一直都在爲漢朝與匈奴的和平努力，因此漢朝與匈奴保持了十幾年的友好關係，說起來也是個稱職的和平大使呢！

和親政策，是中國歷代與藩屬維持和平關係的一種方式，雖然嫁到荒涼的大漠不是這些宮室女子自願的，但她們帶去了中國的文物，教化了邊疆民族，並且因此維持邊境的和平，不讓戰爭發生。我們都該爲這些「巾幗英雄」鼓鼓掌！爲國家盡一份心力，可不是只有拿刀拿槍的男子才做得到喔！

註：昭君墓在內蒙呼和浩特市舊城南十公里的大黑河河邊，並且因爲長年覆蓋著青草，也被稱爲「青塚」。昭君墓墓身高達三十三公尺，底面積約一萬三千平方公尺，是中國目前最大的漢墓之一，也是現在呼和浩特觀光的八大景點之一。

白居易

11 虛偽的謙卑

有沒有遭遇過被朋友背叛的傷心與不堪？

大一時，與幾個女同學要好，原以爲交到了眞心的朋友，後來無意中發現，其中一個，時常到老師面前說好友的不是，做出了許多表裡不一的事情。我們知道了以後，全都氣憤難平，而遭中傷的好友卻是眼淚一直掉，嘴裡直說：「爲什麼呢？我哪裡對她不好？爲什麼要這樣對我？」她哭了一夜，我們也陪著她難過了一夜，那是第一次，看見了人性的醜惡，也是第一次深刻體會，什麼叫做「日久見人心」。

西漢末年，社會經濟漸走下坡，政局也因爲遭到外戚掌控而動盪，整個國家惶惶不安。漢武帝在臨終之前，將八歲的昭帝託付給大司馬大將軍霍光，希望霍光輔政，維持漢朝帝業永續經營。霍光是驃騎將軍霍去病的弟弟，衛皇后的外甥，十幾歲就入宮當郎官，深得武帝重用，霍光掌權輔政之後，開啓了外戚專權的序幕。

霍光掌權將近二十年，對於當時的國家安定，功勞自是不容抹滅，但因爲他的位高權重，使得霍氏一門也跟著尊榮至極，在他人眼中，難免就成了囂張跋扈。昭帝去世之後，霍光再迎宣帝即位，大權依然在他手上；宣帝表面遵從他，其實視他爲「眼中釘，肉中刺」，等到霍光去世，宣帝就聯合祖母史氏、皇后家許氏的力量除掉了霍氏的勢力，卻也使得政權又落在史氏、許氏手中。

宣帝之後，由元帝繼位，立王政君爲皇后，等到成帝即位，當時已經貴爲皇太后的王政君，對於提拔自家人不遺餘力。她的哥哥王鳳身爲成帝的國舅，被封爲大司馬大將軍，朝政大權全攬在他手上，成帝甚至在一天之內，連續封了其他五個舅舅爲侯，世稱「一日五侯」，王氏一門因爲成帝的庇蔭與專寵，聲望與勢力都達到了顛峰。當時的漢朝，雖然天子姓劉，眞正的龍頭老大卻是幕後操控的王家，在成帝時代，別說是封了王家九個侯爵、五個司馬，就連朝廷重臣與許多地方官吏，也都與王氏沾親帶故，「一人得道，雞犬升天」尚不足以形容。就因爲這樣，之後的劉姓天下會被王氏子弟奪取，也就不足爲奇。這位一步步靠著高明手段拿到劉氏天下的爭議人物，就是王莽。

王莽字巨君，是太后王政君的姪子。年少時的王莽，一直是大家眼中年輕有爲的

「新好青年」，不但應對進退謙恭有禮，好學上進，而且非常孝順母親，代爲照顧寡嫂母子也是盡心盡力；他的良好品行在宮中受人稱讚，成帝也很欣賞這個表弟，先封他爲新都侯，再封他爲大司馬。只是，成帝死後，由哀帝繼位，因轉而重用祖母傅氏與母親丁氏兩家，王氏一夜之間光芒消逝，就此失寵。

王氏的失勢沒有讓王莽灰心，他雖然被迫辭官退隱，卻更加積極爲他的帝位努力。在這段時間裡，他放低身段禮賢下士，且生活儉樸，吃得簡單，穿得樸素，看在其他人眼裡，都認爲他實在是賢能難得，在朝廷中博得大好名望。哀帝死了以後，因爲他沒有子嗣，就迎中山王九歲的兒子登基爲平帝，太皇太后王政君臨朝稱制，召回王莽任大司馬輔政，王氏一家再領風騷。

之後，王莽篡位的野心日漸明顯，但他的表面工夫做得太好，沒有人看得出他居心叵測。後來平帝莫名其妙暴斃（傳說是遭到王莽毒殺），王莽做主找了個兩歲的孺子嬰當皇位繼承人，要求其他人稱他爲「攝皇帝」，他則自稱「假皇帝」，不但撒錢收買人心，還到處裝神弄鬼，三不五時就會挖出或找出上天要他王莽當皇帝的「證據」。西元九年，他終於顯露出眞面目，廢掉孺子嬰，自立爲帝，改國號爲「新」，西漢滅亡。

唐憲宗元和十年，白居易因爲直言進諫，遭人陷害，被貶到江州當司馬。就任的途中，他越想越氣憤，覺得自己的一片忠心都被辜負了，於是有了下面這首創作：

贈君一法決狐疑，不用鑽龜與祝蓍；
試玉要燒三日滿，辨材須待七年期。
周公恐懼流言日，王莽謙恭未篡時；
向使當初身便死，一生眞僞復誰知。

猶豫不決的時候，我教你一個辦法幫你做決定：不需要去占卜求神，就像要知道玉的眞假，要連續燒它三天；要辨識枕木與樟木的差別，也需要七年的時間。周公當年忠心攝政但被誤解要篡位爲王，眞正的野心分子王莽卻被當成一個謙恭有禮的君子；幸好他們沒在當時就死了，要不然誰還能知道他們一生究竟是眞假好壞呢？

白居易的語重心長，的確讓人心有戚戚焉。一個人的品行好壞，或是他待人處世的態度，到底是虛僞矯情，還是眞心誠意，時間，是最好的試煉劑。倘若一時遭受誤解，不用太過氣餒，解釋只會越描越黑，時間能夠證明你的清白；相同的，表面工夫做得再好，總有一天也會露出馬腳，心存僥倖的話，將來要是眾叛親離，可就怪不得人囉！

白居易

12 長安居易

在台灣，西方好萊塢的商業電影始終熱門，放眼望去，許多大型電影院幾乎每個廳院播放的都是好萊塢電影。而在西方商業片已經快完全蠶食鯨吞電影市場時，我們的國片仍在奮力掙扎。現在還好一點，過去曾有段時間，我們的國片一直乏人問津，甚至降低票價以求增加觀看人數。

當時爲了挽救國片，業界做過許多調查，想知道爲什麼觀眾這麼吝於鼓勵國片，而調查的結果，其中一項原因竟是「看不懂」！原來國片導演總是希望藉由影片表達自己的想法與觀點，因此使用了許多抽象的手法，或是太過流於意識型態，以至於影片顯得過於沉悶，一般觀眾根本無法理解，更別說要去「喜歡」了！誰會自掏腰包去買個「無趣」的娛樂呢？

藝術，不見得要曲高和寡，才顯得有價值，平易寫實的作品更能深入人心。

唐代宗大曆七年（西元七七二年），中唐寫實社會詩人代表白居易，出生在山西太原。字樂天的白居易，就像許多傑出文人，從小就是個天才兒童。據說小小白居易才六、七個月大時，奶娘抱著他，指著書屏上的「之」、「無」兩字教他辨識，他竟然就記住了，之後百試不差，讓人嘖嘖稱奇。因爲他的絕頂聰慧，讓母親知道自己的兒子以後肯定有一番成就，因此從小就用心教導他，白居易也沒有讓母親失望，五、六歲的時候就開始爲詩，十一、二歲開始，他已經有成篇的詩集了，果眞是「英雄出少年」。

十五歲起，白居易開始準備進京參加科考，夜以繼日、努力用功唸書的他，唸得嘴巴裡長了瘡，手腳都磨出了厚皮，仍然沒有絲毫鬆懈。當時的京城長安，聚集了各地的優秀文人，許多年輕的新秀學子日夜從四方八面湧進城裡，只希望能夠有機會展現自己的才華，白居易也不例外。

十六歲那年，白居易帶著自己的作品，興沖沖地來到了長安，拜訪官拜著作郎，也是著名詩人顧況。顧況當時已經六十歲，他是至德年間的進士，堪稱是文壇上的老前輩，是一個關心民間生活疾苦的新樂府詩詩人。顧況所寫的詩，詩體多樣，還吸收了民間通俗歌曲的特點，語言較爲流暢，是新樂府詩的代表詩人之一。也因爲稍有成就，老先生向來恃才傲物，不怎麼把後生晚輩看在眼裡，也很少提攜後進。

當顧況收到白居易的拜謁作品時，知道白居易只有十六歲，根本就把他當個不知天高地厚的毛頭小子看待，又看到他的名字叫「居易」，個性詼諧的他，就以戲謔的口氣開玩笑的說：「長安米價可是很貴的，恐怕居住是大不易啊！」意思就是，長安人才濟濟，沒有點眞本事是沒辦法生存的。但是，當翻閱白居易的作品時，他可是愣住了。白居易的拜謁作品，是一首名爲〈賦得古原草送別〉的詩作：

離離原上草，一歲一枯榮。野火燒不盡，春風吹又生。
遠芳侵古道，晴翠接荒城。又送王孫去，萋萋滿別情。

我的情意就像原野上茂密的雜草，雜草每年經過凋枯與繁盛的生命週期，就像感情每年經歷的起伏動盪。現在我的離情，正如野火也燒不盡的雜草一樣，簡直一發不可收拾。我的思念，就像綿延成古道的草向遠方延伸，綠意甚至連接到一座荒城。我又再一次地送你遠行，這原野上綿密的草，似乎都滿佈著我送別的不捨情意啊！

白居易藉著詠嘆野草，來比喻自己無窮無盡的離情別意。一首詩的題目有兩件事

物，詩中也描寫了兩樣內容，這是盛唐時開始興起的詩歌形式，白居易可說發揮得淋漓盡致。讀完詩，顧況忍不住讚嘆：「憑著這樣的驚人才華，就算要居天下也不是件難事啊！」得到向來不輕易讚賞後進的顧況賞識，白居易的名字，一夜之間傳遍了長安城。之後，他二十九歲中進士，當了官，又寫下千古名作〈長恨歌〉、〈琵琶行〉，致力推動新樂府詩運動。他的詩作繼承「詩聖」杜甫的寫實風，反映民間生活，用詞平易近人，連不見得識字的婦人與小孩都能懂得詩中涵義，詩作深入社會各階層，引起眾多共鳴，甚至遠播到日本與暹羅（泰國）。白居易一生寫了將近三千首的詩作，是唐代留存作品最多的大詩人。仕途上也曾遭遇挫折的他，晚年寄情於佛門，定居洛陽，時常往來龍門的香山寺，因此自號香山居士，也號醉吟先生。七十四歲，大詩人長眠在香山寺的琵琶峰。

近來常聽人說「長江後浪推前浪，前浪死在沙灘上」，雖然是句玩笑話，卻也描寫出「江山代有才人出」的殘酷現實。既然被尊爲前輩，表示成就已受人肯定，更該有廣闊的胸襟提攜後進；沒有道理的蔑視，一味的打壓，只會顯示自己沒有容人的雅量，甚至害怕遭到淘汰的窘境。我想，白居易能夠成名，後人有幸拜讀他的大作，顧況老先生的一句話還眞是幫了不少忙呢！

13 古人溫卷求名

朱慶餘

洞房昨夜停紅燭，待曉堂前拜舅姑。
妝罷低聲問夫婿，畫眉深淺入時無？

這首詩，有個很奇怪的名字——〈近試上張水部〉，或是〈近試上張籍水部〉，也叫做〈閨意獻張水部〉。我想光是看名字，讀者大概猜了半天，也猜不出來這首詩在寫些什麼吧？不過，也有人說這首詩還有另外一個名字，就叫做「閨意」。如果詩名是「閨意」，再看看這首詩的文字，好像是有那麼一點關係囉！其實一首詩流傳這麼久，有兩三個不一樣的名字是正常的，原因有可能是因爲作者本身沒有留下原來的詩名，或者已無法考證，再加上各家對同一首詩的解釋不一樣，所以也就有了不同的詩名。

那麼，這首小詩到底在寫什麼故事呢？

朱慶餘，字可久，是唐敬宗寶曆二年的進士，也是祕書省的校書郎。他寫的詩清新自然，描寫得很細緻，所以也小有名氣。讀書人寒窗苦讀，到底還是希望能夠通過政府的考試，然後求個官做，我們現在的學生有各種考試的壓力，那個時候的學生，要通過考試也是非常辛苦的喔！況且，每年有那麼多進京趕考的學生，競爭的壓力當然很大。在唐代那個時候，科舉考試之前，大部分要考試的學生都會把自己寫的詩，先送給當時有名的人看，如果能夠因爲這樣得到名人的賞識，他的詩可能就會被推薦給主考官看，那上榜的希望就大大地增加了，這種風氣，就叫做「行卷」或是「溫卷」，在當時十分的盛行。我們從這裡就可以看出來，中國人愛走「後門」的習慣，眞的是歷史悠久的傳統啊！

唐敬宗寶曆二年，朱慶餘二十八歲，也是科舉考試其中一人。爲了能夠增加自己名列前茅的機會，他不例外地收集了自己所寫的作品，並且整理得很工整，然後託人送給了當時很著名的一位詩人——張籍，希望能夠獲得張籍的支持。張籍不只是名詩人，他也做了官，是水部員外郎，人稱張水部。最重要的是，他是當年的主考官。所以，如果能夠獲得張籍的欣賞，就等於是考上了。

送出了自己的作品之後，朱慶餘只能等，可是考試的日子越來越近了，他卻還是沒有收到張籍那邊傳來的消息。他的心情一天比一天要著急，最後終於忍不住提起了筆，寫了這首〈近試上張水部〉，送到張籍家裡；目的就是要問問張籍，他的作品有沒有合他的意，到底上榜有沒有機會呢？

這首詩表面上是描寫新嫁娘嫁到夫家的第一天，那種忐忑不安的心情，但事實上卻是朱慶餘對張籍的疑問。「待曉堂前拜舅姑」，意思是指考期快要到了，馬上就要受到主考官的考驗，「舅姑」是在比喻主考官；「妝罷低聲問夫婿」，「夫婿」當然就是指張籍，「畫眉深淺入時無」，意思是想問問張籍，我的詩您滿意嗎？可以過關嗎？

張籍也是個有趣的文人，他一看到朱慶餘的詩，馬上就知道這首詩的涵義，所以他也寫了一首詩送回給朱慶餘，當作是回答。

越女新妝出鏡心，自知明豔更沉吟。
齊紈未足人間貴，一曲菱歌敵萬金。

「越女」是古代美女的代稱，指的就是朱慶餘；「鏡」是指鏡湖。美女出現在鏡湖，爲的是要採菱，她所唱的採菱歌悅耳動聽，可是價值萬金呢！整首詩的意思，就是告訴朱慶餘，他寫的詩非常有價值，張籍非常賞識，金榜題名沒有問題啦！果然，這件事一傳開之後，朱慶餘一夜成名，也如願地中了當年的進士，並且被任命爲祕書省的校書郎。

了解了故事的背景，是不是覺得很有趣呢！當然也有人認爲，其實不需要這樣穿鑿附會，就把這首詩當成新婚夫婦之間閨房樂趣的描寫，不也是非常讓人會心一笑的好詩嗎？要怎麼看這首詩，見仁見智，不過如果眞的是作者爲了前途而寫，也可以發現，「水能載舟，亦能覆舟」，良好的人際關係，對於自己未來的發展，可是非常重要的喔！

江采蘋

14 何必珍珠慰寂寥

現在的福建省莆田市江東村，是個依山傍海的秀麗村落，村裡有一座古代宮殿建築，名叫「浦口宮」。浦口宮雕梁畫棟，威嚴雄偉，金碧輝煌，格局氣勢巍峨不凡，是福建東南少見的皇宮建築。宮裡有一座女子的塑像，容顏秀緻，神情自然高雅，她，是被人們懷念，被江東老百姓尊稱爲「祖姑皇妃」的梅妃——江采蘋。

唐玄宗先天元年，江采蘋出生在莆田江東村，她的父親江仲遜是飽讀詩書的秀才，同時也是一個懸壺濟世的醫生，他熱心助人，醫術高超，是被地方人民尊敬的儒醫。江采蘋是江家的獨生女，但江仲遜沒有重男輕女的觀念，所以他仍舊讓女兒接受正規的教育。江采蘋也是個爭氣的小女生，聰慧獨立，能詩能文，九歲就能背誦許多詩歌名篇，到了十五歲的時候，已經寫得一手好文章，她所寫的八篇賦文更在地方上傳誦，後來被譽爲是福建第一位女詩人。江采蘋不但琴棋書畫樣樣精通，尤其擅長吹奏白玉笛，以及表演驚鴻舞，多才多藝不說，她氣質不凡，嬌俏美麗，眞可以說是才貌雙全，地方上的年輕男子都想一親芳澤，每個人都說著：誰能娶江家千金爲妻，那可眞不知道是幾輩子修來的福氣呢！

當時的唐玄宗因爲深愛的蕭淑妃去世了，加上國家興盛，天下太平，一時之間雄心壯志好像都沒了，整天落落寡歡，侍奉他的心腹宦官高力士怕他從此一蹶不振，就提議再次徵選美女，解解玄宗的悶。玄宗想想也好，於是高力士領了聖旨，詔告天下選美女入宮的消息，他也親自到各地去篩選推薦的美女，但一直都不怎麼滿意，直到江采蘋的名字傳到他耳裡。

江采蘋的脫俗美麗、多樣才華，讓高力士一見就眼睛一亮，他知道自己找到了瑰寶，二話不說就把采蘋給帶進了宮中，帶到了玄宗面前。采蘋雖是一個平民女子，見到了天子，卻是不畏不懼，態度從容，應對得體，她僅是淡妝輕掃，仍掩不住美如花兒的容顏。她溫柔文雅的言語，優雅大方的舉止，就像杯清香淡雅的茶，讓唐玄宗精神爲之一振，喜歡得不得了。由於江采蘋從小喜歡梅花，唐玄宗就封她爲「梅妃」，在她所居住的宮中種滿了梅樹，對她疼愛有加，可以說是心中只有她一人，此後很少再去理會其他的嬪妃。

梅妃雖然集三千寵愛在一身，但她並不因此而驕縱任性。知書達禮的她，時常勸誡玄宗要以天下百姓爲重，不能荒廢國事，在玄宗專寵梅妃的十年裡，因爲她的賢淑品行，玄宗對她又敬又愛，的確讓開元年間成爲唐代的另一個盛世，直到楊玉環，也就是楊貴妃的出現。

楊玉環的美豔是另一種不同的風情，魅惑了唐玄宗，他所有的心思都轉移到了楊貴妃身上，漸漸地冷落了梅妃。楊貴妃已經得到玄宗的寵愛還不滿足，她知道梅妃之前也很受寵，怕玄宗舊情復燃，就一再地數落她的不是，玄宗不得已，只好下令把梅妃遷到上陽東宮，等於是把她打入冷宮，這才暫時堵住了楊貴妃的嘴。梅妃雖然黯然神傷，但是她不會玩弄權力，也不懂勾心鬥角那一套，所以沒有任何怨言，安靜地在上陽東宮過著寂寞冷清的日子。

這一天，一個小太監突然送來一斛珍珠，說是扶桑國進貢的貢品，皇上特地賜給梅妃娘娘的。梅妃看著那些光彩奪目的珍珠，心中一陣酸楚，想起從前與皇上的濃情密意，又想到自己現在的悽涼，皇上連來見她一面都不肯，送再多珍珠又有什麼用呢？她要太監將珍珠送還，又寫了一首詩讓他帶回去給玄宗。

柳葉雙眉久不描，殘妝和淚汙紅綃。
長門自是無梳洗，何必珍珠慰寂寥。

我那有如柳葉的雙眉已經很久不去畫描了，臉上殘留的粉妝和著眼淚弄髒了紅色手巾。在這個幽暗的深宮裡自然不需要梳洗妝扮，我的寂寞又哪裡是珍珠能慰藉的呢？

玄宗讀了詩，心中也是悵然不已，他其實沒有忘記梅妃，卻因爲不想惹楊貴妃不開心，只好對不起梅妃。他命令梨園弟子爲這首詩譜上曲子，在宮中傳唱，這就是曲牌〈一斛珠〉的由來。後來，安史之亂爆發，玄宗帶著楊貴妃等人逃離宮中，卻把梅妃給遺落了。梅妃爲了不讓叛賊汙辱，爲負心於她的玄宗保住清白之身，便用白布裹住自己，跳下古井，結束了生命。戰亂結束後，玄宗找到了她的遺體，哀痛不已，以貴妃之禮厚葬了她，並且不忘記在她的墓旁種滿她鍾愛的梅樹，陪著這位貞心賢德的女子長眠。

梅妃因爲喜愛梅花而得名，她也眞的像梅花一樣，高風亮節，清雅高貴，朝廷不但於唐至德年間爲她修建「浦口宮」，後人百姓也因爲感念她的氣節，不時到她的塑像前緬懷這位奇女子。也許，香豔濃烈的牡丹花會暫時眩惑心目，但清淡的梅花卻像是一縷幽香，縈繞在胸口久久不能忘懷。各位男士，是否曾經遇到過你的「梅妃」呢？

註：「浦口宮」是一座藝術品味非常高的宮殿建築，裡面不但有名家精心繪製的莆田二十四景水墨畫，還有郭沫若手書的「梅妃故里」，以及其他歷代名人題匾，被譽爲「莆陽第一宮」，是現在福建省保護的文物建築，也是著名的旅遊景點。

李白

15 也是巾幗英雄的西施

九〇年代後，台灣出現了一種特產——檳榔西施。不只檳榔西施大出風頭，就連水果西施也上了電視，因此踏進演藝圈。似乎，只要被冠上「西施」的名號，這些女孩就代表了擁有姣好容顏，註定該要引人注意。大家都知道中國有四大美女，分別是西施、貂蟬、王昭君、楊貴妃，卻爲什麼我們總是以「西施」來形容概括所謂的美女呢？爲什麼要叫「檳榔西施」，不叫「檳榔貂蟬」呢？被認爲是四大美女之首的西施，到底有什麼魅力？

西施姓施，名夷光，出生在局勢紛亂的戰國時代，越國寧蘿山下的若耶溪畔。她的父親是個砍柴維生的樵夫，因爲家住在西村，所以大家都叫她西施。也許是因爲生在山明水秀的鄉間，西施小小年紀就是個美人胚子，一舉手一投足都是百樣風情，就像一株出水芙蓉，勾動著所有男人的心魂。每當西施與女伴在溪旁浣紗時，她銀鈴般的笑聲與嬌豔的笑容，總讓人看傻了眼，聽說就連溪中的魚兒見了她，也不禁看得出神而沉入水中。西施的美，爲這小小的村落帶來了不同凡響的熱鬧。

當時的吳國與越國，爲了爭奪霸主地位，長年征戰，互不相讓，是非紛爭每天都在上演。吳王闔閭因爲得到伍子胥與孫武的輔佐協助，國勢日漸強盛，卻因爲越國從中作梗，闔閭得到霸主地位的偉業總難達成。幾年後，句踐繼位爲越國新任君主，闔閭發兵攻打越國，卻因爲句踐用計得宜，越國大敗吳國。闔閭在這場戰役中被弓箭射傷了腳踝，傷重過世，臨終前囑咐兒子夫差一定要爲他報仇，剷平越國！

夫差繼位之後，日夜不忘國仇家恨，努力充實吳國實力，加強練兵，最後抱著必死決心的吳軍打敗了越軍。爲了求得一線生機，句踐放下身段，挑選了美女與金銀珠寶向吳國求和，夫差聽從了主和派的伯否意見，沒有對越國趕盡殺絕，與句踐訂立了不平等合約，句踐與他的夫人，以及大夫范蠡都要到吳國當奴隸，向夫差表明自己的臣服之心。

在吳國，句踐等人換上奴僕的衣服，做著像馬夫與守衛這樣的低賤工作，對夫差非常的恭敬，似乎對於夫差的不殺之恩感激不已。而且就算是當人家的奴隸，范蠡與句踐之間仍然遵守君臣禮儀，夫差看了，憐惜之情油然而生；有一次夫差病了，句踐竟然親自為夫差嚐糞試探病情，夫差大為感動，不顧伍子胥的反對，赦免了句踐等人，讓他們回到越國。

回到越國的句踐積極整軍經武，時刻記得他在吳國所受的屈辱，臥薪嚐膽，激勵自己，並且禮賢下士，厚植國力。七年之後，累積了雄厚實力，準備伺機雪恥，但表面上仍然不動聲色地繼續向吳國進貢，而且不斷把越國的美女往吳國宮中送，為的就是要讓夫差沉溺在聲色犬馬中，荒廢國事。而西施，就是達成這個目的的最終武器。

聽說有如此佳人，范蠡親自走了趟若耶溪畔，當他見著了西施與另一個也堪稱國色天香的美女鄭旦，就知道復國大業必定成功。他把西施與鄭旦帶回宮中，請人訓練她們的儀態與歌舞，這密集訓練的三年裡，范蠡與西施萌生愛意，已成一對眷侶，然而國仇家恨待報，兒女私情只能暫放一邊，時機成熟之後，范蠡還是忍痛將西施以及其他美女，送進夫差的懷裡。

西施進宮之後，果然不負眾望，施展她苦心學習的媚術，把夫差迷得團團轉；鄭旦雖然比不上西施的受寵，但她嬌憨的矜持姿態，也讓夫差心醉神迷。這兩個越國派來的「女間諜」完全控制了夫差。老臣伍子胥看在眼裡，心急如焚，他明白一切都是越國的詭計，不斷向夫差諫言，要他提防，儘管夫差不加理會，西施卻知道伍子胥會是個麻煩，就日夜不停地向夫差說伍子胥的不是，昏頭的夫差真的把伍子胥給殺了。夫差的耽溺享樂，終於招來滅國之禍，當越國攻至城下時，無路可走的他最後刎頸自殺，句踐總算完成了他的雪恥復國大業。只是，當句踐後來成爲霸主，越人勢力日漸蔓延的時候，立下大功的西施與鄭旦已被遺忘。

後來，唐朝大詩人李白聽說這個故事之後，爲西施作了一首詩，讚揚她不求功、不爲名的美好情操：

西施越溪女，出自苧蘿山。
秀色掩今古，荷花羞玉顏。
浣紗弄碧水，自與清波閑。
皓齒信難開，沉吟碧雲間。
句踐徵絕豔，揚蛾入吳關。
提攜館娃宮，杳渺詎可攀。
一破夫差國，千秋竟不還。

「一破夫差國，千秋竟不還」，吳國一滅，西施從此失去蹤影，沒有人確切知道她的下落，有人說她被越王過河拆橋給殺了，也有人說她跟著情人范蠡歸隱山林，做一對與世無爭的神仙眷侶去了，更有人說其實歷史上根本就沒有西施這個人，一切都只是以訛傳訛的傳說。是史實也好，是傳說也罷，西施的美麗與忠貞，仍會鮮明地刻畫在千秋萬代的中國人心裡。

註：爲了紀念西施，現在的浙江省諸暨市，也就是傳說中的西施故鄉，有一座西施殿，據說建造年代應在唐代之前。殿中不但陳設了一萬多件的民間藝術品，附近還有相關的景點，如浣江、浣紗石、夢蘿山等，是浙江著名風景區。

李白

16 李白觀潮，暗諷昏庸縣令

西元二〇〇〇年的七月天，一個下著大雨的午後，電視新聞突然播出一則現場連線報導。畫面中，四個因溪水暴漲來不及逃離水中沙洲的工人，手牽著手，緊緊拉住彼此，在湍急的溪水中搖搖晃晃，慌張地等待著救援。新聞一播出，全國民眾都屏住了呼吸，心中想著政府的救難單位應該不久之後就會伸出援手，將他們平安帶離危險境地。然而，從下午五點十分等到七點零五分，將近兩個小時的時間，沒有任何救援前來，就在大家眨眼的一秒鐘，四個人失去了蹤影！

這樣震撼殘酷的畫面，傳送到全國人民眼前，民眾驚愕、憤怒的情緒爆發，難以理解政府為何如此草菅人命，眼睜睜讓生命就這樣消失。然而，面對社會輿論的指責與撻伐，我們看到的，卻仍是互相推卸責任、互踢皮球的政府，而後是一大串的懲處名單，行政院副院長下台了事。

顢頇無能的政府與官員，常是掌握人民生殺大權的關鍵！

唐朝偉大的浪漫派詩人李白，不僅有滿身無人能及的才華，更有一顆行俠仗義的仁愛之心，以及敢怒敢言的豪情個性。諸子百家之書他沒少唸過，但從小就學習劍術的他，也曾經因爲打抱不平而殺過幾個地痞流氓，咱們這位堪稱中國詩壇第一人的太白先生，可不是個手無縛雞之力的軟腳蝦呢！

據說，因爲詩名漸漸遠傳，十六歲的李白就被人推薦，在明彰縣知縣楊天惠的手下當一名文書小官。楊天惠是一個只顧自己享樂，絲毫不在乎地方百姓福祉的無能知縣。明彰縣位在涪江旁邊，風景秀麗，富庶豐饒，但是這一年的五月，因爲暴雨連下多天，溪水暴漲，眼看就有潰堤的危險了，然而這個楊天惠根本不顧百姓的死活。這天吃飽了飯，他突然心血來潮，竟然想去涪江邊觀賞大水的奇景，不但是隨從前呼後擁，知道李白很會作詩，他就要李白跟著去，說不定能幫他吟個幾句，風雅一番！

正當一行人站在江邊「欣賞」水景的時候，江面上赫然漂來一具女性的屍體。女屍漂到岸邊的蘆葦叢中，臉龐浮腫，披頭散髮，魚兒在她的嘴巴旁邊啃咬，還不時有鳥兒自江面上飛過，發出淒厲叫聲，其他人看得怵目驚心，紛紛閃避，就只見這楊天惠面色凝重，走來走去，似乎在沉思些什麼。其他人原以爲他是在爲百姓哀悼，誰知道他竟然開口吟起詩來了：

二八誰家女？漂來倚岸蘆。
鳥窺眉上翠，魚弄口旁珠。

毫無惻隱之心的昏庸縣令，不關心民間疾苦也就罷了，老百姓遭遇這樣的慘況，他竟然無動於衷，還有心情吟詩作對，行徑讓眾人不齒與憤怒，但大家卻是敢怒不敢言。唸完詩，楊天惠又覺得不好，要其他人幫他接下去，李白胸中滿腔怒火，正好逮著機會發洩，他向前一步，說：「不如由晚輩獻醜，給大人您接上四句，您以爲如何？」楊天惠一聽，當然滿口答應，急忙要李白接句，李白也就不客氣地大聲朗誦出來：

綠髮隨波改，紅顏逐浪無。
何因逢伍湘？應是怨秋胡。

女子的髮絲與容顏都隨著波浪而改變了，是什麼原因讓你遇上潮神伍子胥呢？想必是因爲對於秋胡的怨恨吧！

秋胡是春秋時魯國一個舉止輕浮、戲弄婦女的男人，李白正是把楊天惠比喻成秋胡，說他應該被潮神伍子胥給淹死，有些不曉歷史典故的官吏，還在那裡一個勁兒地稱讚李白接得好，楊天惠卻知道李白是在諷刺他，雖然氣惱難堪，他也無可奈何，只好草草結束了這場鬧劇，打道回府。

也許，當官也有當官的苦處與不爲人知的辛酸，但是既然身爲國家的政府官員，就該堅守崗位，在自己的位置上爲人民盡一份心力，只要有心，相信人民都看得到。我們眞的不需要會說出「哪個地方不死人」這種藐視生命，極端侮辱百姓所託話語的無能官員！

李涉

17 瀟瀟詩作，智退盜寇

台灣電視圈過去曾掀起談話性節目風潮。這些節目每集會邀請一位特別來賓，或是藝人，或是各行事業有成的名人，由主持人訪問引言，讓特別來賓談談他的心路歷程，或是他打拚事業一路走來遭遇的艱辛與挫折，也許因爲眞摯不作假，當電視裡的特別來賓娓娓道出他的故事，電視機前的觀眾也常跟著又哭又笑，感嘆人生的起伏無常。

記得有一集訪問一位資深歌手，她說了一個經歷，讓我印象很深刻。演藝路上曾經有一段時間，她的唱片銷量不好，主演的戲劇收視率也不佳，因此工作機會漸漸不再上門，最後斤頭裡只剩下幾百塊，眞是十足的低潮期。覺得自己已經倒楣到極點的她，有一天晚上回家，竟然還遇到搶劫！她眞是哭笑不得，一時之間難以控制情緒，就對搶匪掏出她身上僅有的零錢，歇斯底里地要他全部拿去，順便一刀解決她更好！搶匪被她一吼嚇呆了，還反過來安撫她，結果兩個人就這樣聊了起來。搶匪其實只是個輟學的高中生，因為沒有錢花用才鋌而走險，女藝人苦口婆心地勸他回家繼續唸書，不要做傻事，賠上自己的前途；年輕人也給女藝人打氣，相信她有朝一日可以東山再起，再創事業新高峰。後來女藝人果然再度走紅，從此奠定在演藝圈的地位，但她永遠忘不了那個年輕孩子給她的鼓勵，以及那晚奇特的經驗。

世界真奇妙，不是嗎？

晚唐時候，有個詩人叫李涉，自號清溪子，是洛陽人。李涉是個詩人，最擅長七言絕句，創作也以七言絕句最多，而且用語通俗淺白，大部分人都能懂。他本來的官位是太子通事舍人，後來因故被貶放到陝州當司倉參軍，又再被召為太學博士，所以大家也都稱他為「李博士」。李涉的仕途走得不是很順遂，後來又被流放到南方，從此在桂林一帶遊歷，他的詩作收錄在《全唐詩》裡。

話說李涉有一次要到九江去，坐船經過皖口的時候遇到了一群「綠林好漢」。強盜首領攔下李涉一行人之後，就大聲喝問：「來者何人？報上名來！」李涉的隨行人員害怕地回答：「船上坐的是李涉李博士！」強盜首領一聽，馬上又接著問：「李涉？你說的可是大詩人李涉博士？」這時候李涉從船艙走出來，自己回話了：「正是在下！」李涉從容不迫，絲毫沒有畏懼的神情。

唐朝是一個詩歌文化鼎盛的時代，平常老百姓對詩人都非常敬重，沒想到這強盜頭子雖然做些打家劫舍的勾當，卻是個愛詩之人，而且早已久仰李涉的詩名。一見到李涉本人，他馬上放下手裡的大刀，向李涉行了個禮，說：「今日能見到李博士一面，在下實在三生有幸，當然不敢放肆！只求李博士能夠以詩相贈，了卻我一番心願！」

李涉也很乾脆，想了一想，就吟出了〈井欄砂宿遇夜客〉：

春雨瀟瀟江上村，
綠林豪客夜知聞。
他時不用相迴避，
世上如今半是君。

我在黃昏瀟瀟的雨中來到這江邊的小村落，卻沒想到在這樣的夜晚遇上了你們這群綠林好漢；如果有朝一日再相見，你們也不需要迴避，因爲現在世界上有一半人都已經成爲你們的夥伴了啊！

當時的唐朝局勢已陷紛亂，社會動盪不安，李涉這首詩雖然看起來是記錄了遇上這幫強盜的情事，卻也是對於國家政治的腐敗提出控訴，並且寄予淪爲盜匪的百姓深深同情。這群強盜聽完這首詩都非常感動，向李涉行禮作揖後，全數離去。

李涉這番奇遇後來被記錄下來，寫成了故事，流傳到千百年後的現在。也許我們會感嘆世間事眞是無奇不有，然而看了這個故事，卻有個更深的感觸：如果一個政府不能給人民安定平靜的環境，還讓老百姓爲了生活，不得已做了犯法的事，那麼在責罰百姓的同時，是不是也該檢討一下：這樣的政府，難道沒有責任嗎？

李商隱

18 夜雨相思情

我不喜歡雨天出門，不只是因爲要帶雨具很麻煩，而且到處濕答答的，一個不小心，回家以後就會發現衣服上又多了些汙漬，總讓人懊惱不已。

不過，我喜歡下雨天的夜晚。尤其在燥熱的夏天，晚上下點雨，暑氣頓時消去不少，涼涼微風輕輕吹拂，讓人舒服入睡。我總喜歡在夜深人靜時，聽著窗外淅淅瀝瀝的雨聲，寫寫心情文字，看看一直沒時間閱讀的好書，然後在雨聲的搖籃曲中，不知不覺跟周公約會去，對我而言，這是幸福的時光之一。

雨，給你什麼樣的感覺呢？

如果請大家舉例說出唐詩的代表人物，想必很多人的答案都會是「李杜」，李白與杜甫。其實，「李杜」可以代表四個人，除了盛唐時候的前輩李白與杜甫，還有晚唐兩位後起之秀，杜牧與李商隱。

李商隱，字義山，號玉谿生，也號樊南子，約出生於唐憲宗時代。李家是個沒落的貴族家庭，李商隱前幾代的父執輩都只做過縣令或是幕僚等官，官職階級很低，因此李家家境並不是很好。李商隱三歲的時候，因爲父親要到浙東觀察使門下當幕僚，他也就跟著父親搬到江浙一帶，在這裡度過他的童年時光。不知道爲什麼，從李商隱的曾祖父開始，李家的父系親人都很早就過世，李商隱十歲的時候，父親死在幕僚任內，只剩李商隱與母親兩人護送父親的棺木回鄉安葬，孤兒寡母的處境讓人同情。也許是因爲幼年就遭遇這樣的不幸，李商隱身體瘦弱，又多愁善感，個性也較爲內向，但他仍然努力想要考取科舉，希望能夠因此改善家中環境。

李商隱才氣縱橫，年紀輕輕就能寫一手好詩，十七歲的時候，因爲寫出了「軍令未聞斬（誅）馬謖，捷書惟是報孫歆」的詩句，受到天平軍節度使令狐楚的賞識，就聘請他到門下當幕僚，李商隱也就因爲這樣，和令狐楚的兒子令狐綯結成了好朋友。在唐代，光是努力用功還不夠，想考上進士，還需要有實權人物推一把，才可能求得功名。因此，當令狐綯當上宰相後，李商隱也就順利考上了進士。我們不需要批評他走「後門」，畢竟那是當時的社會狀況。

李商隱考上進士的同一年年底，令狐楚因病過世，因爲得到另一位涇原節度使王茂元的欣賞，李商隱於是改投到王茂元門下。王茂元對於他的才華不但讚譽有加，還讓自己的小女兒嫁給了他，李商隱成了王家女婿。與王氏成婚之後，兩人的感情持續加溫，王氏溫柔賢淑，不但愛他的人，也惜他的才，李商隱對她更是全心全意，兩人的感情深厚，婚後生活平靜美好。

這樣的生活持續不了多久，李商隱的人生就起了波瀾。當時牛李黨爭鬥得是滿朝風雨，李商隱原本依附的令狐楚屬於牛黨，但他後來卻成了李黨的王茂元的女婿，此舉讓牛黨人士視他爲叛徒，令狐綯更無法諒解他的作爲。從此以後，李商隱成了夾心餅乾，到處被排擠，只能擔任一些六品甚至九品的低階官位，而且被迫離開妻小，漂泊各地，到處流浪，他心中的悽楚與抑鬱可想而知。

這一年，鎭守四川的河南尹柳仲郢聘請李商隱當節度判官，李商隱於是到了四川。不久之後，一個下雨的夜晚，他收到了妻子王氏寫來的家書。信中告訴他家中的現況，不但有著深深的思念，還有殷切的期盼，妻子問著：「什麼時候，你才能回到故鄉，回到我身邊呢？」

看到這句話，李商隱被心中的酸楚與思念之情給淹沒了！什麼時候呢？他也在問自己啊！但是，誰能給他答案呢？他多麼想現在就飛奔回家，與妻子在夜裡輕聲說著別後心情，給孩子一個最溫暖的擁抱，只是，一切只是空想啊！

沉沉地嘆了一口氣，抬頭看著窗外蕭颯的夜雨，他提筆寫下〈夜雨寄北〉：

君問歸期未有期，巴山夜雨漲秋池。
何當共剪西窗燭，卻話巴山夜雨時。

你問我何時回去，我無法告訴你確定時程，我心中的愁苦就像今夜漲滿秋池的雨一樣，綿綿密密；什麼時候我們才能在西邊窗下的熒熒燭火中，再來閒聊著這個巴山下雨的夜晚呢？

對於妻子的深切思念與眞摯情意，都在這首短短的小詩中表露無遺。雖然情意眞切，卻是含蓄雋永，讓人回味無窮。這首小詩，成爲李商隱千古傳頌的代表作。

不知道什麼時候又下起雨了，放下手邊工作，我走到陽台，望著不斷落下的雨滴，思緒飛到遙遠朦朧的時空裡。嘿！下雨的夜晚，你想起誰了呢？

李商隱

19 喜愛輕舞細腰的楚靈王

打開電視，電視上的女明星，明明已是標準魔鬼身材，卻還嚷嚷著自己還要再瘦一點；網路消息中，也總是傳遞著最新的減肥祕方。肥胖，的確已成爲現代人的文明病之一，長期坐在辦公室裡，動不動就是大魚大肉，稍稍不留意，體重計的指針就會讓你想「驚聲尖叫」！醫生勸告過於肥胖的人們減肥，是基於健康的理由，因爲肥胖是很多病變的主因，但有多少的女性減肥眞是爲了健康？恐怕，外表的美觀與否才是主因吧？

然而，當瘦身減肥變成了另外一種「流行」的同時，卻也常傳來有人減肥過度得了厭食症，結果體重一落千丈，瘦得跟個皮包骨沒兩樣，讓人看了怵目驚心，甚至因此而喪命。其實，眞的非減不可嗎？

楚靈王，是春秋戰國時代的暴君。公元五四五年，楚國的康王死了，繼承者是他的兒子熊麇。誰知康王的弟弟公子圍早就對王位虎視眈眈，不甘心只當個相國，竟然趁著姪子熊麇生病的時候，藉口說要探望他，狠心地把他給勒死了。確定熊麇死了以後，他還不能放心，接著又往後宮去要砍殺其他兄弟，幸好他的三個弟弟聽到消息後都逃出宮去，才沒有讓他得逞。他的陰狠個性，讓其他的大臣不敢反抗，於是他改名爲熊虔，大方地登基當了楚國新王，也就是楚靈王。

當了王之後，熊虔野心更大了，一心一意要讓楚國成爲天下霸主，只是他生性貪婪又殘暴，而且好大喜功，爲了向其他諸侯炫耀，他選定了當時的雲夢澤（現在的洞庭湖）建造離宮。這座離宮規模宏大，據史書記載，它的基部長寬各十五丈，高約十丈，可說是高聳得深入雲端，全部都是用巨大的石頭堆砌而成的，台上還修築了樓閣，金碧輝煌，極盡奢侈之能事，因爲主體建築叫做章華台，所以就把這座離宮也叫做章華台（這座離宮的遺址在今日湖北省潛江市龍灣鎭，是大陸重點保護的文化古蹟）。

可想而知，建造這麼大一座離宮需要多少人力，楚靈王根本不顧民間疾苦，大量徵調老百姓幫他修築這座毫無意義的宮殿，這也使得民怨四起，但他完全不當一回事；加上他的臣子都畏懼他的權威，不但沒有阻止他的暴行，還變本加厲地迎合他的嗜好，滿足他的慾望，楚國的老百姓簡直生活在水深火熱之中。

自古以來，沒有哪個君王不愛美女的，楚靈王當然不可能例外，章華台就是他用來與美女縱情享樂的園地。只是，這楚靈王有個特殊的癖好，他特別欣賞「細腰」美女。在他的審美觀裡，美女不僅要有姣好的容貌、婀娜多姿的身段，最重要的是要有纖纖柳腰，就好像輕輕一握就會斷掉似的，這樣才更顯得風情萬種，也才稱得上是「美女」。靈王不只這樣看待女人，就連對宮中的其他朝臣，他也認爲要有細腰才是賞心悅目，還曾經當眾讚美過一些身形比較苗條的臣子，甚至提拔重用他們，一時之間，宮中掀起了一股「瘦身運動」的風潮。不管原來的體型如何，每個人都勒緊了腰帶，忍受著一天只吃一餐的飢餓痛苦，就算是餓到頭暈眼花也不放棄，爲的就是能夠瘦出「細腰」來，博得靈王的歡心。到了後來，有許多人早就瘦過了頭，身體虛弱不堪，甚至需要扶著牆壁才站得起來，滿朝文武百官全部都「面有菜色」，好像風一吹就會倒地一樣，怎麼可能曾有精神與能力處理國事呢？

就因爲靈王的暴虐無道，搞得天怒人怨，當他的弟弟起兵討伐的時候，楚國的百姓夾道歡迎，靈王的暴政輕易就被推翻了。「天作孽，猶可爲；自作孽，不可活」，靈王被迫逃亡，沒有一個人願意跟隨他，最後竟然因爲無法忍受飢餓，自己吊死在百姓的農舍裡，果眞是現世報啊！

晚唐著名詩人李商隱，聽聞這段故事之後，就寫了一首詠史詩，描述這段故事，這首詩就叫做〈夢澤〉：

夢澤悲風動白茅，楚王葬盡滿城嬌。
未知歌舞能多少，虛減宮廚爲細腰。

悲涼的晚風吹過了雲夢澤，昔日楚王所埋葬的那些佳麗已經成了一坏黃土，墳上的白草悽悽地隨風搖曳著；當年得到楚王喜愛而在他面前表演歌舞的宮女能有幾個呢？只是可憐了那些爲了能擁有細腰，卻因此餓死的宮女啊！

你還在爲了吃下一塊蛋糕而感到罪惡感十足，甚至強迫自己再去跑步半個鐘頭嗎？任何事情，過與不及都不是最好的，適可而止最重要，肥胖固然不是好事，也別盲目地把健康都給犧牲了。如果經過科學驗算，發現自己已經在標準體重之內，就請放鬆一點吧！偶爾喝個下午茶，吃塊美味的蛋糕，好好享受人生，才是最該計較的喔！

杜甫

20 天涯淪落人

幾天前，爲了多收集些寫作的參考資料，抽空上街走一趟，到各大書局晃了一圈。從一堆古典到不行的叢書中抬頭時，已經將近中午，腦袋裡塞進不少「李白、杜甫」後，肚子也需要點養分，就信步走到附近的速食店用餐。還沒踏進店門口，忽聽得有人叫喚我的名字。我循聲回頭，驚喜地發現是我第一個工作的公司同事，我們兩人也不顧會不會嚇到路人，高興地大叫、擁抱！雖然不是在「他鄉」，但能「遇故知」，一樣是件令人開懷的事。

第一份工作，是在一家出版社擔任編校工作。小小的出版社，上上下下加老闆不過七個人，大家相處很是融洽。巧遇的同事，是當時公司裡唯一的美術編輯，雖然年紀輕輕，但專業功夫已有相當水準，很受老闆器重。我們兩個年齡相近，自然很有話聊，後來因爲各自有不同的生涯規畫，我們同時選擇離開，頗有革命情感。分道揚鑣後，就少有機會再聚，這次路上偶遇，話匣子一開就停不下來，自然也想起了我們一起並肩作戰的那段日子。雖然不過是三年前的往事，回想起來，仍有恍如隔世的感覺。

唐玄宗登基那一年，中國歷史上最偉大的社會派詩人杜甫出生。杜甫字子美，祖父杜審言也是著名詩人，因此杜家雖然家境並不好，但杜甫從小就身受良好優秀的文化教育。既然家境貧困，杜甫就發憤讀書，七歲就會作詩的他，二十四歲那年到長安應考，卻不幸落第，從此以後他就在各地漫遊。因爲他沒有顯赫家世，儘管四處尋求機會，卻落得四處碰壁，看盡他人臉色，飽嚐人間冷暖。客居長安十年，杜甫沒有求到一官半職，生活得很辛苦，可以說是「鬱卒」到極點了。

後來安史之亂爆發，長安淪陷，杜甫投奔肅宗李亨，終於被任爲左拾遺，但他後來又因爲直言進諫被貶華州。四十九歲那年，他棄官流浪到四川成都，在朋友的幫助下，在成都郊外的浣花溪旁蓋了一座草堂暫住。在成都的這四年，他專心創作，寫了二百四十多首詩作。後來經過好友嚴武的推薦，他出任了一段時間的檢校工部員外郎，但此時的他已經是個五十多歲的半百老人了。

大曆五年，五十八歲的杜甫流落到江南的潭州，與昔日舊識李龜年不期而遇。李龜年是唐玄宗時代很有名的音樂家與歌唱家，他與另外兩個兄弟彭年與鶴年，都因為具有音樂表演才華，而在宮中擔任樂工。李龜年會唱歌，會作曲，還擅長彈奏羯鼓與吹奏篳篥，特別受到玄宗的賞識。因爲他們傑出的表現，許多王公貴族舉辦宴會活動時，都會自掏腰包請他們到府上表演，這樣賺來的「外快」數以萬計，沒做官的李氏兄弟靠著自己的才藝表演，累積了萬貫家產，還在洛陽修築了一座豪宅，可以說是風光一時。只可惜「花無千日好」，安史之亂爆發，玄宗自身難保，李龜年被迫離開長安到處流浪，沒想到與杜甫在潭州相遇了。

遇見了李龜年，杜甫想起十四、五歲時，因爲年少有詩名，也曾受到一些王侯權臣的器重，時常出入這些名門豪宅，有幸能夠欣賞到當時受邀的李龜年精湛的表演，李龜年自然也沒有忘記這位才華滿身，遭遇卻始終坎坷的詩人。四十年後再相見，兩人都已年華老去，也同時漂泊無依，心中的感慨何只萬千。於是，杜甫提筆寫下〈江南逢李龜年〉：

岐王宅裡尋常見，崔九堂前幾度聞。
正是江南好風景，落花時節又逢君。

岐王是唐玄宗的弟弟李範，崔九則是中書令崔某的弟弟崔滌，李範與崔滌因爲欣賞杜甫的才華，曾多次邀他到府上作客，欣賞李龜年的演出。詩的意思是，我在岐王的宅邸時常看見您，也曾多次在崔滌的府中聽過您的歌聲。如今正是江南的美麗時節，想不到在一片落英繽紛中，又遇見了您啊！

雖然並非交情深厚的老友，卻有「同是天涯淪落人」的相同感受，短短四句詩，說盡了滄桑往事，淡淡的惆悵與感傷，讓人讀來似乎也「心有戚戚焉」。每個人的命運與遭遇總是高低起伏不同，然而在失志沮喪的時候，遇見了老朋友，回憶過去，想想未來，也是另一種力量的凝聚。請再次站起來，邁開大步往前走吧！

21 落花猶是墜樓人

杜牧

曾有一間新式大型百貨公司在週末夜晚封閉賣場，只開放給持有白金卡或是名貴房車的客人進入消費，有些不知情的民眾興高采烈前往，卻被擋在門外不能進去。一位掃興的民眾不滿地抱怨：「這種做法根本就是讓社會階級更加明顯，有必要嗎？」

不管是什麼時代，社會階級絕對存在，貧富差距也永遠都有，「朱門酒肉臭，路有凍死骨」的情景，在每個時空中不停上演，路邊流浪漢、靠救濟金過活的低收入戶隨處可見，而一頓飯就要吃掉萬把塊以上的「有錢人」也還是過著奢侈的生活，甚至暗中較勁排場與氣勢，好像不這樣做就無法顯示自己比別人「高一等」。

石崇是西晉時的文學家，極有詩才，也曾經做到荊州刺史的職位，稱得上是一位文人才子，不過這位讀書人一點都不寒酸，還是一個名滿天下的鉅富，據說他的財產多得連當時的皇帝晉武帝都比不上，用「富可敵國」四個字也不足形容他的富有。石崇的萬貫家財，一部分是繼承了祖產，但大部分的人都認爲是他在當荊州刺史期間，私底下搜括民脂民膏，還搶劫路過的外商或是使者得來的，總之不是什麼正當途徑賺來。他雖然並沒有做到很高的官位，權勢不見得比較大，但他的財富卻是任何一個王公貴族都比不上的。既然擁有如山一樣的財富，石崇生活的鋪張浪費、奢侈華麗自然就不用說了。據說他家廁所富麗堂皇，有一張掛著絳紗帳的大床，還有兩個漂亮的女僕，拿著香囊伺候上廁所的客人，這樣的誇張離譜，難怪連客人都被嚇跑了！

石崇卸任荊州刺史以後，在河南洛陽的西北方蓋了一座庭園，裡面亭台樓閣伴著小橋流水，雕梁畫棟金碧輝煌，還養了許多的動物，栽種了許多奇花異草，取名叫做「金谷園」，他就在裡面過著神仙一樣的生活。光是有錢當然不夠，他還養了許多寵妾，其中最得寵的就是綠珠。石崇出使交趾（越南）的時候，買回來很多當地會唱歌跳舞的女子，綠珠是其中最出色的一個，不但會吹笛子，歌聲動人，舞姿曼妙，而且是個國色天香的大美人。石崇教她喝酒吟詩，寫曲子讓她跳舞，聰明機靈的綠珠總是一學就會，可以說是萬千寵愛在一身。

這樣歌舞昇平的日子，沒多久之後就起了變化。趙王司馬倫起兵造反，自立爲帝。

他當上皇帝之後，以前跟著他的屬下也個個雞犬升天，每個人都或多或少得到了升遷或賞賜，甚至到處胡作非爲，無法無天到極點。孫秀就是因爲跟對了主子，一下子從個小官吏變成中書令，他本來就卑鄙，得到權勢以後當然變本加厲，囂張狂妄。石崇是當時最有名的富豪，樹大招風，孫秀也注意到他，知道他有個美豔絕倫的愛妾叫綠珠，就派人到金谷園向石崇要人。

綠珠是石崇的心頭肉，他怎麼樣也不甘心把她送給孫秀，就把家裡所有寵妾叫出來，讓孫秀派來的屬下挑選。但是來人也很乾脆，指名就是要綠珠，石崇一氣之下就把他們給趕了出去，這麼一來，換孫秀火大了！知道石崇不肯讓出綠珠，他怎麼樣都嚥不下這口氣，竟然假借皇帝的名義下令抓拿石崇。當大批人馬來到金谷園，將園子團團圍住時，石崇與綠珠正在樓上飲酒作樂，知道消息的時候已經來不及逃走。

石崇眼看過不了這一關，他深情抱住綠珠說：「今天爲了你得罪孫秀那個小人，恐怕我是不會有什麼好下場了！」

綠珠知道石崇是爲了她才會落到這樣的地步，心中又感動又愧疚，她流著淚對石崇說：「我綠珠這輩子沒辦法報答您的恩情了，但我絕對不會背叛您，就讓我以死來證明吧！」說完，不等石崇反應，她已經從樓閣中跳下，結束了自己青春的生命。

綠珠死了，石崇心痛難過，孫秀卻還不能消氣，最後，石崇一家十五口全都死在他的設計陷害之下。

後來，晚唐著名的詩人杜牧，聽說了金谷園的名聲，特地前往探訪。看著依舊豪華的庭園，想起了綠珠的故事，杜牧唏噓感嘆，寫下了這首〈金谷園〉：

繁華事散逐香塵，流水無情草自春。
日暮東風怨啼鳥，落花猶似墜樓人。

昔日繁華飄香的庭園已經沒落，流水仍然流著，草木也依然青蔥，但已經人事全非了。黃昏時分，晚霞餘暉黯然，東風裡傳來哀怨的鳥叫聲，看著眼前的落花，就像看到了當年墜樓的佳人綠珠，讓人難掩感傷情懷。

俗話說「人無橫財不發，馬無夜糧不肥」，樂透彩券席捲整個台灣，每個人都想一夜致富，但有多少眞的中大獎的人願意曝光呢？這樣的財富帶來的會是福氣嗎？並不是說富有就是罪過，只是擁有這麼多錢財，應該更有能力幫助別人，爲這個社會盡一份力量。請讓自己成爲一個「富而有禮」的資產家，而不純是一個滿身銅臭味的暴發戶！

註：金谷園的舊址在今河南省洛陽老城東北七里處的金谷洞內。每年陽春三月的時候，園內百花齊放，亭台樓閣交錯，景色迷人，是現在的洛陽八大景之一。

杜牧

22 杜牧的十年盟誓

不曉得各位以前有沒有看過卜學亮所主持的「超級任務」？華視綜藝節目「超級星期天」，播出時有很多受歡迎的單元，其中一個儼然成為該節目的招牌，就是「超級任務」。「超級任務」的走紅，除了主持人的親和力，以及剛開始的新鮮感以外，最讓觀眾期待的，是當那扇門打開的時候，來賓與當事人之間的情緒互動，總是讓大家跟著又哭又笑，就好像那是自己的故事。

你有沒有想要找的人呢？

晚唐著名的詩人杜牧，中過進士，也曾做官做到中書舍人，他是宰相杜佑的孫子，但家境卻是貧困的。雖然如此，他從年輕的時候就懷有雄心壯志，對於國家政治都有獨特的見解。但是因為他的個性過於剛直，得罪了不少人，所以雖然做過官，卻總是沒辦法施展抱負，一輩子的遭遇都不是很得意。曾經因爲這樣，當他被朝廷放逐的時候，爲了忘掉煩惱，他整天留連在青樓妓院，跟那些名妓打情罵俏，作了不少鮮麗的聲色詩，當然也就留下很多風流韻事。以下這個故事，雖然跟青樓名妓沒有關係，也可以看出杜牧可眞是個風流多情的才子。

太和年間，大約是杜牧三十歲出頭的年紀，他一路遊山玩水，來到了浙江省湖州（現在的吳興）。就當他輕鬆地散步觀賞景色的時候，走著走著，對面出現了一對行人，引起了他的注意。那是一個老婦人牽著一個少女，少女大概才只有十多歲，卻吸引住他的目光。小小年紀的她，已經是豔光四射，長得非常脫俗美麗，一對天眞但是水汪汪的眼睛眨呀眨的，還對著杜牧淺淺地笑了。

杜牧驚爲天人，也顧不得行爲是不是適當，就把她們給攔了下來。

杜牧先是隨便找話題跟老婦人閒聊，少女只是羞澀地躲在一旁，沒有開口。最後，杜牧講到了重點，他問了少女的身分。

老婦人笑著告訴杜牧，少女是她的女兒。杜牧立刻又問：「那麼，請問令千金是不是已經訂親了呢？」老婦人先是訝異，不過馬上就知道了杜牧的心事，她說：「小女還沒有跟任何人家訂過姻緣呢！」

這樣的回答讓杜牧非常高興，他馬上就開口向老婦人要求，希望老婦人將女兒嫁給他。剛開始，老婦人以女兒年紀還小爲理由，婉拒了杜牧的求親，但是杜牧不死心，最後他說：「大娘您的考慮自然有道理，但杜某是眞心誠意求取這門親事的。不如這樣吧！請您給我十年的時間，十年後，等我飛黃騰達，姑娘也已經到了出嫁的年紀，我一定回來迎娶。如果十年後我沒有按照約定前來，就請姑娘另外婚配，杜某絕對沒有意見。請大娘成全！」

老婦人看杜牧是個頗有上進心的年輕人，也表現了十足的誠意，就也乾脆地答應了杜牧的請求，十年之約就這樣訂下了。

時間的流逝永遠快得驚人，轉眼間，十四年過去了，杜牧當了湖州的刺史，舊地重遊，他並沒有忘記十年之約，也對那張清麗的容顏仍然念念不忘，因此來到湖州上任之後，他開始四處尋找當年那對母女。好不容易，他找到了當年的老婦人，但老婦人卻告訴他，女兒已經嫁人了。杜牧原本非常生氣，責怪老婦人沒有守信，老婦人卻是回得理直氣壯：「你要我女兒等你十年，現在十四年過去了，我女兒也才剛嫁人三年！背信的可是你啊！」

杜牧啞口無言，的確，違背約定的是他，又能怪得了誰呢？回到家中，想起這段奇遇，想起這段錯過的姻緣，詩人提筆寫下了這首〈嘆花〉。

自是尋春去校遲，不須惆悵怨芳時。
狂風落盡深紅色，綠葉成蔭子滿枝！

只能怪自己尋訪春色去得太晚了，不需要惆悵地埋怨花開得太早。狂風已經吹落了深紅色的花朵，現在只見到綠葉成蔭，果子掛滿了枝頭啊！

時間，一分一秒地走著，帶走年華，卻讓回憶更加鮮明。當你有一天興沖沖地找到了初戀情人，卻發現他已經有家有室，孩子滿屋子跑了，是什麼樣的感覺呢？我想，不是感嘆，不是惆悵，而是開心的吧？因爲，那個你曾愛過的人找到了幸福，共同擁有的回憶雖然沉澱了，卻可以送上更多的祝福呢！不是嗎？

杜秋娘

23 寄情金縷衣

勸君莫惜金縷衣，勸君惜取少年時；
花開堪折直須折，莫待無花空折枝。

第一次看到這首詩，是在小時候父親買給我們閱讀的兒童讀物裡，大大的國字，旁邊有清楚的注音，還有簡單的解釋。整首詩的要點，就在於提醒我們要珍惜時光，在還能努力的時候多加努力，別等到哪天想努力都沒有機會了，才來後悔。當時年紀還小，無法眞的體會詩中涵義，後來年紀漸長，懂得了作者想告訴我們的道理，也對作者「杜秋娘」產生了好奇心。

杜秋娘是金陵人（現在江蘇南京），雖然出身低賤，上天卻給了她絕代的容貌，靈秀的氣質，能歌善舞的才華，而且寫詩作曲也難不倒她；有著獨特江南少女風華的她，小小年紀已是風靡江南一帶的名歌妓。當時的鎮海節度使李錡聽聞了她的名聲，就把年僅十五歲的她，買回府中當歌舞姬。李府中的歌舞姬不只有秋娘一個，秋娘知道若要出人頭地，必定要有不同於其他女孩的獨特表現，所以她不跳一般舞曲，也不唱現成歌賦，而是自己譜曲塡詞，寫了一首〈金縷衣〉。在一次宴會上，秋娘抓住機會，聲情並茂地唱出了〈金縷衣〉，讓李錡驚爲天人，也被秋娘的風情給迷住了神魂。於是，年過半百的李錡，立刻將未成年的秋娘納爲小妾，成了一對忘年的老夫少妻，過了一段甜蜜醉人的幸福時光。

當時唐德宗駕崩，順宗繼位不到八個月，就因爲生病又禪位給兒子憲宗。憲宗年輕氣盛，一繼位意欲有所突破，想要挽回大唐日漸衰頹的氣勢，因此開始大刀闊斧地厲行整頓，第一件事就是削減已成大唐心腹大患的節度使勢力。李錡身爲節度使，當然大爲不滿，仗著手中握有兵力，竟然起兵叛亂，後來被朝廷制服，全家都成爲階下囚，杜秋娘則被送進宮中爲奴，還是被指派擔任歌舞姬。秋娘不甘心一輩子都被埋沒在後宮中，趁著一次爲憲宗表演的機會，再一次歌舞了〈金縷衣〉，果然又吸引了憲宗的目光，她明亮雅緻的容顏，與不同於其他後宮佳麗的秀麗氣質，讓憲宗一見傾心，不久之後，秋娘被封爲秋妃，從此受盡憲宗寵愛。

秋妃與憲宗，就像當年的楊貴妃與唐明皇，他們手牽手悠遊於山光水色中，在月光中吟詩作對，在搖曳的燭火旁下棋談心，相知相惜，情深意重，恩愛纏綿，好似一對神仙眷侶。雖然專寵於憲宗，秋妃可沒有恃寵而驕，更不像楊貴妃那樣魅惑憲宗荒廢了國事，而是以她女性的溫柔與智慧，磨化了憲宗過於尖銳不饒人的氣勢，規勸憲宗以德治天下，使得大唐有了中興的新氣象。正因爲秋妃不凡的氣度，讓當時不滿三十歲的憲宗對她又敬又愛，就連宰相李吉甫建議憲宗可再遴選其他佳麗時，憲宗也只說：「朕得秋妃一人，已經心滿意足了。」可見秋妃當時在宮中的地位分量。

誰知道，憲宗後來竟然無緣無故暴斃，得年四十三歲，太子李恆在宦官的擁戴下繼位爲穆宗，這時年約三十歲的秋妃已經入宮十二年，在宮中還是極受敬重，即使政權輪替，也沒有動搖到她的地位，穆宗還時常向她請教國事呢！因爲對秋妃的信任，穆宗委請她擔任兒子李湊的保母，秋妃本身沒有孩子，也就把李湊視如己出，盡心教養，呵護備至。

從憲宗之後，大唐就陷入了在位者總是早逝，宦官掌權、幼主繼位的惡性循環中。後來穆宗又以三十歲不到的年紀一命嗚呼，十五歲的敬宗繼位，兩年後又不明喪命，敬宗的弟弟再被樞密使王守澄與宦官推舉爲帝，是爲文宗，但文宗年幼可欺，政權仍掌控在權臣與宦官手中。這一連串的政治風暴，秋妃冷眼旁觀，看得一清二楚，此時她一手調教的李湊已被封爲漳王，長成一個有膽識、有擔當的年輕人，並且立志有朝一日要成爲明君。秋妃已無法容忍大唐就這樣毀在宦官手中，見時機成熟，與宰相宋申錫暗中配合，想要一舉推翻王守澄的勢力，將李湊推上皇帝寶座。無奈後來消息走漏，王守澄先下手爲強，雖然沒有實質的叛亂證據可判秋妃等人重罪，但李湊被貶爲平民，宋申錫外放爲江州司馬，秋妃也被歸遣回金陵，孤單落魄地度過晚年。

杜秋娘出身歌妓，最後卻能獨寵於後宮，而且賢德輔佐憲宗，更爲了大唐的未來勇敢冒險，雖然最後沒有成功，還害得自己孤苦終老，但她從來不向命運屈服的堅韌個性，就像她所寫的〈金縷衣〉，永遠鮮明地烙印在中國歷史上。

孟郊

24 慈母心

叛逆的年少時代，是我與母親磨擦最多的一段歲月。身為母親娘家的第一個孫輩，雖然是個女娃，從小，我就被外婆與幾個舅舅、阿姨給捧在手心裡、寵在心坎裡，而外婆對我的寵溺更養成我驕縱任性、無法無天的個性。到了俗稱風暴期的青春期，我暴躁固執的脾氣更是變本加厲，母親本就是個急性子，因為關心而嘮叨的話語，聽在當時的我耳中，簡直是種無法忍耐的「諷刺」與「噪音」，我就像是隻刺蝟，張開所有的防備，常與母親針鋒相對，頂嘴冷戰，時常惹得母親傷心落淚。

後來，離家北上唸書，開始思念母親的家常菜，遇到挫折的時候，電話中聽到母親的聲音，總是讓我哽咽落淚，以前最不愛聽的「嘮叨」，成了我繼續往前走的原動力。那時才深刻體會，母親的愛，從我們落地那一刻開始，就沒有結束的時候了。

著名詩人孟郊出生於唐玄宗開元年間，字東野，是現在的浙江省武康縣人。孟郊家裡的環境並不好，家中所有的開銷支出，全部靠母親一個人支撐，生活過得很辛苦。雖然才華不輸人，也有滿腔的抱負想要實現，但他的運氣實在非常差，不管再怎麼努力，就是考不上科舉。經過多次的屢敗屢戰，終於，四十六歲那一年，他考上了進士，五十歲才有漂陽縣尉這個小官做。後來，五十六歲的時候，他被友人推薦當了轉運判官，六十四歲的時候又被推薦去做參軍，雖然已經是個上了年紀的老人，孟郊還是開心地帶著妻子前去上任，不料卻在途中生病而去世。孟郊的一生，可以說是坎坷貧困，讓人同情。

雖然一生貧寒，孟郊的人品剛直簡潔，他的詩作也一樣不流於俗套，即使沒有顯赫功名，他的詩才卻讓不少著名詩人讚賞不已。不但如此，他與當時著名文學家、哲學家韓愈更是忘年之交，韓愈曾說過「我願化身為天上的雲，而東野變成龍」這樣的話來形容他們之間的深厚交情。也許因為本身的清苦遭遇，讓他的詩裡總有著那麼一點苦澀的味道，因此孟郊又被稱為「苦吟詩人」。當他自述自己的境遇時，讓人動容同情；當他描寫出社會現實的殘酷、人民百姓的痛苦時，又是那麼鮮明深刻，讓人感同身受。他作詩態度嚴肅認真，一字一句都經過反覆推敲，可以說得上是嘔心瀝血之作，風格獨具，意境新穎，韓愈就曾大大讚嘆過他是繼陳子昂、李白、杜甫以後的優秀詩人。他的詩流傳千古，並且對中晚唐的詩壇影響很大。

孟郊能夠成爲留名青史的著名詩人，母親是背後最大的功臣。雖然他早年有多次應試失敗的紀錄，母親卻總是相信兒子有一天會揚眉吐氣，實現他的理想。因此，每當孟郊因爲挫折而沮喪時，母親總是一再爲他加油打氣，當他最有力的後盾。還沒有功成名就的孟郊，沒有能力爲家中分擔經濟負擔，心中總是愧疚又無奈，但母親只是要他放寬心，全心全力讀書就好。她一肩扛起家中生計瑣事，孟郊幾次進京趕考，旅途費用與行囊也由母親一手打理，其中的艱辛困苦不在話下，但他的母親無怨無尤，爲了兒子，她甘心情願。

終於，老天有眼，孟郊後來考上了進士，雖然已年近五十歲，但多年的辛苦總算有了代價，他自然是欣喜若狂。當他派屬下把母親接來京城的時候，想起過往的辛酸與困苦，想起母親爲他所付出的心血與青春，如果不是母親一再地鼓勵與支持，他怎麼能走到苦盡甘來的現在？這樣想著，淚水忍不住掉了下來，他提起筆寫下對母親無盡的感恩：

慈母手中線，遊子身上衣。
臨行密密縫，意恐遲遲歸。
誰言寸草心，報得三春暉。

這首平易近人，意思簡單明瞭的詩歌，就是現在流傳甚廣，已被編爲教材的〈遊子吟〉。從小到大，我們唸著這些詩句，甚至將它譜上旋律，朗朗上口地傳唱著，但是，你有沒有將它唱進心底呢？有人說，因爲上帝無法照顧每一個人，所以他給每個人派來一位守護天使，時刻照顧關懷，無微不至，她的名字就是「母親」。不管生活如何忙碌，請不要吝惜給這位愛你永遠不計代價的可愛女人一個溫暖眞誠的擁抱吧！

武昌妓

25 即景摘句

由於盜版的猖獗，以及網路科技的日益發達，使得唱片的銷售量一瀉千里，急遽下滑。受到大環境不景氣的影響，加上盜版氾濫與網路下載如此便利的雙重衝擊，歌壇一片低迷氣氛。儘管如此，投石問路的新人仍舊像過江之鯽一樣，不斷地、勇敢地闖進歌壇，只是每年幾十位的新面孔，又有多少可以生存下來？許多人都成了曇花一現的「一片歌手」，第一張唱片慘敗的話，就很難再有第二次機會，從此斷了摘星夢。然而因此一炮而紅，一片定江山的歌手卻也大有人在，並且從此成了票房保證，受到萬眾矚目。

有名男歌手並沒有出色迷人的外表，讓他發光發熱的，是他的音樂。他接受西方教育，卻又對台灣有份不可分離的感情，最令人稱道的是，他曾以中文老歌爲基礎，加入創新元素，讓人耳目一新。在他的音樂裡，你總是能聽到中西文化和諧地共存著，絲毫沒有衝突。全新的創作是一種才華，能夠拿舊東西玩出新花樣更是不簡單。歷史上，也有許多詩人、詞人，喜歡將前人作品的精華靈活運用，賦予它不同的面貌。

韋蟾是晚唐時代的一位詩人，字隱珪，是下杜人。他是唐宣宗大中年間的進士，剛開始的官職是徐商掌書記，也曾經當過鄂州的父母官，唐懿宗咸通末年做到了尚書左丞，留下詩作十首。韋蟾不是一個有名的詩人，作品很少，關於他的生平與事蹟，歷史上記載得並不詳細，倒是下面這個故事流傳甚久。

韋蟾治理鄂州的時候，是一個正直廉明的好官，政績也不錯，後來卸任時，在離開鄂州前夕，曾經在他手下做事的幕僚，以及地方上與他有交往的人士，一起幫他辦了場酒宴餞行，席間也叫來了一些陪酒娛樂的歌妓助興。

一夥人吃得酒酣耳熱的時候，韋蟾興致一來，就揮筆寫下兩句詩：「悲莫悲兮生別離，登山臨水送將歸。」要在座的賓客們動動腦筋，接續下面兩句，好完成一首詩。

「悲莫悲兮生別離，登山臨水送將歸」，其實是韋蟾從兩個前人的作品中選用出來的佳句。「悲莫悲兮生別離」是《九歌．少司命》中的一句，《九歌》是戰國時代楚國著名的愛國詩人屈原的偉大作品，是楚辭的名篇鉅作。「登山臨水送將歸」則是宋玉所作，是他的作品〈九辯〉中的其中一句，宋玉算是屈原的後輩，也是戰國後期楚國的辭賦作家。韋蟾集合了這兩個名句，表達他目前的心境，聽起來也頗爲貼切。

這兩句詩在酒席間傳來傳去，只見大家面面相覷，你看我、我看你，就是沒有人有勇氣提起筆來，接下後面兩句詩，氣氛一時之間顯得有些尷尬。就在這時候，有個一旁陪酒的歌妓自告奮勇，起身向大家行了個禮，微笑試探地說：「不知各位大人可否讓小女子獻個醜，試試看？」

大家嚇了一跳，沒想到竟然會是一個歌妓率先發聲，每個人都看向韋蟾，意思是讓出題者決定。韋蟾看眼前女子態度從容，似乎眞有點學問，於是也有意想看看對方的才學能力，手一擺：「當然！姑娘請！」

歌妓接過紙筆，沒一會兒工夫就在前兩句之後，寫下了「武昌無限新栽柳，不見楊花撲面飛」。韋蟾拿過成品一看，不禁大爲讚賞，忘情叫好。這四句接起來就是一首抒情又寫景的好詩：

悲莫悲兮生別離，登山臨水送將歸；
武昌無限新栽柳，不見楊花撲面飛。

人生最悲傷的事莫過於承受分離之苦，現在大家齊聚在此，為我的遠去送行；看看眼前的武昌有那麼多新栽種的楊柳樹，然而我已經無法看見明年撲面飛揚的楊柳花了！

對於一個妓女能有如此才情，在座賓客儘管非常驚訝，卻也是由衷讚許。韋蟾對這首詩非常滿意，還請這位歌妓用這首詩配上曲譜〈楊柳枝詞〉，當場演唱，這場宴會也就在女子悠揚悅耳的歌聲中散會，可說是賓主盡歡。後來，那些賓客幕僚又送了韋蟾幾十幅的題箋，隔天，韋蟾就帶著這些紀念品，連同那位歌妓，與家人離開了鄂州。

這幾年來流行音樂界掀起一股翻唱風，許多專輯裡總會夾雜幾首其他國家原作的翻唱歌，這樣的現象其實難以評斷是好是壞。就算是翻唱曲，但如果能編出別出心裁的曲風或作品，甚至比原曲還要出色，何妨將它視為音樂界的交流與多元化？盜用他人創意佔為己有當然不該，但如果只是借用，也算一種啓發的元素，更能證明被借用者的成就，也是美事一樁！

26 武則天的催花詩

好友婚後過了大半年，仍沒有懷孕的打算，問她夫家不著急嗎？她笑著說：「哪可能不急？打從結婚第一天開始，我婆婆就一直在問什麼時候給她抱孫子！」我問：「那你還不打算生啊？」她瞪大眼睛，搖搖頭：「才不要咧！我現在工作好不容易有了點小成就，要是有了孩子，就要在家當黃臉婆了！」我再問：「意思是你不打算生啦？」她笑了笑，嘆了口氣說：「生還是要生啦！我老公是獨子，不生，我就變罪人了！只不過，現在工作對我比較重要，孩子，過兩年再說吧！」

看著好友無奈的臉龐，我突然覺得，女人真是辛苦！即使是二十一世紀的現在，職業婦女滿街都是，各行各業有傑出表現的女性也不在少數，但不管工作表現多麼出色，他人注意關心的焦點仍在於她結婚與否，結了婚，還要一天到晚被追問何時孕育下一代，女人，怎麼好像永遠擺脫不了這樣的宿命呢？

在中國歷史上，所謂的名女人、奇女子，似乎不是名妓，就是遇人不淑的苦命女子，唯一一個讓男人臣服，集智慧、美麗與才能於一身的女子，就是中國歷史上唯一的女皇帝——武則天。

武則天的父親武士彠原本是個木材商人，因爲幫助唐高祖李淵起兵有功，而做了工部尚書，還封爲應國公，因此武家也可算是達官貴人之家。因爲如此，武家與皇宮內廷時常有往來，唐太宗失去長孫皇后之後，再次選妃，聽說武士彠的二女兒端莊美麗，就把她選入宮中，封爲才人，賜號武媚娘，人稱媚娘，當時的媚娘年僅十四歲。

十四歲，應該還是個單純無心機的小女孩，然而媚娘卻已經爲自己的未來畫好了藍圖，她所要的，是有一天能夠擁有無上榮耀，不甘心只當個默默無名的後宮嬪妃。於是，頗有心機的她，身爲太宗的妃子，卻暗中魅惑當時還是太子的高宗，讓高宗爲她神魂顛倒，難以自拔。太宗駕崩之後，所有嬪妃依照慣例削髮爲尼，高宗卻不顧倫理，即位後立刻將在感業寺當尼姑的媚娘迎回宮中，封爲昭儀，號宸妃。因爲媚娘的受寵，引起王皇后與蕭淑妃的猜忌與怨恨，三人在後宮掀起爭寵的狂風暴雨，最後，高宗廢王皇后，立媚娘爲后，武后一不做二不休，用計殺害王皇后與蕭淑妃，以絕後患。

高宗執政的初期，因爲還有忠心大臣的輔佐，政績不壞，但是他生性懦弱，加上又有頭痛的毛病，力不從心，竟然讓武后批閱奏摺，武后逐漸掌握大權，開始垂簾聽政。之後，高宗去世，武后一連廢了繼位的中宗與睿宗，對於唐朝皇室血親趕盡殺絕，整肅反叛她的勢力，加上姪子武承嗣、武三思的煽風點火，西元六九〇年，武后稱帝，國號爲周，改名爲「曌」，自稱「神聖皇帝」，中國唯一的女皇帝由此誕生。

武則天的政績如何，她在中國歷史上的評價到底是好是壞，見仁見智，但她的霸道與專橫，倒是與其他皇帝有得比，甚至有過之而無不及。有一年的冬天，正好是立春的前兩天，武則天心血來潮，想要在立春那天到上林苑賞花，但是當時是冬天，除了越冷越開花的梅花開放之外，其餘花種都是凋零枯萎的，哪裡來的百花可賞呢？當底下的小太監如此回報的時候，武則天什麼話都沒說，提筆寫下一首詩：

明朝遊上苑，火速報春知。
花須連夜發，莫待曉風吹。

意思是，皇帝我明天要來上苑遊覽，立刻將我的命令報給春神知道：百花必須要連夜開放，不可稍有延遲。詩一寫完，武則天立刻傳令這首詩是詔令，要小太監送去上林苑，並且再次囑咐上林苑要準備好賞花宴，立春當天她將帶文武百官到上林苑賞花。消息一傳出，宮中一片譁然，每個人都認爲武則天瘋了——百花何時開放，大自然自有運行規則，怎麼可能因爲這樣一道詔令，就讓它們開放呢？簡直是異想天開。

誰知道，立春當天，武則天領著文武百官到達上林苑時，苑裡竟然猶如人間仙境一樣，百花齊放，花團錦簇，讓人眼花撩亂，所有人都目瞪口呆地看著眼前的奇景。武則天眞不愧是傲視天下、獨一無二的女皇帝啊！

這個故事當然只是傳說，再怎麼樣尊貴無比的統治者，都不可能操縱大自然的運行法則，之所以會有這樣的故事流傳，也許只是爲了突顯武則天的蠻橫專斷與無理。雖然對於這個中國唯一的女皇帝，歷史的評價向來褒貶不一，但她的出現，卻是對中國社會專制父權的一大挑戰，徹底顚覆所謂的正統體制。其實，女人不見得都想要當女皇帝，也不見得都要把男人踩在腳底下，她們要的，眞的只是多一點尊重與體諒，男士們，請平等看待身邊的女人吧！

27 柳公權的練字訣

小學的時候，一位父親的好友兼同事開了書法班，父親二話不說就幫我跟妹妹報了名，從此開始我與書法搏鬥的艱苦過程。對書法，我並不是眞的嫌惡，只是上課時間選在星期日的早上八點半，對於嗜睡如命的我來說，眞是「酷刑」，我寫得心不甘情不願，對於父親的強迫學習更是頗有微詞。這一寫就是六年，直到小學畢業，我才脫離了苦海，沒想到這項「才能」卻成爲我日後讀書生涯的利器。

高中時候，學校舉辦書法比賽，我竟然糊裡糊塗撈到第三名；後來誤打誤撞考上中文系，一學期就能拿到三學分的書法課大爆滿。已經有基礎的我，每堂課寫得輕鬆自在，毫無壓力，而且頻頻獲得教授讚賞，比起其他仍停留在「鬼畫符」階段的同學，我簡直是如魚得水。而當我接收到其他人羨慕的眼光時，也才了解父親當年的苦心。

只要上過書法課，不管是行家或是入門，一定都知道顏真卿、柳公權兩位著名書法家的名號。柳公權的書帖，正是我修習書法的入門教材。

柳公權出生於唐代宗大曆十三年，字誠懸，是京兆華原（今陝西耀縣南）人。唐憲宗元和年初，二十九歲的柳公權考中進士，本來只在地方上擔任一個低階官吏，後來唐穆宗無意間看到了他的書法作品，驚為天人地讚譽為聖品，名聲大噪的他於是被請到京師，出任祕書省校書郎、右拾遺充翰林院侍書學士；也因為有了唐穆宗的背書，許多權貴高官紛紛以重金求取他的字跡，他的聲勢水漲船高。據說當時的名門望族弟子若是父母親去世，卻沒有求得柳公權所寫的輓聯，還會被罵不孝，可見柳公權在書壇上的地位。柳公權的仕途生涯算是平順的，歷任七代皇帝的他，到了懿宗咸通初年，做到了太子少師，後來在任上去世，高壽八十八歲，世稱為「柳少師」。

柳公權初學書法，是以「書聖」王羲之為學習對象，後來精心研究兩位前輩書法家歐陽洵與顏真卿的筆法，各取其優點特色，加入自己的創意，成就了自成一家的柳體書法。比起顏真卿，柳公權的字比較清瘦，楷書則顯得體勢遒勁、清峻挺拔，氣勢磅礴，世稱「顏筋柳骨」，顯出柳字與顏體的分別。柳公權現在留有碑帖《玄祕塔》、《金剛經》等，是歷代學習書法者的範本。

據說，柳公權並不是生來就這麼會寫字的。年少時的他，字寫得很醜，常常遭到其他人的嘲笑，他心中非常不服氣，就發憤練字，終於練出知名度來，全村沒有一個人的字能夠贏過他，他因此非常得意。有一天他正在練字，大家都圍在他身邊，不時發出讚嘆之聲，有個賣豆花的老頭恰好經過，看了他的字，搖搖頭說：「你的字有形無體，沒筋沒骨，稱不上眞好！」

當著一群人的面被奚落，柳公權面子當然掛不住，他立刻挑釁地說：「這麼說，您一定寫得眞好囉！何不當場露一手，讓晚輩見識見識！」

老頭擺了擺手說：「我只是個賣豆花的老頭子，哪會寫字啊？不過我倒是知道有個人叫『字畫湯』，他的字可比你好上千百倍！」

柳公權一聽，心裡雖然不以爲然，但也好奇地想知道這個「字畫湯」到底是哪號人物，所以他依照老頭告訴他的地點，在一棵大樹下找到了那位「字畫湯」。看到「字畫湯」的時候，他不禁楞在原地。

「字畫湯」是個沒有手臂的老人，他的字，是用右腳夾筆寫出來的，柳公權不發一語地上前觀看，老人的右腳就像變魔術一樣，不但揮灑自如，寫出來的字更是蒼勁有力，龍飛鳳舞，柳公權頓感慚愧，賣豆花的老頭說的沒有錯，他眞的比不上。

他噗通一聲跪在「字畫湯」面前，請求對方收他爲徒，教他寫字。老人放下筆，呵呵一笑說：「我生來就沒有手臂，寫字只是爲了討生活，怎麼有資格當你的老師？」

柳公權沒有放棄，還是一再請求，「字畫湯」被他的誠意感動，就對他說：「你不必拜我爲師，我送你一首詩，這是我的練字訣，你要是眞能心領神會，日後必定有不凡成就。」

「字畫湯」隨後唸出這首練字訣：

寫盡八缸水，硯染澇池黑；

博取百家長，始得龍鳳飛。

從此以後，柳公權把這首練字訣牢牢記在心裡，每日勤加練字，不但把手給寫出了厚厚的繭，手肘地方的衣服更是補了一層又一層，最後終於成爲名留千古的大書法家。

「人外有人，天外有天」，驕傲與自滿不能讓你受到尊重，時刻惕勵自己，檢視自己，加強自己的實力，才能「更上一層樓」，總有一天能夠得到眞正的榮耀。

韋應物

28 追尋陶淵明的田園野趣

日韓偶像劇風潮席捲台灣之後，台灣的旅遊業者腦筋動得很快，立刻策劃了所謂的「朝聖之旅」，也就是設計能夠到這些偶像劇裡出現的各個戶外場景、男女主角第一次相遇的地方、男女主角分手的餐廳等等的旅遊路線，藉此吸引各路迷哥迷姐，實際去感受一下男女主角的浪漫愛情。

這樣的旅遊行程其實旅費還不少，但名額總是一下子就滿了。報名的旅客以年輕一代居多，因爲現在已經具備謀生能力的年輕人，會賺錢，也很敢花，對於偶像崇拜，雖然沒有在學的學生狂熱，卻還沒有失去追尋浪漫的原動力。

其實經過查證，很多偶像劇中出現的場景，都是工作人員搭出來的布景，不一定有實際景物可以觀賞遊覽。而有些原本默默無名的風景地，也因爲某一部偶像劇的取景拍攝，頓時聲名大噪，成爲觀光景點。

西澗，俗名叫做上馬河，在現在安徽省滁縣城西，根據歐陽修所說，西澗大概在宋朝時就淤塞了，一直以來，西澗從來都不是名勝，也少有人知道，直到中唐著名詩人韋應物把它寫進了詩裡。因爲這首詩成了名篇，西澗突然之間也「一夕成名」了。

韋應物是長安人，生於唐玄宗開元年間，他十五歲那年就進宮擔任玄宗的貼身侍衛「三衛郎」，一直都待在宮廷內，沒有吃過什麼苦，個性放蕩不羈，生活也很豪氣。安史之亂爆發，玄宗自身難保，管不了他們這些小官的死活，韋應物因此流落宮外，當然也失去了官職。遭受這樣的挫折之後，他這才知道了自己人生的目標，從此立志讀書，發憤向上，後來終於考上了進士，開始了當官的新生活。

從代宗廣德至德宗貞元年間，韋應物先後當過洛陽丞、京兆府功曹參軍、鄠縣令、比部員外郎、滁州和江州刺史、左司郎中、蘇州刺史，雖然並非什麼厚祿高官，整體來說，仕途走得也還算順利。因爲他最後是在蘇州當刺史，所以後人稱他爲「韋蘇州」，也有人叫他「韋江州」或「韋左司」。

韋應物非常崇拜東晉大詩人，也是山水田園派的鼻祖陶淵明，他不但是仿效陶淵明作詩，在實際生活中也要求自己盡量貼近陶淵明的生活型態，另外兩位山水田園派詩人謝靈運與王維對他也有深遠影響。他的詩風恬淡幽靜，語言清新雅致，大自然的景象總在詩中鮮明呈現，藉景抒情的功力與藝術成就都很高，後人因此將他與王維、孟浩然、柳宗元四人並稱爲「王孟韋柳」。

在滁州當刺史的時候，韋應物以西澗爲場景，偶然寫下了〈滁州西澗〉這首七言絕句：

獨憐幽草澗邊生，上有黃鸝深樹鳴；
春潮帶雨晚來急，野渡無人舟自橫。

當我看到被吹得搖來晃去，似乎將要無法承受強風摧折的小草時，憐惜之情不禁油然而生，這時候，茂密的樹林裡傳來了黃鸝鳥清脆的啼叫聲；突然間，雨就這麼落下來了，潮水慢慢高漲起來，感覺上潮水漲得越快，雨就下得越急似的，在這風雨交加的時候，渡頭沒有半個人影，那空空的小船就這樣橫欹在江邊，輕輕盪著呢！

這首小詩，用語巧妙，讀起來很有味道，閉上眼睛，似乎就眞的看見了一幅山水畫，看見了那隨著江水悠悠擺盪的小船，也好像感受到了韋應物那淡淡的憂傷。

我想，不管你是幾年級生，都該保有一份追求新事物的慾望與動力，如果對任何一件事都沒有太大的感覺，生活平淡無奇不說，就連朋友邀約一起出遊都懶得動，就算你是「八年級生」，心境年齡大概也跟「四年級生」差不多囉！想一想，雖然常常對於那些年輕孩子瘋狂不可理喻的行爲看不順眼，但他們身上那種青春美好又不顧一切的衝勁，你是不是已經很久都感受不到了呢？振作一下！現在就起身動一動吧！

崔郊

29 一詩贏得美人歸

印象中，演藝圈的女明星，好像總是跟所謂的豪門世家非常有緣。只要是哪位女明星即將出嫁的消息在報紙披露，對象似乎十之八九都是企業小開或大老闆，女主角幸福的笑容，總是輝映著她手上那顆不知道幾克拉的大鑽戒。然而，也總會有多年後婚姻離異的資深女藝人，回到螢光幕前，感嘆地訴說著豪門生活大不易，其中辛苦眞是不足爲外人道啊！

誰不想嫁入豪門，當個享受生活的少奶奶？然而，嫁進豪門，就眞的能「從此過著幸福快樂的日子」嗎？

唐朝元和年間，有個秀才叫做崔郊。崔郊的父母很早就過世，所以崔郊就被他姑姑給收養了。姑姑家裡有一個婢女，跟崔郊的年紀差不多，兩個人可以說是一起長大的青梅竹馬。這個女孩子清秀美麗，秀外慧中，而且唱歌跳舞都難不倒她，也是個才華洋溢的窈窕美女，兩個人雖然是主僕身分，但是一起長大的他們，從小玩在一起，無話不說，懂事之後，自然已是情愫暗生，互相喜歡著彼此。崔郊畢竟是男孩子，沉不住氣，就先表明了自己的心意，而且發誓在他功成名就之後，就娶她爲妻，女孩子當然很開心地答應了崔郊的「求婚」。

但是，兩個人編織的美夢不久之後就被殘酷的現實給打碎了。崔郊姑姑家後來家道中落，日子過得很辛苦，在不得已的情況下，姑姑開始轉賣家中的婢女，剛好當時襄州節度使于由頁家中需要侍女，姑姑就用四十一萬錢的代價，把崔郊的情人賣給了于家，崔郊根本無力阻止。四十一萬錢是一筆很大的數目，也就表示這是賣身錢，這個女孩以後就是于家的人，沒有贖回的可能。崔郊心痛無比，因爲他知道，以後再也沒有與情人見面的機會了。

女孩進了于家之後，崔郊時常偷偷到于府門前徘徊，爲的就是能夠再見情人一面，但是官宦人家門禁森嚴，他拿什麼理由求見呢？他就這樣日復一日在思念的痛苦裡煎熬著。也許是上天可憐他吧！隔年的清明節，女孩回家鄉掃墓，經過崔郊姑姑家門前，與剛好出門的崔郊重逢了。崔郊不敢相信地說不出話來，女孩看見舊情人，眼淚忍不住就掉了下來。崔郊有滿肚子的情意想跟她說，但是又怕別人說閒話，眼看著女孩就要離開了，情急之下他拉住她的手說：「等我！你等我一下！」說完，他立刻轉身跑回屋裡，沒一會兒又衝出來，把一張紙塞到女孩手裡。女孩還來不及說些什麼，就被身邊的人給帶走了，只留下崔郊愣在原地，悵然地目送著她離去。

那首詩是這樣寫的：

公子王孫逐後塵，綠珠垂淚滴羅巾。
侯門一入深似海，從此蕭郎是路人。

我就像是那些王孫公子一樣追逐著你，你卻只能像石崇寵愛的綠珠一樣，淚水沾濕了手巾來回應我的感情。現在你進了那有如茫茫大海的侯門世家了，從此我們就是不相干的路人啊！

不久之後，于家派人來請崔郊去一趟，崔郊心中忐忑不安，但爲了再見心愛的人一面，他還是鼓起勇氣來到了于家。出乎他意料之外的，迎接他的，竟是于家的主人于由頁。于由頁和氣地問他是不是眞的對那個女孩有情，崔郊不知道他爲什麼這麼問，但他老實地承認了。于由頁微微一笑，轉身招來了女孩，他把女孩的手交到崔郊手裡說：「『蕭郎』不用再傷心了，我把你的『綠珠』還給你吧！」崔郊與女孩喜出望外，于由頁還給了女孩很多嫁妝，兩個人對于由頁千恩萬謝，這才歡天喜地的手牽手一起回家了！

崔郊能夠與心愛的人廝守一生，結局可喜可賀，但于由頁寬大的胸襟，才眞是難得。我們常說「感同身受」，于由頁本身也是位詩人，他看重朋友，很講義氣，對於崔郊詩中透露出的無奈與痛苦，他是可以理解的，也才能成人之美。「侯門深似海」的故事流傳了下來，想要飛上枝頭當鳳凰的女孩可得好好想想，侯門也許容易進，要出來可就沒那麼容易囉！畢竟，現實生活中，能有多少個「于由頁」呢？

崔護

30 桃花姻緣

在中國近五千年的歷史中，留下的經典名篇巨著不只千萬篇，而歷史洪流中的「千古風流人物」又有多少人能被永誌不忘呢？詩人白居易，現在留存下來的作品將近三千首，該是大唐詩人中遺留作品最多的一個，只要是中國人都認識這位著名的社會寫實派詩人；而在同樣的年代裡，也有一位詩人名叫崔護，現在留存的作品僅剩六首，但他的名字，卻因爲一首不朽的詩歌，至今仍令人難以忘懷。

崔護字殷功，博陵人。他出身書香世家，個性單純善良，長得是一表人才，當然還有俊逸的才情。貞元年間，他收拾了簡單的行囊，來到長安城，找了處安靜的住所，準備在此靜心用功，爲科舉考試做準備。這一天，正好是清明時節，窗外天氣晴朗，崔護看書看得累了，就決定外出親近自然，舒展疲累的身心，於是，他離開家門，往城南郊外而去。

時序已是初春時候，郊外一片春意盎然，百花爭相開放，蝴蝶蜜蜂翩翩飛舞其中，使得這春景更加熱鬧不已。他就這樣隨意走著，看綠山、賞春花，心醉神迷，渾然忘我。走著走著，他終於覺得有些累了，喉嚨間也感到些許乾渴，他停下腳步，這才發現自己走進了一片桃樹林。這片桃樹林錯落有致，枝頭上的桃花已經全數綻放，放眼望去盡是一片桃紅，崔護禁不住以爲自己走進了桃花源的仙境中。當他再往前走了幾步，竟然發現在這片桃樹林的隱密處，有一棟雅致的小別莊。崔護心想：「沒想到這裡竟有人居住！正好，待我上前討杯水喝吧！」

他走到別莊前，別莊外面圍了竹籬笆，小小的院落整理得乾淨整潔，看起來該是有人居住，只不過他左探右看，四周一片寂靜，看不到半個人影。正當他納悶不已的時候，別莊的柴門突然「呀」的一聲開了，一張精緻雅潔的容顏出現在崔護眼前。

那是一個年紀大約十五、六歲的少女，當她開門見到家門口站了一個陌生男子時，嚇得又躲回了屋內。崔護一見連忙出聲安撫：「姑娘請別害怕！」屋內沒有動靜，崔護又接著喊：「抱歉嚇著了姑娘，小生名叫崔護，只是路過想討杯水解解渴，絕對沒有其他意圖！」不久，柴門開了，少女走了出來，一雙明眸大眼打量著崔護，她見崔護風度翩翩，有禮從容，於是相信崔護不是壞人。只見她輕啓朱唇，微笑說道：「請公子稍等！」說完，她轉身回屋裡，端出一杯清茶，遞給了崔護，崔護也微微回禮：「多謝姑娘！」

嘴裡喝著香茶的崔護，眼光卻不時飄到少女身上。少女一身素衣布裙，氣質脫俗，身段窈窕，小小的臉蛋雖帶著些許稚氣，崔護卻覺得她就像個桃花女神般那樣典雅美麗，讓人難忘。發現崔護仰慕的目光，少女心頭小鹿亂撞，含羞帶怯地低下了頭。

喝完了茶，崔護拱手告退，少女悵然若失，但仍然微笑目送崔護離去。回到家後，少女那張清麗的小臉，總不時在崔護腦中浮起，只是考試已近在眼前，他也只好暫時把這事擱下，專心於學業。

轉眼間一年過去，又到了同樣的季節，崔護不禁想起去年那段奇遇，那位有著桃花容顏的姑娘。這樣一想，他立刻出門往桃樹林奔去。看到那座別莊，崔護興奮不已，他在籬笆外呼喚探看，卻許久都不見回應，看樣子別莊裡沒有人在。崔護好生失望，就在門上留下一首詩：

去年今日此門中，人面桃花相映紅。

人面不知何處去，桃花依舊笑春風。

沒能見到朝思暮想的伊人，崔護心中總像壓著塊石頭，怎麼都不舒坦。隔沒幾天，他再次來到城南別莊，這次迎接他的是個老人家。老人知道他是崔護，突然淚流滿面，崔護大驚失色，忙追問緣由。老人這才告訴崔護，原來少女是他女兒，自從與崔護邂逅之後，她日夜思念，就盼再見崔護一面，誰知日前崔護來訪，她剛好出門未遇，回來後看到崔護留的詩，以為再也無法見面，從此日漸消瘦，終於香消玉殞，遺體還在房裡呢！崔護聽完立刻奔進屋內，抱著少女身軀痛哭失聲，大聲呼喚：「姑娘！崔護來了啊！崔護來見你了啊！」

也許是崔護的眞情感動上天，沒多久，少女竟然醒轉過來了。就這樣，崔護回家稟告了父母，不但如願娶她爲妻，也把岳父接回照顧，不久之後，崔護進士及第，最後官至嶺南節度使，這段桃花奇緣有了圓滿的結局。

一個連生卒年都已無從考證的詩人，只因爲這樣一篇簡單卻婉麗的小詩，揚名立萬，成就了他的「不朽」。依稀彷彿，我們還能看到那在微風中搖曳生姿的桃花，以及樹下相依偎的甜蜜身影……。

張籍

31 張籍的白色謊言

那日朋友來電，邀我一起逛街，我看看窗外，天色陰暗，推測有下雨可能，有些意興闌珊，心中並沒有太強的意願出門。電話中朋友仍是盛情邀約，我卻沒有半點興致，打定主意窩在家中，只是如果直接拒絕似乎有些「不夠友善」，深怕傷害了朋友的熱情，只好推說身體不適，想待在家中休息；朋友雖然有些失望，仍然囑咐我保重身體。掛了電話，我有些小小的「罪惡感」。突然覺得，生活中，我們似乎常常都在說著「白色謊言」。

所謂「白色謊言」，意思是善意的謊話，爲了某種原因，或爲了不傷及和氣，我們總是會找些比較溫和的藉口，來拒絕或安慰他人。

中唐詩人張籍，字文昌，出生於唐代宗大曆三年。張籍早年家境不好，生活貧困，雖然三十歲時中了進士，開始當官，但他做過太常寺太祝、水部員外郎，最後一個官位是國子司業，都是階級較為低微的官位。儘管從來沒有享過高官厚祿，但也許因為自己吃過苦，張籍是一個了解現實、關心民間疾苦的詩人。唐代宗時代，歷時七年的安史之亂甫平定，然而經過這場浩劫，唐朝元氣大傷，國勢從此由強轉弱，之後一有藩鎮割據、擁兵自重的「內憂」，二有吐番與回紇侵擾邊界的「外患」，這個時候的唐朝，簡直可以說是焦頭爛額，處於民心起伏難定的艱難時刻。國家遭遇如此難關，張籍無法視若無睹，但他只是一個小官，一個讀書人，就算想挽回頹敗的國勢，也是力不從心，因此他將所看到的社會黑暗與不平，寫在詩中揭發反映，我們可以從他所寫的樂府詩中看到當時人民的痛苦與無奈。尤其難得的是，他還在詩中為當時處境悲慘的婦女，發出感嘆的同情之聲。

張籍雖然從來沒有做過大官，但他的才學在當時的文壇上，卻是與大文學家韓愈齊名的，跟韓愈也有往來。另外，他與王建、賈島、孟郊等名詩人也有交情，時常互相以詩贈答交流。張籍的詩作，向來頗具古風，但他也創作新樂府，讓當時的新樂府運動有了強力的支援。另外，張籍也向民間歌謠學習，詩風因此較活潑輕快，在文壇上已是享有盛名的前輩。

當時各地藩鎮割據，「藩鎮」就像是民初的「軍閥」，靠著本身所擁有的軍隊勢力，在各地蠢蠢欲動，每個藩鎮都做著有一天能夠稱帝為王的美夢，就像是大唐的不定時炸彈，讓朝廷相當頭痛。這些藩鎮不僅勢力龐大，而且還積極延攬各地有力人士或知識分子，藉以提高自己的名望，當時佔地最大、軍隊最多的藩鎮之一——平盧節度使李師道，就看上了張籍。

李師道知道張籍在文壇上頗有地位，因此願意重金禮聘他入幕。但李師道是個囂張跋扈的軍閥，誰都知道他圖謀不軌的意圖，對於李師道的頻頻招手，雖然不屑與這種亂臣賊子為伍，但張籍也知道明哲保身的道理，知道不能因此得罪他，否則可能為自己引來災禍，但要如何拒絕才能兩全其美呢？左思右想之後，寫下了〈節婦吟〉：

君知妾有夫，贈妾雙明珠，
感君纏綿意，繫在紅羅襦。
妾家高樓連苑起，良人執戟明光裡，
知君用心如日月，事夫誓擬共生死，
還君明珠雙淚垂，恨不相逢未嫁時。

您明明知道我已經有了夫家，卻還是送給我這對明珠，我心中對於您的纏綿情意實在非常感謝，於是就將這對明珠繫在我的紅色短襖上。我家的高樓連接著園林，我的丈夫就在皇宮裡侍奉著皇帝，我知道您的用心就像明月那樣光明磊落，但我已經與丈夫許下同生共死的誓言，所以，我只能流著感激的淚水，還您這對明珠，只恨我未能在出嫁前就先遇見了您啊！

表面上看，這首詩好像是個有節操的已婚婦人，委婉地拒絕著他人的追求，但仔細一推敲，也正是在巧妙拒絕著李師道，含蓄堅決又不失禮，更可以視為一位忠臣的心意。知道了張籍的堅決心意，李師道也就不再為難他了。

您覺得張籍很虛偽嗎？明明心中不願意，直接表明不就得了，還要作這樣一首詩先捧捧對方，說說假話。但是，如果他真的義正辭嚴地寫了封回絕書，信中還把李師道給痛罵一番，恐怕他這條小命也沒了。如果能用溫和委婉的方式解決事情，又何必非要弄得雙方不愉快呢？所以，偶爾說說「白色謊言」，也許是擁有良好人際關係的一大利器喔！

32 滿足的心

張又新

外甥女小時候長得秀氣可愛，聰明伶俐，不但是口齒清晰，而且反應極快，每每聽她說些童言童語，總會逗得我們哈哈大笑。有回到堂姐家拜訪，我跟妹妹各自買了個小禮物要送她，卻又惡作劇地故意跟她說：「拿了大阿姨的禮物，就不能拿小阿姨的喔！」她看看我手中的可愛鉛筆盒，又瞧瞧妹妹懷中的玩具熊，小聲說：「我兩個都想要。」我跟妹妹臉色嚴肅地搖頭：「不可以！只能選一個！」她左右來回看不停，無法做出決定，天人交戰的結果，是放聲大哭：「人家兩個都要嘛！」小姑娘一使出哭功大家都沒輒，只好連忙把兩個玩具都塞入她懷中，好生安慰一番，她這才破涕為笑，抱著玩具開心地到一旁玩扮家家酒去了。

貪心、不滿足，似乎是人類與生俱來的本能。

中唐時候，有個詩人叫張又新，字孔昭，父親張薦是工部侍郎，曾祖父張愼是武則天時代一個很有名的文學家。或許是家學淵源，張又新也沒讓家人失望，先是在考進士的時候中了長安的解頭（就是後來的解元），元和九年的時候他又考中了狀頭（狀元），到了元和十二年，他去考「博學宏辭科」又是第一名，也就是敕頭，連連有傑出的表現，大家都稱他爲「張三頭」。中舉之後，張又新陸續當了左右補闕，只可惜雖然仕途順遂，已經到了適婚年齡的他，卻一直覓不到好姻緣，他爲此非常的煩悶。

當時，有另一個詩人叫楊虞卿，跟張又新的交情很好，兩人在詩壇上也齊名，只不過楊虞卿已經成親，娶了鄜相的女兒李氏。李氏相貌很醜，但是知書達禮，品德兼備。楊虞卿並不在意她的容貌，對她相當尊重，兩人相敬如賓，感情很好。

張又新非常羡慕好友有美好的婚姻，看看自己還是個光棍，有一天終於忍不住向楊虞卿吐苦水：「唉！我現在功名都有了，就是少了一個有緣人與我共享歡樂，實在是我一大遺憾啊！」

楊虞卿一聽，馬上說：「只要你所想要的條件跟我所想的一樣，這件事就包在我身上！」張又新非常興奮，連忙又是拜託又是感謝，滿心希望楊虞卿眞能幫他找到一位如花美眷。

後來，楊虞卿當真幫他介紹了一門親事，張又新也順利完婚成親，只不過他似乎對這門親事不是很滿意，臉上完全沒有新婚的喜色，反而老是向楊虞卿抱怨。楊虞卿也沒多說什麼，只是每次張又新一開口，他就拿著手上的笏板敲敲張又新的頭說：「你怎麼這麼傻呢？」

幾次之後，張又新實在是不耐煩了，就對楊虞卿發了脾氣：「我這麼信任你，跟你之間沒什麼不能說的，我告訴你的是實情，是真心誠意，你怎麼能這樣誤會我呢？老是說我傻，你倒是說說看，我到底哪裡傻？」

楊虞卿拍了拍他，安撫著說：「你冷靜一點聽我說。」接下來，他把自己寒窗苦讀後來中舉，再被授以官職的歷程說給張又新聽，說完問他：「你說，我的際遇是不是跟你沒什麼兩樣？」

張又新點點頭：「是啊！」楊虞卿再說：「但我娶的是一個醜太太，你可就跟我不一樣了吧？」說到這裡，張又新的臉色終於和緩了下來。

楊虞卿又問：「說老實話，你的太太跟我的太太比較起來，如何？」張又新忍不住笑了出來：「那是漂亮太多囉！」楊虞卿也笑了：「那你還有什麼不滿足的？」兩人相視大笑，又恢復了以往的交情。

想通了這一點，張又新非常珍惜這段婚姻，後來也有了美滿和樂的家庭生活，當他想到這段插曲，就寫下了一首詩〈牡丹〉：

牡丹一朵值千金，將謂從來色最深。
今日滿欄開似雪，一生辜負看花心。

雍容華貴的牡丹花也許一朵就有千金的身價，那是因爲她生來就有如此嬌豔的容顏；現在她爲了我開了滿滿一圍欄，就像一片雪海，這一生我怎能辜負她的情意？

人的一生，永遠都被慾望所操控，有了名，就應該要有利。有了如花的嬌妻，還要再有一棟高樓華廈，當然一部高級房車也是不能少的，有了這些還要什麼？要更多的錢！好像這樣才能表示一個人的成功與價值。只是眞的不曉得，擁有以上這些所謂榮華富貴的人，有沒有，或是否曾經，擁有「快樂」呢？「知足」才能「常樂」啊！

33 陳子昂的天地之嘆

陳子昂

每年的畢業時間一到，就進入求職的旺季，各大媒體也總是會報導許多求職的教戰手冊，叨切叮嚀新鮮人各種面試訣竅與準備，才能在面試時成功出擊，得到想要的工作。曾經看過一個成功案例：一個年輕女孩接到大公司的面試通知，她興奮不已，但不敢掉以輕心，戰戰兢兢地準備各項資料。就在面試的前一天，她來到這家公司，只是想看看這家公司是什麼樣子，並沒有其他不良企圖。

當她在公司前面徘徊打量的時候，在一旁掃地的清潔人員看到了她，就順口問她是不是需要幫忙。她告知對方只是來看看面試的公司，沒想到對方卻親切地說要帶她參觀，她也就跟著繞了公司一圈，最後來到面試官的辦公室，清潔人員告訴她這個主管很喜歡玩模型船，滿牆的模型可以證明這點，女孩於是謹記在心。隔天面試的時候，抓住一個空檔時間，女孩指著牆上的一個模型問面試官：「那不是哈得遜號嗎？」面試官大爲驚訝，以爲找到同好，就跟她聊了起來，女孩前一天晚上已經在圖書館查閱了許多相關資料，自然能對答如流。當然，她得到了這個工作機會，但「知人之遇」並非每個人都能遇到。

前不見古人，後不見來者，
念天地之悠悠，獨愴然而涕下！

這是唐代著名詩人陳子昂的不朽詩歌〈登幽州台歌〉。陳子昂出生在唐高宗顯慶年間，字伯玉，是梓州射洪（今四川）人。與其他中國文人不同的是，陳子昂的家境富裕，不愁吃穿，青少年時期的他不把錢財當一回事，出手慷慨大方，待人闊綽講義氣，就因爲沒有生活壓力，自然也不覺得讀書是必要的，一直到了十八歲才突然頓悟，開始發憤用功，博覽群書，他的寫作才能也在這時候開了竅，創作了許多詩歌與文章。也想有所作爲的他，來到了首都長安城，希望找到表現的機會。

陳子昂的才氣縱橫，但他剛到京城時，根本默默無名，時間無情流逝，他仍然是個無名小卒，鬱鬱寡歡的他有天登上古幽州台，想起戰國時代燕昭王能夠禮賢下士，自己卻遇不到伯樂，一時千頭萬緒湧上心頭，他發出千古長嘆，〈登幽州台歌〉因此誕生。

後來有一天，他來到長安街上閒晃，看到市集裡圍了一大群人，好奇地上前觀看，原來是有人在賣一把精緻的古胡琴，圍觀的人雖然多，但因爲賣琴的人開價一百萬錢，遲遲沒有成交。也該是陳子昂出頭時候到了，他突然心生一計，撥開人群走到攤位前，原價買下這把名琴，這下立刻引起一陣騷動。人群中突然有人要他當場演奏，他笑一笑說：「我買琴，當然是因爲我會彈奏，各位鄉親如果願意賞光，明天請到寒舍一坐，我不僅會當場表演，還備有點心、茶水招待大家！」

陳子昂買下百萬名琴的消息傳開之後，大家都想知道他多會彈琴，也想知道這個年輕人是何來歷，隔天上門的客人，把陳子昂的住處擠得水洩不通。陳子昂眞的準備了精緻點心宴請所有人，卻一直沒有表演琴技的意思，當大家開始不耐煩的時候，他拿著琴，走到所有人面前大聲說：「我是陳子昂，寫詩作文樣樣行，但我來到京城多年，卻找不到一個賞識我的知音！胡琴只是樂工演奏的工具，哪裡比得上我的眞才實學？根本不值得大家如此重視！」話一說完，他就把百萬名琴給摔碎了！

正當大家目瞪口呆的時候，他馬上拿出自己多年來的文學創作發放給每個人。看過他的文章，大家都知道這個年輕人的確有不可忽視的才能，一天之內，「陳子昂」三個字就傳遍了整個長安城！後來陳子昂考中了進士，武則天看到他所寫的策論諫言，非常欣賞，先是提拔他當麟臺正字一官，後再升爲右拾遺。出人頭地的願望，陳子昂實現了。

機會不等人，它什麼時候會來到你面前沒有人知道，但除了等待，你還可以自己創造。雖然陳子昂後來因爲直言敢諫得罪武則天，被羅織罪名冤死獄中，但也就因爲他這份「敢」，讓我們在千百年後還能記得這個名字。

多一點勇氣，多一點自信，讓機會看到你吧！

魚玄機

34 糾葛的千古情愁

西元一九九八年，一名知名國立大學的女研究生被發現陳屍在學校演講廳內，屍體還遭強烈腐蝕性化學液體「王水」毀容破壞，兇手手段殘忍，似乎與死者有不共戴天之仇。經過檢警單位的抽絲剝繭，兇手是死者的同班女同學，外表清秀、文靜不多話的她，行兇的動機，是因爲與死者同時愛上學長，但學長卻是比較喜歡死者，她找死者談判，被忌妒與不甘沖昏頭，才會一時失手殺害了對方。

這件情殺案震驚全國，事發之後，行兇的女孩在媒體前表現出奇冷靜，惹來大眾冷血殘酷的批判指責，最後法院宣判將她處以十八年有期徒刑。當媒體問她有什麼想法，她只淡淡表示：「這是我做錯事的懲罰，是我該得的，我甘心承受。」

「愛情」，難道眞是兩面刃，否則怎麼時常這樣傷了人，也讓自己鮮血淋漓？

魚玄機是晚唐時候的女詩人，原名幼薇，字蕙蘭，大約是唐武宗會昌二年出生在長安城的郊外。魚幼薇的父親是個落魄的讀書人，雖然讀過的書不算少，卻一輩子與功名無緣，魚家的家境當然就好不到哪裡去，後來魚父過世，魚幼薇母女生活更辛苦，只能接一些妓院的衣服來洗，或是做些針線活。

這時候的魚幼薇已經長成十一、二歲的少女，由於父親的刻意教導栽培，七歲就開始學作詩的她，此時已有「魚家少女詩」在京城裡流傳，也就因爲這樣，把當時聞名天下的大詞人溫庭筠也給吸引上門了。溫庭筠看小幼薇長得是眉清目秀，活潑大方，經過他一番測試，小幼薇的才華果然名不虛傳，憐惜之情不禁油然而生，就收了小幼薇當學生，不僅時常到魚家指點幼薇的詩作技巧，也暗中幫助著魚家，讓她們母女的生活有了改善。

雖然溫庭筠一直將自己與魚幼薇之間的師生情誼拿捏得很好，但幼薇正是情竇初開的年紀，對於這位亦師亦友的大詞人，已經暗生愛慕之情，並且大膽地以一些詩詞作品向溫庭筠表明心意。溫庭筠有滿身傲人的才情，相貌卻是又黑又醜，不知道是顧忌年齡差距，還是因爲外貌自慚形穢，他始終沒有接受魚幼薇的感情，後來還從中牽線，把朋友李億介紹給魚幼薇，促成了一段郎才女貌的姻緣。

李億是名門之後，年紀輕輕才二十二歲，已經做到了左補闕的官職，人品端正，溫和有才，而且早就對魚幼薇傾心仰慕，在溫庭筠看來，正是魚幼薇的最佳歸宿。李億娶得魚幼薇過門之後，當然對她百般呵護寵愛，幼薇也眞心回應相待，小夫妻過了一段甜蜜幸福的時光。

只是，在李億的家鄉，還有一位元配夫人裴氏，裴氏是個出身名門的千金小姐，當丈夫帶著魚幼薇進門的時候，她的怒氣與不諒解可想而知。等到李億一出門，她就命人把魚幼薇給毒打了一頓。

魚幼薇原本咬牙忍受，以爲這樣就能換得裴氏的接納，但這樣卻使裴氏更變本加厲，最後在裴氏吵鬧不休的情況下，李億將魚幼薇送進了一座道觀，要她等待重逢的時候。正値荳蔻年華，青春美麗的絕代佳人魚幼薇，就這樣以道號「玄機」在道觀裡住下，成了與世隔絕的道姑。

三年時光飛逝，魚玄機沒有等到前來迎接她的丈夫，反卻收到李億帶著元配夫人到揚州出任官職的消息。她，被拋下了。三年的等待，三年的無盡思念，都在這一刻化爲烏有。淚水流盡之後，魚玄機徹底變了個人，並且寫下了一首名爲〈贈鄰女〉的詩，宣告自己的脫胎換骨。

羞日遮羅袖，愁春懶起妝，
易求無價寶，難得有心郎。
枕上潛垂淚，花間暗斷腸，
自能窺宋玉，何必恨王昌。

這首詩據說是她勸告被迫出嫁的鄰家女孩擺脫命運捉弄的話語，卻也是她此刻的心聲。詩中明白說出，無價之寶其實容易獲得，然而有情有義的郎君卻是可遇不可求的啊！不需要可憐兮兮地流淚，也不需要再吟唱斷腸詩，我們既然有才貌能獲得像宋玉那樣的大才子青睞，又何必怨恨王昌的無情？

從此以後，魚玄機成了放縱招搖的豔麗女道士，且收留了一些年輕貌美的女孩當侍女，許多文人雅士、公子哥兒成天在道觀裡流連不去，表面上是與魚玄機吟詩作對、聊天喝茶，實際上有好些人都成了她的入幕之賓。先後與多人交往的她，後來與一位風度翩翩、相貌俊秀的樂師陳韙兩情繾綣，卻因爲懷疑貼身丫環綠翹勾引陳韙，一時失去理智把綠翹鞭打致死，被人發現之後告到官府，最後被判死刑斬首，那一年，魚玄機不過才二十六歲。

殺人也傷了自己的，不是「愛情」，而是人心中的妒忌與怨恨。生爲人，會產生這樣的負面情緒是正常的，但當你被它們支配與控制時，也把自己困在一個滿是刺人荊棘的牢籠裡，就算眞的讓「對不起」你的人受傷了，問問自己，眞的因此得到快樂了嗎？原諒別人，才能放過自己，陷在痛苦深淵的你，試試看吧！

35 緣定今生

無名氏

一齣好萊塢描繪越戰的戰爭片，上映的時候有這樣一段廣告詞：「每個戰場上的士兵，臨死前最後一句話，都是：告訴我的妻子（母親／孩子），我愛他（她）！」戰爭，是人類發明的最殘酷、最沒有意義的一樣東西，那許多爲了某種目的（甚至連目的都不知道）而被迫上戰場的戰士們，在生活中是一個丈夫、一個父親、一個兒子，當他們遠離家鄉上戰場的時候，在家鄉引頸盼望等候的，該有多少妻子、兒女以及白髮的父母啊！

唐朝初期原本實行府兵制，當時家境富裕、身強體壯的男子都要當兵，平時從事農耕活動，進行教戰演練，如果發生戰爭，自然直接上戰場。除了以上這些任務，他們還必須不定時應朝廷徵調命令，到京城裡保衛首都的安全，這叫「番上」。但是，到了唐玄宗的時期，因爲社會環境變遷，府兵不再願意乖乖聽話，逃兵非常多，常常找不到足夠的府兵到京城裡守衛，唐玄宗不得已，只好另外再召募二十萬人民擔任守護京城的任務，從這個時候開始，府兵制變成了募兵制。

開元年間，因爲冬天就要到了，戍守邊疆的士兵冬衣不夠穿，朝廷就下令徵召了一群民間的婦女，到宮中縫製軍衣。這些出身普通人家的良家婦女，也許也有丈夫或兄弟在遠方擔負保衛國家的任務，所以對於徵召進宮縫製軍衣，她們覺得是盡自己一份力量，並沒有太多的怨言。只是，進宮之後，什麼時候能再出去、什麼時候能恢復自由之身，沒有人告訴她們確切的時間，她們只有日復一日地做著相同的事情，時間流逝的速度總是驚人，她們的青春眼看著就要埋沒在深宮內苑裡了！

有一個年輕的宮女，這一天縫著縫著，突然覺得遠方的士兵其實也跟自己一樣寂寞啊！他們也該有妻子或是戀人吧？他們也一定正在思念著家鄉的親人吧？但是，距離如此遙遠，就算是再濃烈的思念，也無法實現心中的願望啊！這樣一想，她不禁深深同情起那些跟她一樣有家歸不得的士兵，又想起自己可能永遠無法獲得自由，可能要這樣老死在宮裡，要放棄從前所有的夢想和短暫的青春，一時悲從中來，淚水就這樣掉了下來。

當時的唐代非常盛行寫詩，就算是平民百姓，也能隨便作個兩句詩，加上唐代可以說是歷史上男女地位最爲平等的朝代，因此許多下層的婦女也都能作詩，這名年輕的宮女自然不例外。她多麼希望有人能夠了解她現在的心情，於是她把自己的心情寫成了一首五言律詩，然後突發奇想地，把這張寫著詩的紙條，偷偷縫進了冬衣的夾層裡，這也許是她給自己的一個小小的希望吧！詩是這樣寫的：

沙場征戍客，寒苦若爲眠？
戰袍經手作，知落阿誰邊？
蓄意多添線，含情更著綿。
今生已過也，重結後生緣。

在沙場上征伐守衛的人們，你們在這麼寒冷的天氣裡，怎麼睡得著呢？這件戰袍是我親手做的，只是不知道會送到誰手上呢？拿到的人，該是跟我有緣分的，我刻意把戰袍的線縫得更濃密一些，深深的情意，也讓我把棉絮塞得更多了。只是我知道這一切都是我的空想，今生已經沒有實現的希望了，只能盼望著來世再與你結緣吧！

這批冬衣後來送到了邊疆，發配給每個士兵穿著，有個士兵驚訝地發現自己拿到的衣服裡，竟然夾藏著一張紙。當他讀完這首詩，心中的激動眞是無法形容啊！想到自己整天待在黃沙漫漫、幾乎沒有人煙的邊境，家鄉那麼的遙遠，他根本不敢想回去的可能性，現在這件藏著深切情意的冬衣，讓他心中眞是暖烘烘的，他眞的好想見見那位爲他縫製衣服的女子啊！

這件事情在軍中傳開了，他的元帥也很感動，就把這件事上報給朝廷，這首詩送到了唐玄宗手中。唐玄宗讀了詩，詩中的眞情打動了他，他傳令下去，希望找到寫這首詩的宮女。最後，寫這首詩的宮女自己很害怕地出面承認了，她哀求唐玄宗能夠原諒她。唐玄宗溫和地扶起她說：「別怕！朕不會治你的罪！朕還要爲你做主，讓你跟這個有緣人結下今生緣呢！」就這樣，唐玄宗特別下令，讓那位士兵回到故鄉，歡歡喜喜地迎娶這位他「今生的新娘」！

這是個多麼浪漫有情的故事啊！緣分，是一種妙不可言的東西，它什麼時候會出現，沒有人可以預料。中國人常說「一切隨緣」，可不是嗎？嘿！注意喔！也許那個與你擦肩而過的路人，就是你這一輩子的有緣人喔！

36 猴面？人面？

黃幡綽

你在意自己的容貌嗎？相信少有人會搖頭的吧！

哈日風盛行時，日本的流行資訊與商品總是一波又一波地湧入台灣，曾經是日本殖民地的台灣，不但絲毫不排斥，而且還趨之若鶩，只要貼上日本的標籤，身價馬上翻了好幾番。年長一輩的深信日本電器是品質保證，好友的公婆與長輩去日本一趟回來，搬了十多萬的電器回台灣，還直嚷著有機會一定要再去血拚；年輕一輩的，則是將日本的藝人視爲偶像，花再多錢去追星都是心甘情願，瘋狂行徑讓人咋舌。然而這幾年因爲電視台引進韓國電視劇，意外培養出一群「哈韓族」，不讓哈日族專美於前的他們，對於韓國的一切也一樣研究得透徹。至於媒體報導最多的，則是已經成爲韓國全民運動的整形風潮。

整形這件事，向來很多人都是敢做不敢說，就算在已經很普遍的韓國演藝圈，大家即使心知肚明幾乎所有女星都曾在臉上動過手腳，敢大方承認自己美麗的容顏的確不是娘胎「原廠出品」，而是靠著整形醫生的一雙巧手後天加工而成的明星，還是少之又少。看過媒體實際在韓國當地的訪問，發現韓國民眾對於整形的接受度非常高，他們的理由很簡單：希望自己擁有漂亮臉蛋，是人之常情，沒什麼不能說的！

在科技日新月異的現在，要是對自己那張臉有什麼不滿意，荷包夠飽滿的話，到整型醫院走一趟，就可以換來一張嶄新的容貌。然而在遙遠的古中國，別說是整形了，就連刮個鬍鬚都有人辦不到！

話說唐玄宗時候，有個牙將叫做劉文樹，反應敏捷又機伶的他，口才很好，常常向唐玄宗進言，就算是唐玄宗隨口問話，他也可以應對得體，唐玄宗因此多次在群臣面前誇獎他。由這樣傑出的表現，可以知道這劉文樹也算飽讀詩書，但他那張臉卻老是成爲大家取笑揶揄的對象。也許是荷爾蒙分泌過多，劉文樹的毛髮比起一般人，實在是濃密了好幾倍，尤其是他的臉上「雜草叢生」，長滿了鬍髭，猛一看好像猴子，於是就有些人惡作劇地給他取了綽號叫「猿猴」，大家也都在背後這樣叫他。沒聽見可以不當一回事，要是讓他聽見了，他肯定是火冒三丈，會毫不客氣地把對方給教訓一頓。

這一天，玄宗和一群朝臣正在閒談國事，不知道怎麼回事，玄宗突然心血來潮，想要捉弄劉文樹，竟然下令一個叫黃幡綽的伶人（註：宮中表演的藝人）寫首詩，要用來嘲諷劉文樹滿臉的「雜草」。

劉文樹聽到消息以後，怕黃幡綽眞的寫出什麼詩來取笑他。不想讓自己出醜的他，就帶了一些金銀財寶去賄賂黃幡綽，說盡了好話，費盡了脣舌，希望黃幡綽高抬貴手，筆下留情，別眞的把他像猿猴一樣的相貌給寫下來，否則以後的千秋萬代不就都知道他劉文樹長得像猴子了嗎？

黃幡綽拗不過他的再三懇求，只好答應他，但是皇帝的聖旨又不能違背，要是寫得不能讓皇帝滿意，他說不定小命都丟了。左思右想，來回踱步的他，最後寫了這麼一首詩：

可憐好個劉文樹，髭鬚共頦頤邊住；
文樹面孔不似猢猻，猢猻面孔強似文樹！

詩一送到玄宗面前，把玄宗逗得樂不可支，其他人知道以後也都笑彎了腰。成為大家笑柄的劉文樹又氣又惱，馬上衝到黃幡綽家中興師問罪，責罵他明明收了錢也答應了，卻又食言寫出這首詩，沒想到黃幡綽卻是不慌不忙，理直氣壯地回答他：「看清楚！我是寫猴子像你，可沒寫你像猴子！」

劉文樹一聽簡直快要腦充血，黃幡綽擺明要耍賴，但是他也無可奈何，因爲詩裡也眞的是寫著「文樹面孔不似猢猻，猢猻面孔強似文樹」，他張口結舌說不出半句話，只好自認倒楣囉！

其實如果劉文樹本身不在意，就算別人再怎麼對他的外貌有意見，他也可以輕鬆以對，不用老是被氣得吹鬍子瞪眼睛。外貌是天生的，也許現在的我們可以利用發達的科技隨意更改，但是太過在乎別人的眼光，最後你會發現鏡子中的那個人已經不是自己了。不管你現在是已經整形，還是想要整形，最重要的是，活得像自己！

賈島

37 韓愈敲開月下門

大學畢業那年夏天，一時之間找不到適合的工作，曾有一段時間賦閒在家。剛好當時國小母校有老師請產假兩個多月，在國小任教的母親於是鼓勵我到學校代課，可以多些工作經驗，我心想也是，就大著膽子去了。

學校環境單純，小朋友雖然因爲精力旺盛，每天都會惹出或大或小的麻煩，對我而言卻是個新鮮的體驗，生活忙碌又有趣。除了正規的課本之外，我也會絞盡腦汁想點「課外活動」，於是，我開始讓小朋友每天唸一首簡單的唐詩。不須強記，也沒有考試，我只希望給小朋友不一樣的嘗試，輕鬆又有趣的進入中國的文化世界。

「松下問童子，言師採藥去；只在此山中，雲深不知處。」孩子們稚嫩的朗誦聲迴盪在校園中，這首詩簡單明瞭，沒有難懂的辭彙，只要稍微解釋，孩子們大部分都能明白。這是中唐著名詩人賈島流傳最廣的一首詩——〈尋隱者不遇〉。

賈島，字閬仙，是范陽（今河北涿州）人，出生在唐德宗時代。賈島家境貧苦，少年的時候就刻苦讀書，就算「十年寒窗無人問」，他卻相信自己可以「一舉成名天下知」，所以不管讀得再辛苦，他都甘之如飴。

但是，老天並沒有看見他的努力，他連續考了十幾年都落榜，也許是灰心沮喪，而且生活實在窮困，就跑去剃了頭，當了和尚，還有個法號叫「無本」。當時的唐詩，崇尚流行著元稹、白居易一派的詩風，講求平易近人，但是賈島偏偏不照著走，反而喜歡用一些不常見的修辭寫詩，而且他作詩態度嚴謹，每個字都要經過多次思考，一定要自己非常滿意，才能定案。加上他經歷過生活的艱苦，因此也與孟郊一樣，被歸爲「苦吟詩人」，與孟郊齊名，不但被世人稱爲「郊寒島瘦」，與孟郊有著深厚交情的文學家韓愈，也對賈島的詩作頗爲讚賞，認爲他可以接續孟郊的成就。而說起韓愈，賈島與他之間還發生了有趣的故事，因此改變了賈島後來的命運。

話說賈島作詩非常講究，一字一句總要斟酌許久，所以他常常在路上想詩中的一個字，就可以想得出神。這一天，賈島騎在驢背上，正在想著他剛作好的詩句「鳥宿池邊樹，僧推月下門」，上面那句「鳥宿池邊樹」沒有問題，可是下一句「僧推月下門」他卻拿不定主意，不知道該用「推」好，還是用「敲」好，一邊想著，他還一邊用手做出「推」與「敲」的動作，結果想得太過投入，根本沒有注意到周遭事物，他就騎著驢子一頭撞進一行官方車隊中。

當時車隊主轎中坐的是京兆尹韓愈，賈島立刻被侍衛給抓到韓愈面前，要治他衝撞官方隊伍的罪責。侍衛橫眉豎目地質問，韓愈倒是沒有動怒，他看賈島一身和尚打扮，不像是危險分子，就和顏悅色地問他闖入隊伍中的原因。

賈島告訴韓愈，他是因爲正在專心思考詩句，所以才沒有注意到車隊，絕非故意冒犯。韓愈聽，覺得有趣，就問他碰到什麼難題，賈島把詩句唸給韓愈聽，說自己正是爲了不知該用「推」或「敲」而苦惱。

韓愈低頭想了一想，抬頭對賈島笑著說：「依在下拙見，用『敲』字比較好！」賈島再次唸出「鳥宿池邊樹，僧敲月下門」，覺得「敲」字似乎真的比較適用，就開心地向韓愈道謝，韓愈當然不計較他的衝撞行爲，當場將他無罪釋放。

賈島回去之後，就寫成了〈題李凝幽居〉：

閒居少鄰並，草徑入荒園。

鳥宿池邊樹，僧敲月下門。
過橋分野色，移石動雲根。
暫去還來此，幽期不負言。

李凝是賈島的友人。全詩的意思是：你獨自閒居在少有鄰人的住處，我沿著長滿雜草的小路來到你的園林。鳥兒歇宿在池邊幽靜的樹上，月色中，有僧人輕輕敲門。我走過橋，這景色就像被一分爲二，遠處的雲氣緩緩飄過山邊。我雖暫時離去，一定會再回來，實現與你一起隱居的諾言。

後來，韓愈越發欣賞賈島的才華，一再規勸他還俗，再爲前途努力。賈島受到鼓勵，也就眞的還了俗，最後終於中了進士。只是雖然他之後也做了官，卻還是漂泊坎坷，傳說他六十五歲去世的時候，身邊連一文錢都不剩，潦倒落魄的一生讓人悲嘆。

歷史上，總有很多文學家，或是詩人詞人，有滿腹才學，有理想抱負，卻沒有平順的人生路途，也或許因爲這樣的歷練遭遇，觸動了他們的心靈感受，繼而留下許多不朽的作品，千秋萬世閃耀著光芒。當我們現在賞讀玩味著這些精華篇章時，是否也能體會其中的人生滋味呢？

38 鶼鰈情深

趙 蝦

二〇〇二年五月二十五日，一架由台灣飛往香港的華航班機，起飛後不久墜落在澎湖外海，全機包含飛機組員與乘客共二百二十五人，無一生還。當電視新聞緊急連線報導，當跑馬燈不停在螢幕上跑著最新消息時，上百個家庭已經因此破碎不堪，並且有更多人在那一瞬間失去了他們的親人、朋友、同事、同學，以及一輩子的摯愛。在罹難的旅客之中，有好幾位都已預定即將與另一半踏入禮堂，卻因爲這次的死亡之旅，演變成天人永隔的悲劇。其中一位預定年底出嫁的空姐雖然香消玉殞，男友卻在喪事處理告一段落之後，向女友的父母表示仍想迎娶她的心意，也就是所謂的「冥婚」。

姑且撇開怪力亂神是否可信的爭議不說，這名男子的舉動給了喪女的兩位老人家很大的心靈慰藉，而當記者詢問他爲何願意這樣做，他只淡淡一笑說：「我們本來就說好要結婚了，我只是實現了諾言而已。在我心裡，她永遠都在，沒有離開過！」一往情深的表白，讓聽到的每個人都動容。

爲了愛，你願意付出多少呢？

趙嘏是晚唐詩人，大約生於唐憲宗時代，字承祐，是山陽人（今江蘇省淮安縣）。趙嘏年輕的時候曾經四處遊歷，爲了求得發展，他來到長安客居多年，時常出入一些豪門世家，還有一點詩名。這期間他也當過幾年幕府，後來在潤州定居。會昌二年，他終於進士及第，後來出任渭南縣尉，死在任期內，後世留存有詩集《渭南集》。

平心而論，趙嘏的詩寫得還算秀麗，但是意象傾向頹唐，他的七言律詩寫得比較出色，熟練圓融，耐人尋味，較有佳作。他曾寫過一首名爲〈長安秋望〉的七言律詩，裡面有這麼一句「殘星幾點雁橫塞，長笛一聲人倚樓」，後來被著名詩人杜牧大大稱讚，於是就有了「趙倚樓」的美譽，也因爲這樣轟動一時。

趙嘏曾有很長一段時間待在長安，爲的是準備科舉考試，那首〈長安秋望〉也是這時候所寫的。年輕有才的詩人身旁總少不了如花美眷，趙嘏家中也有這麼一位美麗又善體人意的侍妾，兩個人情投意合，花前月下總有綿綿情意訴不盡。趙嘏要到長安參加考試的時候，本來想要帶著她一起去，但他的母親認爲應試應該要專心，不能心有旁騖，不答應侍妾跟著去，趙嘏萬般無奈，只好將她留在家中，獨自一人前往。

當時的潤州有一個習俗，就是每年的中元節，郊外的鶴林寺會舉行盛大的法會，居民都會前去參加，非常熱鬧。這一年的中元節，趙嘏的侍妾也跟著女伴一起到鶴林寺參加盛會，沒想到在回家的途中，浙西節度使無意中看到了她，深深被她的美色所吸引，仗著自己的勢力強大，當街就把她給擄回家去，佔爲己有。趙家不敢得罪節度使，沒辦法把侍妾給要回來，趙嘏的母親爲了讓他專心準備考試，交代家人不能告訴趙嘏這件事。隔年的春天，趙嘏如願考上了進士，趙母才寫了封家書給在長安的他，告訴他侍妾被搶的事情。

趙嘏知道這件事以後，憤怒、無奈又傷心，就寫了一首詩，寄給那個奪人之愛的浙西節度使：

寂寞堂前日又曛，陽台去作不歸雲。
當時聞說沙吒利，今日青娥屬使君。

我在寂寞的廳堂前面呆望著夕陽又西下，陽台邊飄過再也不會回來的雲朵。從前我只聽過「沙吒利」奪人所好的惡名，沒想到今天我的情人竟然已經歸屬於你了啊！

沙吒利是盛唐時候奪取詩人韓翃愛姬的番將，後來就被用來形容那些蠻橫不講理的橫刀奪愛者。這首詩的語氣看起來平和，其實含著嚴厲的指責。浙西節度使看到詩之後，聽說趙嘏已經中了進士，又怕引起眾怒，就派人把侍妾送到長安，要歸還給趙嘏，誰想一行人卻在途中遇見了正要離開長安的趙嘏。趙嘏不敢相信地上前呼喚，侍妾認出趙嘏的聲音，立刻下轎相認，兩人悲喜交加，不禁抱頭痛哭。

原本重逢該是件高興的事，不知道是否因爲情緒太過激動，侍妾竟然在痛哭之後就在趙嘏懷中斷了氣。好不容易與伊人團聚，卻是這樣的結果，趙嘏悲痛難當，傷心欲絕，將侍妾安葬在橫水南岸之後黯然離去。後來的趙嘏，一直對死去的侍妾念念不忘，也許因爲思念不但催人老，也侵蝕了他的身心，十年以後趙嘏也死了，死時才正是四十多歲的壯年。

羅密歐與茱麗葉，梁山伯與祝英台，他們的故事之所以讓人動容，都是因爲哀淒的結局，因爲有情人不能終成眷屬的遺憾，也許更是因爲他們都爲了愛情付出了生命。願意爲愛付出生命，才是眞正的愛情嗎？我想不是的。如果有一天，我們失去了摯愛的另一半，痛苦與傷心都難免，卻不該讓悲傷佔據了生活的全部。找回自己，找回生命中的快樂，繼續未完的人生旅程，相信逝去的他（她）更能平靜安息，微笑祝福！

劉禹錫

39 繁華落盡烏衣巷

在中國著名古都南京市裡，有一條由東向西貫穿全城的秦淮河，不但是長江的一條支流，也是南京古老文明的源頭，而在秦淮河北岸的貢院街旁，有一座夫子廟（孔廟），自夫子廟往西南走個數十公尺，過了「朱雀橋」，轉進一條幽靜狹小的巷子，一塊寫著「烏衣巷」的牌子立刻映入眼簾。這裡，就是著名詩人劉禹錫膾炙人口的七言絕句〈烏衣巷〉，所描寫的故事場景發生地。

朱雀橋邊野草花，烏衣巷口夕陽斜。
舊時王謝堂前燕，飛入尋常百姓家。

我看著朱雀橋邊叢生的雜草，幾朵小花在風中寂寞地搖曳著；烏衣巷口的一抹斜陽，使得氣氛更加淒涼落寞。六朝時代王、謝兩家的豪門大宅已不見蹤影，當時歇息在華麗屋簷下的燕子，也已經飛到平常的百姓家中築巢了吧！

朱雀橋，是六朝時代都城正南門，也就是朱雀門外面的大橋，是當時繁華的交通要道。而「烏衣巷」名稱的由來，傳說是三國時代的吳國曾經在這裡駐紮設營，當時的士兵都穿著黑色的軍裝，因此得名叫做「烏衣巷」。「王、謝」指的是東晉時代的先後兩任名相——政治家王導與謝安。

王導是輔佐司馬氏建立東晉王朝的最大功臣，東晉可以說是由他一手策劃扶植的政權。西晉末年，八王之亂爆發，當時的王導是琅琊王司馬睿的安東司馬，眼看西晉氣數已盡，他力勸司馬睿遷都建康（今南京），爲東晉王朝的崛起做準備。西元三一七年，王導結合北方世族與南方富紳的力量，協助司馬睿登基爲東晉元帝，司馬睿因此對王導十分敬重，尊稱他爲「仲父」。王導身爲元帝、明帝、成帝三朝宰相，居中運籌帷幄，竭盡心力保持東晉偏安江南的安定局面，是一代名相，世人還稱東晉是「王與馬，共天下」，可見王導當時的位高權重，備極尊榮。

謝安是被王導提攜，接續他成爲東晉另一支柱的將相之才。謝家乃東晉時期南遷的世家大族中的佼佼者，謝安的祖父謝衡與父親謝裒都是當朝高官，謝氏家族中不少人也都在朝爲官，是顯赫的名門望族。謝安從小沉著機靈，風采優雅，有獨特的敏銳思想，寫得一手漂亮的行書，不少名士如王導、桓彝等人都非常器重他。然而，謝安對於功名利祿並不熱中，朝廷一再徵召他出來任官，他卻一直不予理會，最後乾脆躲到會稽的東山隱居起來。之後，權臣桓溫扶立傀儡皇帝簡文帝，篡位野心日漸明顯，爲了保住東晉王朝的命脈，謝安終於出面穩定政局，當時他已經四十歲了。臨危受命的謝安，後來不僅阻止了桓溫的謀反，還巧妙運用計策，從容無畏地坐鎮指揮，以少勝多地贏了歷史上著名的「淝水之戰」，維持了東晉之後三百多年的和平。

王、謝兩家可以說是支撐東晉王朝的兩大棟梁，朝廷當然不敢怠慢，封官賞賜算不了什麼，名山良田幾乎全由兩家瓜分，據說王導在現在的紫金山曾有八千多畝的田地，謝家的家產也富可敵國，是當時最爲顯貴的兩大家族。兩家南遷之後，都選擇在烏衣巷設府居住，其他富豪名門也漸漸到這裡群居，烏衣巷於是變成了繁華尊寵的代名詞。

中唐詩人劉禹錫，有政治的革新思想，他積極參與王叔文所主導的改革集團，與柳宗元等人合作，期望爲大唐再創新氣象，然而事與願違，革新行動失敗，參與的所有人都遭到貶抑的命運。大唐寶曆二年，劉禹錫從和州罷官，在回家鄉洛陽的途中，經過了金陵，也就是南京。當他走到昔日繁華的烏衣巷口，想起六朝時候王、謝兩家的的豪門大宅，如今已經破落衰敗，往日的富麗景象難再現，心中不禁感嘆世事的無常，又想到當時的大唐國勢已經中落，前途堪慮，卻又不思振作，愛國詩人的心中焦急又無奈，於是寫下這首以古諷今的懷古詩。

俗話說「富不過三代」，現在雖然已經沒有所謂的貴族子弟，家財萬貫的富豪之家仍存在。這些家族的子弟從小養尊處優，經濟環境優渥，先天能擁有這樣的條件，沒有後顧之憂，更應該珍惜這樣的福分，好好規劃自己的未來，而不是每天無所事事，揮霍無度，即使有千萬家產，也會有坐吃山空的一天啊！

劉禹錫

40 湘夫人傳奇

從小，家中就有許多藏書讀物，爸媽爲了養成我們閱讀的習慣，對於買書這項投資從來就不吝嗇，立在地上的書櫃不夠放，就在牆上訂作更大的書櫃，書是一套一套買，親朋好友每到家中拜訪，就會被我們家的藏書給嚇到。識字之前，我們愛翻圖畫書，喜歡看五顏六色的圖案，再央求媽媽口述故事；識字之後，四個兄弟姊妹當然各自抱著書自己啃，神遊在精采的神話傳說、寓言故事裡，是我們最喜歡的休閒樂趣。

相傳在遠古時候，統治中國的領袖都不是「人」，從伏羲、神農、黃帝到後來的帝堯、帝舜，都是具有神力的人神，雖然生在人間，卻又具有凡人不可能擁有的能力。堯是三皇五帝中的第四位天子，他是帝嚳的次妃所生的兒子，從小就聰明能幹，足智多謀。帝嚳死了以後，長子摯繼位，當時的堯才十三歲，就已經能輔佐帝摯。帝摯的才能平庸，其他的部落共主都無法信服，紛紛轉向擁戴賢明的堯；帝摯知道自己的能力不足，在位九年以後就把帝位禪讓給堯。於是，堯定都平陽，國號爲唐，世稱帝堯。

帝堯仁德賢能，智慧玄妙，在位有百年之久，百姓們安居樂業，天下萬國都能和平相處，是中國完美帝王的象徵。帝堯到了晚年時候，開始爲下一任繼承者傷腦筋，於是就詢問在旁輔佐的四大諸侯四嶽，有沒有適合的人選可以推薦。四嶽原本都提議帝堯從他的兒子們之中挑選，但是帝堯認爲他所有的兒子都各有缺點，沒有資格繼承，於是四嶽就推薦了一個人選——舜。

舜出生在平陽一個村落的農家，生來面相就異於常人，兩隻眼睛裡各有兩個瞳孔不說，腦門突出，眉骨隆起，而且嘴巴大得可以吞下拳頭。舜姓姚，還有個號叫華，又因爲他排行第二，所以也叫仲華。舜的父親是個瞎子，因爲母親去世得早，父親又娶了後母，生了個弟弟叫象。後母對待舜是百般凌虐，弟弟象也把舜視爲眼中釘，而父親又因爲受到後母與弟弟的挑撥離間，對舜也沒有好感，舜在家中沒有任何地位可言。雖然如此，舜擔負起家中經濟重擔，種田、做家事樣樣來，盡心照顧父親，對後母與弟弟的虐待與刁難也絲毫沒有怨言，孝順寬厚的品行贏得了其他人的敬重與讚譽。帝堯聽說了這一切，已經把舜視爲帝位的候選人，但他仍要多多觀察舜的德性，才能決定是否傳位給他。於是，帝堯派給舜不同的職位與工作，還把兩個女兒娥皇與女英嫁給舜，並且讓自己的九個兒子去幫助舜，藉機觀察舜的爲人與能力。

娥皇與女英美麗溫柔，蕙質蘭心，嫁給舜之後，同心幫助丈夫，侍奉公婆盡心盡力，雖然公婆與小叔對舜別有居心，屢次想要陷害舜，但她們除了巧計幫助舜度過難關之外，並沒有對公婆與小叔有任何無禮的舉動。帝堯對於舜的表現很是滿意，三年之後就把帝位禪讓給了舜，舜定都蒲阪，國號虞，世稱帝舜。

帝舜就像堯一樣，勤政愛民，不但是規定各個部落君長每五年要來朝覲天子一次，舜也會每五年到全國各地巡視，讓中央與地方的聯繫更爲緊密，確實得知人民百姓的需要。而舜每次到各地巡狩的時候，娥皇與女英都會隨侍在他身旁，照顧他的生活起居，三人形影不離，非常恩愛，也同心協力爲天下百姓著想謀福利，人民視他們爲明君與賢妃，誠心愛戴與敬重。後來帝舜也效法堯，把帝位傳給了治水有功的大禹。

傳說中，帝舜讓位給大禹之後也沒閒著，還是時常到各地去巡視，這一年聽說南方發生戰亂，帝舜就有了南巡的行程，可是因爲路途遙遠，他就沒讓娥皇與女英隨行。沒料到，帝舜在途中染病駕崩，就葬在九嶷山下，名叫零陵的地方。消息傳來，兩位后妃傷心不已，趕到湘江旁天天哭泣，哭到後來眼淚都變成了血，她們的血淚把江邊的竹子都染上了紅色斑點，這就是有名的「斑竹」，也叫「湘妃竹」。兩位后妃後來投湘江自盡，她們死了以後變成了湘江神，娥皇是后，稱爲「湘君」，女英是妃，就稱爲「湘夫人」（註：也有人說「湘君」是帝舜，兩位后妃通稱「湘夫人」）。

唐朝著名詩人劉禹錫，因爲參與改革失敗，後來被貶到朗州當司馬的時候，知道了這個動人傳說，就創制了名爲〈瀟湘神〉的詞調，詩有兩首，這裡揀選一首欣賞：

湘水流，湘水流，九嶷雲物至今愁。
若問二妃何處所？零陵香草露中秋。

湘水流啊湘水流，九嶷山的景物現在還在憂愁呢！如果你問娥皇與女英兩位后妃現在在哪裡？恐怕是在那舜帝長眠的瀟湘香草之中吧！

歷史悠久的國家總有許多玄異動人的神話傳說故事，雖然無從考證，但一代一代口耳相傳，加上書籍的記載，當我們聆聽閱讀著這些故事的時候，是不是覺得神祕又有趣呢？

劉禹錫

41 司空見慣的由來

離開家中，在外面租屋，三餐老是便當，不然就是便利商店的速食，吃久了，總是會有嫌膩的感覺。於是，我和妹妹總是會趁著星期假日，到舅舅、阿姨家中「打游擊」，品嚐家常菜，祭祭五臟廟。

那日又到舅舅家解饞，酒足飯飽，大家輕鬆坐下欣賞電視節目，小舅的獨子，還在唸國小的小表弟，卻嚷嚷著要人幫忙，趨前一看，才知道他正爲了暑假作業傷腦筋。作業內容五花八門，其中有個認識成語單元，要小朋友查出所列成語的由來，或是相關故事。看到「司空見慣」，我告訴表弟，這是中唐著名詩人劉禹錫的故事。

字夢得的劉禹錫，是河南洛陽人，生於唐代宗大曆年間。有史書記載說他是匈奴人的後裔，但他自稱是漢朝中山王劉勝的後裔。劉禹錫出身自以儒學相傳的書香世家，可說家學淵源。他從小耳濡目染，自然小小年紀就開始接觸諸子百家書，而且他聰明好學，反應敏捷，養成傑出才學，十九歲就到了長安遊歷。貞元九年，劉禹錫二十一歲，與柳宗元同榜中進士，同一年，又考中博學宏詞科，隔年被授爲太子校書，後來做了監察御史。這時候的劉禹錫，際遇稱得上順遂。

永貞元年，順宗繼位，重用了他以前當太子時的老師王叔文和王伾進行改革，劉禹錫與柳宗元也參與了這個改革集團，「二王劉柳」成了改革的領導中心。他們主張中央集權，反對藩鎮割據，也無法忍受宦官專政，開始進行一連串的改革行動。然而，改革行動的最大阻力，是當時最大的宦官勢力，劉禹錫他們依靠的只有皇帝順宗，而順宗其實從即位開始就在宦官的控制中，基本上宦官們根本不把劉禹錫這群革新派放在眼裡。

果然，之後宦官們又廢了順宗，擁立太子李純即位，就是憲宗。憲宗一繼位，就把過去的革新派給全部貶抑。王叔文貶爲渝州司馬，隔年被賜死；王伾貶爲開州司馬，不久之後就病死了。柳宗元貶爲永州司馬，劉禹錫則被貶爲朗州司馬。從此以後，劉禹錫的官途再也沒有平順過，開始了在各地漂泊的日子，之後他又到連州、夔州、和州等地當刺史，二十多年都未能再回到長安。

話說人和二年，劉禹錫來到蘇州擔任刺史，當地有個司空名叫李紳，因爲仰慕劉禹錫的詩名，就在他到任的時候，爲他擺了一桌酒席接風。席間不但佳餚滿桌，美酒暢飲不盡，李紳還叫來了幾名歌妓唱歌跳舞助興。歌妓們清亮的歌聲、曼妙的舞姿，又讓劉禹錫想起了昔日長安的繁華歲月，忍不住一時感觸，端起酒杯站起身來，吟唱出一首詩歌：

高髻雲鬟宮樣妝，
春風一曲杜韋娘。
司空見慣渾閑事，
斷盡蘇州刺史腸。

眼前的歌妓梳扮著如同宮女們的妝容，春風滿面地唱著昔日的曲調。您這位司空也許見慣了這樣的華麗場面，卻讓我這被貶的蘇州刺史看得惆悵斷了腸啊！

雖然曾有這麼一段挫折，但晚年的劉禹錫又再回朝中擔任太子賓客，兼任檢校禮部尚書，世稱劉尚書、劉賓客，享年七十歲，算是歷史上晚年過得還算平逸的一位文人。

後來，對於偶然發生，但卻時常看見的情況，人們就會說這是「司空見慣」的事，這句成語就這麼沿用了下來。

這個故事的始末，對於還在唸國小的孩子而言，其實太過艱深了點，所以我也並沒有向表弟解釋得太過深入，只告訴他故事的主人翁是有名的詩人劉禹錫，他雖然似懂非懂，但因爲作業可以交差，也就開心地寫上答案，不再打擾我們。其實，很多常用的成語都有典故，拿來當成故事說，不但有趣，又能增加孩子們的課外知識，眞是不錯的教材呢！

韓氏

42 紅葉傳情

新興媒體網路興起後，風潮席捲全世界，幾乎每個人都掉進了網路的漩渦裡。發展到今天，如果你說不知道網路是什麼東西，肯定有人將你當成遠古時期未開化的「山頂洞人」。不管是生活習慣、社會生態，都因爲「網路」而有了很大的改變。人們互相交換的名片，多了一個Email（電子信箱）的位置，剛認識的朋友，也一定會問：「你有Line（通訊軟體）嗎？」人們依靠著電子郵件、通訊軟體傳遞問候，分享心情，一篇溫暖的小品文、幾則讓人捧腹的笑話、一段有趣的影片，都是傳遞的內容。網路通訊似乎已經取代了傳統的手寫信件，成爲人們互通有無的訊息管道。

古時候的人們，如果要互通消息，也就是所謂的「魚雁往返」，因爲路途遙遠，這一來一往，可能就要上把個月了。但是除了正規的書信，頗有雅趣的古人也許還會信手拈來，拿片美麗的楓葉當成信紙呢！

唐僖宗時期，給衰弱的大唐致命一擊的禍事——黃巢之亂在山東爆發，老百姓爲了保命，紛紛逃入當時的首都長安避難。有個讀書人名叫于佑，也因爲這樣來到了京城。這一天，于佑外出散心，不知不覺來到了皇宮外的御河旁，他靜心欣賞著美景，看到河邊堆積了楓葉，一時興起就隨手撿起來把玩。突然，他眼睛一亮，發現其中一片楓葉上面竟然題了字。他用袖子擦去葉子上的灰塵與汙泥，仔細一看，是一首詩：

流水何太急，深宮盡日閑；
殷勤謝紅葉，好去到人間。

詩中含意分明是感嘆宮中歲月的幽長，如此推測，應該是長年身處在宮中的宮女所寫的。這麼一想，于佑油然而生起了一股同情之心，他小心翼翼地收藏好這片紅葉，另外在一片楓葉上寫下兩句詩：「曾看葉上題紅怨，葉上題詩寄阿誰？」意思就是想問問，葉子上題寫的這首詩，題詩人是想要寄給誰看的呢？寫好以後，他走到御河上游，將葉子拋入河中，雖然明知道這樣做有點傻，他也不知道自己爲什麼會這樣做，但他卻覺得心安許多。

不久之後，于佑成爲大官韓泳的門生，時常到韓家走動往來，韓泳也對這位學生照顧有加。恰巧當時宮中遣放宮女三千人，其中有位宮女韓氏也在被放逐的名單中，韓氏出宮後無依無靠，韓泳看在同宗的情誼上就收留了她。之後，更做主將韓氏嫁給于佑爲妻，韓氏是個溫柔賢淑的女子，能夠娶到這樣的老婆，于佑也是滿心歡喜，婚後夫妻倆相敬如賓，非常恩愛。

這一天，兩夫妻正在天南地北地閒聊，于佑突然想起他在御河旁拾獲題詩楓葉的趣事，就說給韓氏聽，韓氏一聽，也說她還在宮中的時候，曾經在紅葉上題詩寄託御河。兩人覺得奇怪，就找出那兩片各自珍藏的楓葉，一比對之下，竟然就是對方所寫寄託御河的那一片，這樣的巧合讓兩人驚訝不已。韓氏笑著說：「當我撿到相公您所寫的回詩時，又另外寫了一首回應，只是沒有再把它寄託給御河了。」那首回詩是這樣寫的：「獨步天溝岸，臨流得葉時；此情誰會得？腸斷一聯詩。」意思是她獨自一人在御河旁邊散步時，撿到了這片寫了詩的紅葉；問我誰能回應我的感情？恐怕我將傷心斷腸在這一首詩裡了。當時韓氏還在深宮裡，以爲自己要在宮中孤單過一輩子，才會寫出這樣絕望的詩句。

夫妻兩人後來把這段故事告訴了韓泳，韓泳也感到不可思議，還幫他們開了一場慶祝會，說：「你們兩位可要好好謝謝紅葉這個大媒人啊！」於是，韓氏又作了一首詩，爲他們的這段奇妙緣分做個見證：

一聯佳句題流水，十載幽思滿素懷；
今日卻成鸞鳳友，方知紅葉是良媒。

眞所謂「有緣千里來相會，無緣見面不相識」，緣分這種東西眞是一個難解的謎。原本八竿子打不著關係的兩個人，就因爲將自己的情懷題寫在紅葉上，竟然最後做了恩愛夫妻，果眞是冥冥之中自有定數呢！如果我們能夠不要對事情有太過絕對的標準，放開我們的胸懷，換個角度看身邊的人，也許你會發現，有緣人早就在你身邊了呢！

43 章臺柳的堅貞愛情

韓翃

常常看到這種情況：兩個小朋友本來玩得很高興，沒過多久時間，就會聽到驚天動地的哭聲！怎麼了呢？八成都是因爲其中一個的玩具被搶了！心愛的玩具被搶了，傷心的眼淚就會流個不停，那麼，如果是心愛的人被搶了呢？

韓翃是中唐時候的詩人，家庭環境不好，但是他的詩作出色，結交了不少文人名士，是當時的大曆十才子之一。雖然有才華，韓翃做官這條路一直都不是很順利，總是有懷才不遇的感觸。李大吉是韓翃的好朋友，家境非常富裕，他看韓翃這麼不開心，常常邀請韓翃到家裡來作客，聊天喝酒紓解心情。

李大吉家中有不少歌姬，最受寵愛的一位叫柳氏。柳氏不但歌藝精湛，活潑外向，也是個絕世美女。對於韓翃這位不得志的詩人，柳氏其實暗藏著仰慕之情，常常對其他的歌姬說：「韓公子才華洋溢，絕對不會貧賤太久的！」韓翃對柳氏也是一見鍾情，只是他知道李大吉最寵愛的歌姬就是柳氏，因此他也不敢透露自己的心意。

沒想到，李大吉倒是先知道了柳氏的心事，心胸寬大的他，不但一點都不忌妒，還做主將柳氏送給了韓翃，韓翃怎麼樣也推辭不了，就歡歡喜喜地接受了。

第二年，韓翃終於考上了進士，但他在家裡左等又等，就是等不到朝廷的派任命令。這樣每天閒居在家也不是辦法，柳氏畢竟不是一般女子，她勸韓翃離家去外面闖一闖，也許會有其他的好機會。韓翃離開長安以後沒多久，就發生了安史之亂，柳氏心裡很清楚，自己的美色一定會成爲敵人垂涎的目標，所以她一咬牙，剪掉了一頭長髮，躲到法靈寺去避難。

原以爲躲進了法靈寺可以暫時平安的柳氏，卻躲不過另一場劫難。當時有個番將叫沙吒利，因爲戰績輝煌，非常受皇帝的寵信，因此目中無人，囂張狂妄。他早就聽說柳氏是個美女，竟然就這麼衝進法靈寺抓走了柳氏。韓翃那時在平盧節度使侯希逸手下當書記，聽到了柳氏被沙吒利擄走的消息，他心急如焚，可是沙吒利的勢力太大，他一個人根本就沒辦法對抗，只能悄悄派人送給柳氏一闋詞，這闋詞，就是〈章臺柳〉。

章臺柳，章臺柳，往日依依今在否？
縱使長條似舊垂，也應攀折他人手。

柳氏收到這闋詞，傷心地痛哭失聲。她的心還是像柳樹一樣柔軟的啊！她並沒有變心啊！但是命運這樣捉弄她，她又能怎麼辦呢？心痛無比的她，給韓翃回了一闋詞〈楊柳枝〉：

楊柳枝，芳菲節，所恨年年贈離別。
一夜隨風忽報秋，縱使君來豈堪折？

楊柳總是被拿來當成送別的信物，現在她的命運就像秋天的落葉一樣飄零，就算你來了，也不值得再被攀折了啊！柳氏以楊柳比喻自己，意思是自己已經不是清白之身了，不值得韓翃再掛念，就忘了她吧！韓翃收到這樣的回覆，更加痛苦無奈，從此以後再也沒有開朗的神情。

侯希逸手下其他的將領，發現了韓翃的不對勁，當他們知道了事情的來龍去脈，都爲韓翃打抱不平，其中一個青年將領許俊，馬上就說要幫韓翃帶回柳氏。韓翃起先有點猶豫，怕惹出是非，但許俊一再保證，加上其他將領的慫恿，就寫了一張紙條讓許俊帶給柳氏當信物。

許俊立刻趕到沙吒利的住處，欺騙沙吒利的隨從說沙吒利受傷了，要柳氏前去照顧。柳氏出面見了他，看到韓翃的紙條時，驚喜得說不出話來。不等沙吒利的隨從同意，許俊一把將柳氏抱上馬，就這麼把柳氏給帶回到韓翃的身邊。兩人再次相見，恍如隔世，不可置信地抱頭痛哭。

侯希逸後來知道了這件事，也覺得許俊這麼做並沒有錯，他甚至向朝廷稟告了沙吒利的惡行。皇帝雖然沒有因此責罰沙吒利，但也下令柳氏必須還給韓翃，爲這件事劃下完美的句點。之後，韓翃因爲詩作〈寒食〉寫出了千古名句「春城無處不飛花」，詩名傳到了宮內，獲得唐德宗欽點爲駕部郎中知制誥。功名有了，佳人也回來了，韓翃與柳氏這段相戀卻坎坷的故事，被傳爲佳話流傳至今。

章臺其實是當時長安的街名，繁華熱鬧，後來被拿來當成妓院的代名詞。因此，也有人認爲這個故事並沒有這麼美麗，韓翃送那闋詞給柳氏，其實是要她潔身自愛，不要移情別戀。而柳氏的回答，也是賭氣傷心，暗指韓翃沒有良心，這樣汙衊她！要怎麼解讀這闋詞是個人的自由，但筆者卻寧願相信，人間處處都有情，多看看光明面，看看溫暖的故事，活著，似乎也沒有那麼多難題了，不是嗎？

註：①韓翃與柳氏的這段故事，後來也被改寫成小說，最有名的是唐代傳奇小說許堯佐的《柳氏傳》（見《太平廣記》卷四八五），以及唐筆記小說孟棨的《本事詩》。

②〈寒食詩〉：「春城無處不飛花，寒食東風御柳斜。日暮漢宮傳蠟燭，輕煙散入五侯家。」

韓偓

44 韓偓了卻孤魂願

前些天正逢一年一度的父親節，因爲妹妹意外獲得一張渡假飯店的招待券，就把招待券寄回台南家中，說是給老爸的父親節禮物，請老爸帶著媽媽「偷得浮生半日閒」，去渡假飯店好好享受一下。爸媽雖然很開心，卻一直沒有動身，打電話回家詢問詳情，老爸才說：「因爲進入農曆七月了嘛！老人家都有禁忌，爺爺覺得這個月還是別出門的好，我跟你媽不想讓爺爺擔心，反正招待券使用期限還很久，所以決定以後再去！」

農曆七月，俗稱「鬼月」，在中國習俗上，這個月是陰間的「好兄弟」們到陽間來享受奉祀祭拜的時間，各地都會舉辦大大小小的祭典法會。在這一個月之內，千百年以來總流傳著許多禁忌與習俗，例如不可遠行、不可生產、不可搬家等等，不信的人其實不痛不癢，若是眞會放在心上的人，這個月恐怕眞會過得心驚膽跳呢！

鬼月到來，好像到處都「鬼氣森森」，換個口味，我們來看看這個溫馨有趣的「鬼故事」吧！

韓偓是晚唐時候的詩人，出生在唐武宗時候，字致堯，小名叫冬郎，是京兆萬年人。韓偓的姨丈是唐朝大名鼎鼎的詩人李商隱，因此韓偓從小受姨丈影響，詩風也跟他很接近。唐昭宗龍紀元年，韓偓考中進士，先後做了翰林學士、兵部侍郎。當時的唐朝，宦官爲禍非常嚴重，不但把持朝政，甚至擁有廢立皇帝的權力，唐昭宗也是因爲宦官擁立才能即位，但他卻暗中與宰相崔胤策劃，聯合藩鎮宣武節度使朱全忠，希望藉由朱全忠的兵力除掉宦官。

宦官們一看情勢不對，竟然挾持唐昭宗投奔靠山——鳳翔藩鎭李茂貞，身爲朝臣一員的韓偓，也跟隨昭宗去了鳳翔。等到朱全忠發兵攻擊李茂貞，才平安護送昭宗回長安，並且將宮中八百多個宦官全部殺光，唐朝的宦官之禍就此平息。韓偓因爲對昭宗不離不棄，而且先前曾與崔胤聯手除去宦官劉季述，因此得到昭宗重用，是他身邊親信的大臣。

天祐四年，朱全忠竄唐自立，建立後梁，唐朝滅亡。他篡位之後，拉攏了許多唐朝官員繼續爲後梁效力，韓偓因爲不肯屈服，被排擠貶抑，先貶濮州司馬，再貶榮懿尉，後來又調爲鄧州司馬。六十歲的時候，朝廷召他回朝，要恢復他原來的官職，他老人家理都不想理，去了南方的福建依靠閩王王審知，後來在這裡終老去世。

話說晚年的韓偓在福建養老，隱居不問世事，生活悠閒自在。有一天他外出訪客，忘了時間，回程的時候天色已經晚了，這時候正巧路過一間書館，就向看館人要求，希望可以在書館裡借住一個晚上。看館人卻是怎麼也不肯答應，韓偓追問原因，看館人這才緩緩道出故事。

原來這間書館以前有個教書先生，曾經作了一句上聯，要學生作出下聯，結果沒有一個學生辦得到，教書先生很生氣，就責罰了所有人。誰曉得學生的家長知道以後，覺得上聯實在太難，這樣要求學生不合情理，紛紛跑到書館來，要教書先生自己作出下聯。

教書先生其實只是一時靈感才作出上聯，壓根沒想到下聯的對句，面對家長的質問，他情急之下也作不出來。覺得自己實在丟臉丟到家的他，當天晚上就上吊自盡了，從此以後，只要有人在書館過夜，就會聽到這位教書先生的鬼魂，半夜喃喃唸著這句上聯，就好像是希望有人能夠幫他對出下聯，只是人們的反應都是尖叫逃跑，後來就再也沒有人敢在這裡過夜了。

韓偓聽了以後並不覺得害怕，反而認爲挺有趣，堅持要在書館裡過一晚，看館人拗不過他，只好答應了。

當天晚上，夜涼如水，四周一片寂靜安祥，韓偓趁著夜色，一個人散步到書館庭院裡，已經忘記鬧鬼這事的他，靜靜欣賞著繁星點點。這時候，後面廳堂裡突然悠悠傳來一句：

「五團圓呼半月

韓偓嚇了一大跳，差點就從台階上滾下去！他定了定神，看看四周，眞的沒有人，這麼說，的確是那位教書先生因爲心願未了，所以孤魂一直待在這裡不肯離去。既然如此，我就來幫他完成吧！這樣一想，一抬頭，正好看見由七顆孤星匯聚而成的北斗七星，於是，他接了下面這一句：

「七星聚匯稱孤星

話一說完，廳堂裡響起掌聲，那位看館人笑著走了出來：「對得好！對得好！不愧是韓大學士！」韓偓這才知道，原來鬧鬼這事全是看館人一手導演，只因爲教書先生留下遺書，請看館人幫他完成心願。韓偓這一對，讓看館人有了交代，也總算了了教書先生的遺願了！

有這麼一句話說：「人嚇人，嚇死人。」神祕的鬼月，聽聽各式各樣的鬼故事，也許能爲生活帶來一點「驚悚」的樂趣，但可千萬別玩過了頭喔！世界上，人類未可知的事情還有千百種，不管你是不是無神論者，對於「未知」，還是心存敬意吧！

羅隱

45 羅隱巧智廢陋規

還記得有天，老妹下班回來，氣呼呼地把皮包往椅子上一扔，還不待我開口詢問，她已經嚷嚷了起來：「眞不知道我們的政府是不是吃飽沒事做！還是嫌紙不夠浪費啊！發行什麼新鈔嘛！舊鈔說不能用就不用，眞的是超級會找麻煩！」沒出門的我問：「怎麼了？舊鈔眞的都不能用了嗎？」「對啊！有些店都不收了，害我今天爲了換新鈔，東奔西跑的，氣死我了！」話說完，抓起皮包，嘟噥著回房間去了。

那時看新聞，從那年七月一日開始，舊鈔停止流通，有些商家已經不收舊鈔了，很多民眾來不及換新鈔，又遇到不收舊鈔的場所，惹出很多小糾紛，大家都抱怨連連，責怪政府不能體恤民意。

俗話說：「苛政猛於虎。」如果政府不能體恤民意，甚至做出不合情理的政策要民眾遵行，那可就不只是此起彼落的埋怨，而是逼得人民為了逃避暴政離鄉背井，忍無可忍之下更可能引起不必要的流血革命。

唐朝末年，有個才子羅隱出生在浙江餘杭。羅隱本名羅橫，字昭諫，自號江東生。羅隱從小就因為出色的詩才與文章受人矚目，在鄉里間頗有名氣，他也跟許多年輕學子一樣，希望藉由科舉謀得官職，因此努力用功，就為了能夠一試成名。誰知道，自認為才華高人一等的他，考了六次都沒考上，氣得改名為「隱」。其實羅隱的才學的確出眾，就連當時的宰相鄭畋與李蔚都很欣賞他，只是羅隱太過於才高氣傲，他的文章諷刺性強烈，顯得他的人孤傲不群，許多考官看到他的文章就對他的印象大打折扣，要考上當然就難了。

羅隱狂妄又愛高談闊論，他所寫的諷刺性文章非常出色，成就比他的詩還要高，只不過那些憤憤不平的文字總是在諷刺指責當時的朝政，看在當時那些高官權貴的眼裡，怎麼樣都不舒服，羅隱也就因為這樣遭到了打壓與排擠。

因為受人排擠而無法榜上有名，羅隱也厭煩了這樣的計較，他放棄了再考的念頭，到其他地方去尋求發展的機會。當他到了魏博這個地方時，知道這裡的節度使叫羅紹威，就給羅紹威寫了封信，不但是介紹了自己，還大膽地稱呼羅紹威爲姪子。因爲仰慕羅隱的才情，羅紹威並沒有因此而生氣，有禮大方地以晚輩的身分接待羅隱。在魏博待了幾天，羅隱想要回浙江去，羅紹威就幫他寫了一封信，介紹給吳越王錢鏐。因爲有了推薦函，加上羅隱自己也稍微收斂了脾氣，錢鏐不僅收留了他，還讓他做了錢塘令，後來錢鏐做了節度使，也升羅隱爲節度判官。

錢鏐因爲愛吃魚，治理杭州的時候，就規定在西湖捕魚的老百姓，每天都要送幾斤魚給官府，這些魚就叫做使宅魚。這樣的規定實在不合情理，老百姓怨聲載道，卻又無可奈何，逼得許多漁民只能離開杭州到別的地方謀生。羅隱知道這件事之後，心中非常不以爲然，想要爲百姓說說話，請錢鏐廢除這條規定，但是錢鏐脾氣暴躁，要是話說得不得體，恐怕會弄巧成拙。一直沒有開口的他，有一天終於逮著了機會。

這天錢鏐與羅隱正在閒談，錢鏐看到牆上一幅姜太公的《璠溪垂釣圖》，一時興起，要求羅隱在畫上題詩。羅隱知道這是大好機會，腦筋動得很快，馬上就揮筆在畫上寫下一首詩：

呂望當年展廟謨，直鉤釣國更誰知？

若教生在西湖上，也是須供使宅魚！

當年姜太公施展他的妙計，在璠溪旁用直鉤背水而釣，誰知道他會被周文王拜爲國師呢？如果堂堂姜太公生在西湖邊，恐怕也需要提供使宅魚吧？

這首詩明白諷刺錢繆的不近人情，錢繆哪有不懂的道理？羅隱冒險爲百姓請命，錢繆了解他的用心，也知道其中道理與利害關係，就下令把這個規定給廢除了。

羅隱因爲自己的個性得罪權貴，仕途非常不順利，但當他好不容易有官做的時候，卻不忘關心民間疾苦，爲老百姓盡一份棉薄的心力。面對專制的主事者，他運用智慧加以規勸，爲百姓解了困，這才稱得上是眞正的詩人。反觀現在那些打著「爲民喉舌」的旗幟，背地裡卻搜括民脂民膏的政客，不禁要讓人搖頭嘆息啊！

五代、宋

雕欄玉砌應猶在，
只是朱顏改。
問君能有幾多愁？
恰似一江春水向東流。

46 問君能有幾多愁？

李煜

日前收到朋友轉寄的電子郵件，是一篇題爲「放對地方，就是天才」的文章，文章的大意很簡單，就是告訴每個人，「天生我才必有用」，每個人一定都有別人缺少的長處，但自己要能有自知之明，將自己放在對的地方，就能發揮最大的作用，當然就有可能成爲「天才」；相反地，如果不知道自己的短處，硬要把自己擺在不適合的位子上，那麼「天才」也可能變成「白痴」！

中國的詞壇上，有一個輝煌亮麗的名字，只要談到詞，很難不提到他，說他是中國最偉大的詞人，恐怕不會有太多的反對意見，但一說起他的身世與遭遇，只怕大家也是同聲一嘆，寄予他無限的同情，同時感嘆著老天對他的捉弄。

他，就是「詞中帝王」——南唐李後主李煜。

李煜原名從嘉，字重光，號鍾山隱士，他是南唐中主李璟的第六個兒子。李煜出生在七夕，其中一隻眼睛竟然有兩個瞳孔，這也許就是他字重光的由來，也因爲這個與舜帝、周武王相同的特徵，他的父親認爲他頗具帝王相，因此從小就很寵愛他。李煜的文學藝術天分，小小年紀就已經看得出來。不但會作詩寫詞，書法寫來蒼勁有神，繪畫墨竹也是清爽飄逸，另外，他精通音樂，也懂鑑賞，可以說是個不可多得的全方位藝術人才。

後主不但有一身縱橫的才情，而且相貌俊朗，風采迷人，風流韻事不曾間斷。後主十八歲時，迎娶宰相周宗的長女娥皇，立爲昭惠后，也就是大周后。大周后美豔絕倫，且精通音律，尤其擅長演奏鳳簫琵琶，李煜對她寵愛有加，是一對令人稱羨的帝后藝術家；十年後，大周后因病而過世，在她臥病期間，李煜傷神心痛，此時，入宮照顧姐姐娥皇的家敏，闖進了後主的心扉。家敏嬌俏可人，比起姐姐更加青春誘人，後主情難自抑，瞞著病中的大周后，兩人開始偷偷幽會，大周后過世後，家敏即刻被立爲后，也就是小周后。大小周后在後主生命中佔據了極重要的地位，李煜前期所寫的詞作，幾乎都是描寫他與大小周后之間的綺麗愛情。

後主二十四歲時繼位，當時北方的宋朝已經日益強大，迫於情勢，南唐只能奉宋朝爲正統，且年年進貢，表明自己是臣子，希望能夠求得一時的苟安。文學藝術的成就絕對稱得上是「巨人」的李後主，在治理政事的能力上，卻是個十足的「侏儒」。後主生性淳厚善良，但對政治一竅不通，在位十五年，所啓用的朝臣都是一些手無縛雞之力的讀書人，加上他根本沒有雄心壯志，對軍事毫無半點興趣，又誤殺了大將林仁肇，儘管後主用盡一切方法向宋朝表明臣服之意，但不把南唐納入版圖，宋太祖怎麼樣都睡不安穩，大軍還是開到了金陵城下。知道一切都爲時已晚的後主，只能帶著小周后，以及一干朝臣，身穿白衣出城投降，南唐滅亡，後主一行人成爲階下囚，被押到了開封。

宋太祖俘虜了李後主卻不殺他，還故意封他爲「違命侯」，將他們一群人軟禁起來。雖然不愁吃穿，卻已經失去了自由。一年後的七夕，正逢後主的生日，陪在他身旁的臣子以及小周后，爲他辦了一場慶生會。宴會中，雖然每個人都竭力掩飾，但李煜知道，這都只是強顏歡笑而已，沒有人能夠忘記國家遭滅的錐心之痛，更別說他這個亡國之君了。音樂聲響起，後主潸然淚下，提筆寫了〈虞美人〉，交給歌女演唱。

春花秋月何時了？往事知多少。小樓昨夜又東風，故國不堪回首月明中。

雕欄玉砌應猶在，只是朱顏改。問君能有幾多愁？恰似一江春水向東流。

時光飛逝，一年一年這麼走過，到底什麼時候才能到盡頭？那些往事卻還是那麼地鮮明清楚啊！昨夜，東風又吹進了小樓，月光下的我，實在不忍心去回想我那已經失去的家國啊！當時宮中那些雕梁畫棟應該還是存在，景物依舊，人事已全非。我問著日後還能有多少愁緒呢？想必就像那一江春水，無止盡地向東不停地流著吧！

當時太祖已死，太宗繼位，對於後主這個老是頻頻訴苦的亡國之君，已經心生厭惡，當他聽到這首詞作，立刻以其中的「故國不堪回首月明中」一句加罪於後主，說他有緬懷故國的反叛之心，派人送了內有「牽機毒」的御酒賜死李煜。詞中之帝李煜，死時正值四十二歲的壯年。

生在帝王之家，可能是老天爺給李煜開的最大一個玩笑。「做個才人眞絕代，可憐薄命做君王」，這是清朝著名文學家袁枚對李煜的形容詞。如果不是錯生爲一國之君，李煜也許能夠留下更多膾炙人口的經典詞作，但他因爲深切體驗亡國之痛所寫下的詞句，有血有淚，眞摯感人，也未嘗不是另一種成就。當我們低聲吟哦，似乎也看見了當年李後主的淚水……

王安石

47 斟酌一字，詩成留名

我的家鄉是樸實的台南，高中畢業以後，考上北部的大學，背起行囊，我帶著父母親的切切叮嚀，開始在異鄉求學的日子。還記得北上後第一次返家，已經是學期末，正是放寒假將過春節的時候。坐在長途火車上，越靠近家鄉，我的心越無法安定，已經大半年沒有見過父母的我，竟然緊張了起來。我想那就是所謂的「近鄉情怯」吧？離家在外，明明時常想念家鄉的父母，懷念那熟悉的田園景色，但越靠近家鄉，胸中的激動情緒就越難以安撫，實在是一種無法言喻的情懷。

宋朝時候的大文學家、政治家王安石，二十二歲中進士之後，曾被派爲鄞縣（浙江省寧波）的縣知事，等同是鄞縣的父母官。王安石的父親王益曾經做過福建省建安的主簿，等於是文書簿籍的主管，因爲同情貧困百姓的生活，而不忍心對他們催繳稅賦，因此得到老百姓的愛戴與尊敬；受父親影響很深的王安石，也對自己有了期許，因此雖然年紀輕輕就當了官，他不但沒有年輕人的毛躁與浮誇不實，反而開始著手進行各項改革，希望對老百姓的生活有所改善，對地方能有所建樹。四年任內，他逐步實現了自己的理想，而且成效不錯，也因此得到了神宗的賞識，不顧其他大臣的反對，晉封王安石為宰相，王安石也就開始大刀闊斧地斷然實行新法。

王安石認為，要解決國家財政問題，發展生產是當務之急，因此將發展生產當成首要改革的事項。他雖然希望國家政權可以扮演領導作用，卻不希望政府過多干預民間自然的經濟生活或是社會發展，因此提出「權法不宜太多」的主張，在這樣的大原則下，新的法制開始推廣到社會各階層；不僅如此，對於軍隊的強化，以及科舉、教育的改革，王安石也有自己的一套看法，做了許多有別於以往的新制改革，「熙寧變法」就這樣如火如荼地展開了。

新法的變革，對於百姓的生活，與國家的運作，雖然有了振衰起弊的功用，卻因此與那些大地主或是高官的權益相牴觸，儘管有神宗支持王安石的變法，卻引來兩宮太后與皇親國戚，以及保守士大夫等這些特權階級的強烈反對，就連韓琦、歐陽修、蘇軾等人，也因為認為新法太過激進而採取反對或不認同的態度，新黨與舊黨之間簡直是水火不容，這也就是宋朝著名的「新舊黨爭」。

眼看自己爲國爲民的改革之心一再被曲解，王安石漸漸覺得心灰意冷，爲了平息這場風波，熙寧七年，他向神宗自請辭去相位，引退回到過往的住處金陵，也就是江蘇南京。王安石罷相後，變法新制失去了核心人物，加上神宗又與王安石罷相前所推薦的主事者呂惠卿等人之間產生了很多問題，熙寧八年初，神宗把王安石請回，再次拜他爲相。

就在回京擔任相職的時候，王安石一行人停泊在瓜洲稍做休息。瓜洲在長江北岸，離故鄉南京不遠，站在船頭，王安石遙望江南景色，也許是近鄉的情緒使然，也或許是想起自己起伏動盪又疲累的官場生涯，感觸深切惆悵的他，寫下了〈泊船瓜洲〉：

京口瓜洲一水間，鍾山只隔數重山。
春風又綠江南岸，明月何時照我還？

京口（就是鎮江，在長江南岸），剛好與停船的瓜洲隔了長江遙遙相望，過往金陵的住處鍾山距離他只有幾座山頭之遠。眼看著溫暖的春風又吹綠了江南岸邊的美景，什麼時候我才能迎著月光回到故鄉呢？

王安石一直就是個認眞講究的學者，寫這首詩的時候，爲了其中那句「春風又綠江南岸」的「綠」字，他可是絞盡了腦汁。原本用「到」字，但怎麼看怎麼不對，他又改成「過」字，還是不對，再改成「入」字，看看還是不滿意，再換成「滿」字，就這樣來來回回改了十幾次，最後終於以「綠」字定案，這才成了傳誦千古的名句啊！

王安石第二次重登相位後，仍舊得不到支持，對於實行變法已經是力不從心，隔年他又再次辭去相位，回到鍾山隱居。後來舊派勢力當政，把他的新法全數廢除，王安石痛心疾首，抑鬱不已，終於抱憾辭世，享年六十六歲。

雖然王安石實行新法並沒有得到很好的結果，但他爲了國家前途與百姓生活，竭盡心力設法改善的心卻是値得嘉許。再看看他只爲了一首詩中的一個字，就能反覆推敲這麼久，也許有人會認爲他太過嚴肅，卻更能知道他對人處世認眞負責的態度。如果能用這樣的態度去對待人事物，即使不見得會有多麼驚人的成就，也該能無愧於心了吧！

48 俗世難為眞情性

朱淑眞

看過《紅樓夢》嗎？就算沒眞正拜讀過，也不會對賈寶玉、林黛玉、薛寶釵這三個主角陌生吧？這三個人的情愛糾葛，堪稱是中國小說中三角戀情的經典。三人之中，下場最讓人悲嘆的，莫過於外表嬌弱卻個性倔強的林黛玉了。當賈寶玉與薛寶釵熱熱鬧鬧結婚的當時，林黛玉卻是在一牆之隔的瀟湘館，絕望傷心地把她過去寫給賈寶玉的情詩全都給燒了！

一個寫詩的人，狠得下心把自己的心血給親手焚毀，那該是如何悲悽慘烈的心情呢？那麼，詩人所寫的作品，卻是被自己的親生父母燒毀，又是怎樣的故事呢？

朱淑眞是宋代繼李清照之後，又一個名留千古的女詩人，雖然如此，她眞正的生卒年代卻已經無法考證，只知道她是浙江錢塘人，大部分的史書則都說她是南宋人。朱淑眞出生在一個富裕的官宦家庭，她從小就聰明過人，不僅會唸書，而且詩、書、繪畫樣樣精通，對音樂也有天分，因此很得父母的寵愛。這樣一位多才多藝的女詩人，應該和才情相當的男子配成一對佳偶，但是在那樣的年代裡，女子有才，倒不如嫁個有錢丈夫，朱淑眞的父母並沒有把女兒的才藝放在心裡，找個金龜婿才是他們眞正的願望。於是，朱淑眞只能依照父母之命，嫁給一個市儈氣很重的地方官吏。

婚後的朱淑眞，本來已經認命，「嫁雞隨雞，嫁狗隨狗」，所以她勉強自己與丈夫相處，希望維持平和的婚姻。但她的丈夫是個眼中都是金錢的官場人，根本不懂朱淑眞柔軟多情的心，兩個人之間的距離越來越遙遠，朱淑眞終於再也無法忍受這樣過生活，毅然決然地與丈夫離婚，回到了娘家。

當時的年代，嫁出去的女兒離婚後又回到娘家，總是會被認爲是娘家的恥辱。朱淑眞的父母心中其實也覺得很沒面子，但總歸是自己的女兒，還是接受了她。以爲會在娘家平靜過下半輩子的朱淑眞，卻在一次偶然機會裡，認識了一個失去妻子的男人，這個男人英俊瀟灑，又對朱淑眞溫柔體貼，兩個人很快就墜入了情網，常常一起結伴出遊，濃情蜜意，恩愛非常，讓朱淑眞忘記了婚姻帶給她的痛苦，覺得自己又找回了生命的樂趣與意義。

這一年的元宵，兩個人不怕世俗的眼光與流言，手牽著手一起逛燈會。各式各樣炫目的燈籠照亮了街道，也溫暖了朱淑眞的心房，她依偎著情人，笑容滿面，幸福洋溢。這份追求眞愛的勇氣，讓她忘記了世人批判的眼光與父母的反對，她是眞的想要抓住這份得來不易的感情。回到家之後，她寫下了〈元夜〉，記錄這一晚難忘的溫存。

火燭銀花觸目紅，揭天鼓吹鬧春風。新歡入手愁忙裡，舊事驚心憶夢中。
但願暫成人繾綣，不妨常任月朦朧。賞燈那得工夫醉，未必明年此會同。

耀眼的火樹銀花照紅了我的眼睛，鑼鼓喧天的慶典在春天裡熱鬧地展開了。我牽著新歡的手卻有些憂愁，讓我心驚的往事總是出現在夢中。我只希望暫時擁有這份纏綿，就算我們的未來像朦朧的月亮也沒關係。欣賞著這樣的燈會我就已經醉了，因爲這樣的情景，明年不一定會一樣的啊！

這首詩，雖然寫出了兩人現在的纏綿，也寫出了朱淑眞心中的隱憂，畢竟兩個人的身分實在不是傳統世俗能夠諒解的感情。果然，她的擔憂成眞了。不知道什麼時候開始，她的情人不再出現了，約他見面他不出現，寫信給他也沒有回音，朱淑眞這才知道，所謂的愛情，還是敵不過傳統禮俗的壓力啊！她曾經付出過的眞心到最後還是一場空啊！她眞的絕望了，這樣的打擊讓她再也看不見活下去的目標，這位纖細善感的女詩人，最後選擇了投水自殺，結束她不快樂的人生。她死了以後，她的父母哀痛難當，就把所有的怨恨都投注在她所寫的詩稿裡，一氣之下放了把火燒了她的詩稿。後人魏端禮聽說了她的故事，同情她，也欣賞她的詩，就四處奔走收集她的遺作，編成一本詩集，命名爲《斷腸集》，爲這位不幸的女詩人留下了一點記錄。

自殺，是現代人的十大死因之一，這樣不愛惜生命的行爲，的確不是解決問題的最好方法。朱淑眞的悲劇，其實就算在二十一世紀的今天，也沒有停止過。失婚的女子，其實都有一段痛苦或不堪的回憶，沒有人願意選擇這樣一條路。放棄一段婚姻，該要有多大的勇氣，我們的社會，又何苦再給她們更大的壓力呢？該要做的，是給她們支持與鼓勵，讓她們重新站起來，勇敢堅強地走下去，若能再找到幸福，請給她們眞誠的祝福吧！

49 宋祁的尋人啟事

一家大型入口網站曾經成立過一個「尋人網」，出乎意外地，反應非常熱烈，每天都有好多人在網站上發表「尋人啓事」。因爲好奇，筆者也前去晃了一下，發現大家要找的人眞是無所不有。找多年失去聯絡的同學朋友就不用說了，更有很多人尋找的對象，只是有著一面之緣的陌生人，背後的故事有著溫馨、有著浪漫幻想，眞是趣味十足，也眞讓人感嘆「世界眞奇妙」。

現在要找一個人，有各種媒體管道，如果是在古早時候，可眞得靠老天幫忙啊！

宋祁是北宋仁宗時候的進士，子京是他的字。據說宋祁家非常貧苦，所以他和哥哥宋庠從小就被寄養在外婆家，後來兩個人靠著自己苦讀，同一年考中科舉，可以說是鹹魚翻身。宋祁在尙書省工部衙門做過員外郎，和當時任郎中的張先是同事，兩個人都因爲很會作詞而出名。張先因爲〈天仙子〉中的一句「雲破月來花弄影」聞名，所以被稱爲「弄影郎中」；宋祁也不遑多讓，他寫的〈玉樓春〉中有一句「紅杏枝頭春意鬧」，被認爲絕妙無比，也因此得了個「紅杏尙書」的稱號（這裡的「尙書」指的是尙書員外郎），可見兩個人在當時的詞壇上各有地位。

宋祁後來當了翰林學士，替皇帝草擬詔令。他還跟歐陽修一起修撰《新唐書》，不但詞作聲名遠播，還頗有文采，而且他的個性隨和，跟很多人交情都不錯，因爲他的哥哥宋庠也有文名，所以當時大家就叫他哥哥大宋，叫他小宋，感覺起來比較親近。

話說有一天，宋仁宗設宴款待文武百官，宋祁當然也在邀請之列。在筵席上，每個跟他打招呼的人都是開口「小宋」、閉口「小宋」，可以說是人緣非常好。原本因爲他出色的詞作已經很有名，所以後宮那些平常難得露面的嬪妃與宮女，都聽說過「小宋」這號人物，今天難得可以在筵席上一睹宋祁的廬山眞面目，這些宮妃都好奇地對他指指點點，宋祁也就因爲這次的宴會，知名度「更上一層樓」，但這時候的宋祁並沒有把這件事放在心上。

宴會過後幾天，宋祁經過繁台街，突然有幾輛宮中的妃嬪車隊迎面而來，他只好閃身讓車隊經過。就在其中一輛車子經過他身邊的時候，坐在裡面的宮妃掀起簾子的一角，正好看到了宋祁，就脫口而出：「啊！是小宋！」

宋祁只聽到這樣一句，車隊就已經擦身而過，揚長而去了，但那個好像黃鶯出谷的溫柔呼喚，卻停留在他的腦海中，久久都無法忘記。他很想知道這樣呼喚他的佳人到底是誰，但他只知道對方應該是宮中的佳麗，而且他根本沒有仔細看清楚對方的樣子，就算想找，也是大海撈針。再說對方的身分可能是宮妃，他也沒有那個資格或是身分一親芳澤，這樣一想，心中不禁就多了幾分惆悵與落寞，只好藉著作品來抒發情緒，於是他寫下了〈鷓鴣天〉。

畫轂雕鞍狹路逢，一聲腸斷繡簾中。
身無彩鳳雙飛翼，心有靈犀一點通。
金作屋，玉爲櫳。車如流水馬如龍。
劉郎已恨蓬山遠，更隔蓬山幾萬重。

這闋詞，是不是看起來很眼熟呢？因爲這可以說是他人作品的精華，分別取材自李商隱的兩首無題詩，與李後主的詞作〈望江南〉。宋祁將這些名句揉合運用，也能看出他的才情所在。這闋詞的意思是：我在這條小路上遇見了坐在富麗堂皇馬車中的佳人，她的一聲呼喚讓我思念斷了腸。只恨我沒有像彩鳳般的翅膀能夠飛到她的身邊，但我卻相信我們的心靈一定能夠相通。只是，她住在奢侈豪華的宮殿裡，訪客該是門庭若市的吧！當年的劉郎（註）已經覺得蓬山很遠了，現在的我與她的距離，卻像是隔了幾萬重的蓬山那樣的遙遠啊！

這闋詞完成之後，不知道怎麼回事，竟然開始在京城裡傳唱，沒多久就傳到了仁宗耳裡。仁宗知道「小宋」指的是宋祁後，就把他給召進宮中。宋祁簡直是嚇壞了，怕自己這一去腦袋就丟了，不過當他來到仁宗面前時，仁宗只笑著對他說：「不用怕！蓬山不遠啊！」原來，仁宗找到了那位讓宋祁牽掛的宮妃，他覺得這是種奇妙的緣分，就大方做主，把宮妃賞賜給宋祁，成全了一段美好姻緣。

我們常說「萍水相逢」，浮萍隨著水流而到處漂泊，原本不相識的人們，可以同時在某個時間、某個地方出現，因而認識，何嘗不是一種奇妙的緣分呢？一個人的生命中，總是有著來來往往的過客，緣分深一點就停留久一點，但往往讓你最難忘記的，卻是那「萍水相逢」的某個人影啊！不是嗎？

註：劉郎，指的是東漢時候的劉晨。根據《神仙記》記載，在東漢永平年間，劉晨與朋友阮肇一起上天台山採藥，遇到兩個女子，這兩個女子邀請他們到家中作客，半年以後，他們下山回家，才發現家人早就當他們過世了，而且他們的子孫竟然已經傳了七代。蓬山指的就是蓬萊山，後來被普遍用來形容神仙居住的仙境，在這闋詞裡指的是那名佳人居住的地方。

李清照

50 人比黃花瘦

薄霧濃雲愁永晝，瑞腦消金獸。
佳節又重陽，玉枕紗櫥，半夜涼初透。
東籬把酒黃昏後，有暗香盈袖。
莫道不消魂，簾捲西風，人比黃花瘦。

說自「人比黃花瘦」的是李清照，她是北宋著名文人，也是中國少數留名青史的偉大女詞人。

這首〈醉花陰〉，是李清照寫給當時在遠地當官的丈夫趙明誠。由於清照的父親是北宋當時很有名的文人，飽讀詩書、學問淵博，她的母親也是狀元的孫女，當然知書達禮，在這樣的書香世家裡長大，清照從小就會寫詩、作詞，散文、駢文也難不倒她，連書法與繪畫都擅長。多才多藝的她，把自己的心情寫成了〈醉花陰〉，不但讓丈夫趙明誠明白了她的思念與情感，更因此發生了一段小插曲，從此讓趙明誠對自己的妻子佩服得五體投地。

李清照嫁給趙明誠的時候才十八歲，趙明誠的父親是宰相，兩家可以說是門當戶對。趙明誠出身豪門，但完全沒有驕縱傲氣，還對考古學非常有興趣，而且用心研究。也許因爲看到丈夫的努力，李清照對趙明誠可以說是百分之百的支持。在李清照的協助下，趙明誠完成了著作《金石錄》，成了有名的金石考古學者。兩人結婚後夫唱婦隨，時常吟詩作對，他們熱愛生命、與大自然親近，對於文學藝術的研究總是覺得再累都值得。後來北宋陷入戰亂，他們被逼著離開了家鄉，到處流浪，卻還是願意爲了文學與藝術的研究，花掉將近一半的財產，這樣的熱情與堅持，實在非常可貴。

中國是被傳統禮教束縛的民族，趙明誠對於李清照的才能雖然非常欣賞，但總還是覺得清照是女人，他堂堂一個大男人，也自認對寫詩作詞很有心得，表面上不說，心底還是對清照的功力有那麼一點不服氣。

話說某一年的重陽節，趙明誠在遠地當官，收到了妻子李清照寫來的一闋詞〈醉花陰〉。起初，趙明誠讀了詞，知道妻子深深思念他，非常感動。不過他讀著讀著，突然想跟妻子比個高下。他絞盡腦汁，寫了三天三夜，完成了五十闋詞。然後把清照寫的這首〈醉花陰〉，混在自己寫的五十闋詞裡，而且故意不寫作者的姓名，興沖沖地拿去找他的好友陸德夫，要陸德夫幫他打個分數。

陸德夫拿起這五十闋詞，看了又看，唸了又唸，老半天也不出聲。趙明誠在旁邊等得可是心急如焚，終於忍不住開口問他：「你怎麼看這麼久啊？到底哪一首寫得比較好？快說啊！」

陸德夫看了他一眼，問他：「這些詞全都是你寫的嗎？」

趙明誠沒耐性地回答：「你不用管是誰寫的，你只要告訴我，哪幾首寫得比較好就是了！」

陸德夫又回頭看了看手中的一疊作品，終於慢條斯理的抽出其中一張，說：「其他五十首都不怎麼樣，這一首卻是好得沒話說，而且我敢保證，『莫道不消魂，簾捲西風，人比黃花瘦』這三句絕對會流傳千古！」

聽他這麼一說，趙明誠迫不及待搶過那張紙，仔細一看，竟然真的就是妻子李清照寄給他的〈醉花陰〉！在不知道作者是誰的情況下，李清照的作品還是被認定比自己要好，趙明誠實在是無話可說，從那個時候開始，趙明誠才算是對於李清照的才氣心服口服，甘拜下風，並且一生以李清照爲榮。

李清照寫〈醉花陰〉的時候，正是深秋季節，她卻以形容夏日的「永晝」描述，表示沒有丈夫的陪伴，她度日如年；「瑞腦」是焚香的香料，「金獸」形容香爐，丈夫不在身邊，她整天就是坐著發呆，看著爐中的香料一點一點地燒完。最後三句「莫道不消魂，簾捲西風，人比黃花瘦」，告訴丈夫自己因爲思念他變得憔悴，並且誇張地說比黃花還要瘦，實在是讓人拍案叫絕啊！

後來，因爲北宋政局動盪不安，趙明誠被朝廷調派官職，在趕著上任的途中病倒了，雖然有李清照在身邊照顧，他還是在壯年的四十九歲去世了。

李清照與趙明誠是一對一輩子恩愛且互相敬重的夫妻。丈夫過世之後，李清照獨自一個人，在戰亂的時代裡四處漂流，失去丈夫的悲傷，與國家飄搖動盪的傷痛，讓李清照開始寫出充滿惆悵、落寞與無奈的作品。關於她的後半輩子，有很多不好的傳言，她去世的正確時間沒有歷史記載。她的詞作的確流傳千古，在中國的詞史上，絕對少不了「李清照」這三個字。然而，名氣太過虛幻，能夠被自己的丈夫疼惜與尊重，過著即使辛苦卻快樂的生活，應該才是這位偉大的女詞人，覺得沒有白來世上一遭的原因！

51 名妓李師師

周邦彥

在中國民間的傳說與野史中，有很多名女人的故事，這些女子的身分，有名詩人或詞人，有命運坎坷的節婦，有巾幗不讓鬚眉的女英雄，有爲子女教育盡心盡力的慈母，然而流傳最廣、形象最爲鮮明的女性角色，卻是各個時代中都有代表人物的妓女。這些色藝雙全的名妓，不管眞有其人，或是杜撰人物，在故事中總是吸引著眾人目光，甚至獲得天子的嬌寵，留下許多帶有傳奇色彩的精采故事。而若是提起「名妓」兩個字，就不能漏掉這個名字——李師師。

北宋徽宗末年，李師師出生在汴京城。本姓王的她，父親王寅經營染房，因爲母親早逝，父女兩人相依爲命，誰知命運捉弄人，師師四歲的時候，父親因罪坐了牢，後來病死在獄中，成爲孤兒的師師，就由好心鄰居代爲撫養。隨著年紀漸長，師師生得標緻動人，嬌豔非常，經營妓院的老鴇李媼見了，知道她將來必定大有「發展」，就收養了她，讓她改姓李。李媼請來老師教導師師讀書寫字，才藝訓練也沒少，琴棋書畫樣樣不漏，師師天分高，吸收快，十三歲那年就開始掛牌接客。她勝過天仙的容顏，娉婷多姿的身段，還有一身能歌善舞、作詩寫詞的才華，而且性情豪爽慷慨，還被號爲「飛將軍」，不久之後豔名就傳遍整個京城，不論是文人雅士、名門貴族，還是王孫子弟，全都拜倒在她石榴裙下，「名妓李師師」從此引領風騷。

因爲名聲水漲船高，後來師師不再輕易接客，沒有一點身分地位的客人，捧著銀子也見不著她一面，然而，只有對於一個人，師師永遠情意繾綣，歡心對待，那就是當時著名的大詞人周邦彥。

周邦彥，字美成，是錢塘人氏，長得一表人才、俊逸瀟灑不說，而且對音律瞭若指掌，更寫得一手好詞。他的詞作格律嚴謹，用詞典雅清麗，沒有一般市井俗氣，對於把古人的詩句拿來轉化運用非常拿手。他的詞作內容大部分屬於描寫男女情愛的豔詞，但較爲含蓄委婉，不會顯得猥褻淫穢；寫景詠物方面，則是擅長即景抒情，結構完整，靈活自如，被後世推崇爲格律派宗師，還有詞論稱他爲「詞家之冠」，對後世詞壇影響很大。

宋神宗時候，周邦彥因爲作了一萬多字的〈汴都賦〉得到神宗的賞識，被拔擢當上太學正（等於現在大學的訓導主任）。認識李師師之後，兩人情投意合，很多李師師所唱的歌，都是周邦彥譜曲作詞的，也算是一種「夫唱婦隨」，師師雖已身價不凡，但她與周邦彥的來往從沒斷過，由此可見兩人的感情並非一般逢場作戲，師師從不會爲了其他客人冷落了周邦彥，一直到徽宗皇帝的出現。

貴爲一國之君的徽宗，之所以會認識民間花巷裡的師師，是寵臣高俅牽的線。見過師師之後，徽宗從此無法忘懷，時常換穿便服，坐著小轎子，到金線巷裡私會師師。知道對方是天子，師師自然是卯足全力侍奉，絲毫不敢怠慢。徽宗三天兩頭就到妓院裡與師師溫存纏綿，消息傳開以後，再也沒有其他人敢與皇帝爭寵，全都自動消失，只有周邦彥不怕死，照去不誤。果然，「夜路走多總會碰到鬼」，這對君臣終於碰頭了。

這一天，周邦彥正在師師房裡情話綿綿，忽聽得外面來報「皇上駕到」，但是周邦彥已經來不及出房門，情急之下，只好躲到師師床底下暫避。不久，徽宗拿著一個橙橘進門，說是江南地區的貢品，特地帶來給師師嚐鮮，一陣調笑纏綿之後，徽宗起身打道回府，師師還假意挽留，徽宗則說身體有些不適，所以必須回宮調養。徽宗前腳出門，周邦彥從床底下爬出來，馬上吃醋地吟唱出一闋詞〈少年遊〉：

并刀如水，吳鹽勝雪，纖指破新橙。錦幃初溫，獸香不斷，相對坐調笙。

低聲問：向誰行宿？城上已三更，馬滑霜濃，不如休去，直是少人行。

握著有如水一般的快刀，撒上一撮雪白的細鹽，映襯著伊人的纖細手指劃開了新鮮橙子。錦繡圍帳被裊裊的香氣溫暖了，兩人相對坐著，悠悠樂聲代替了語言。只聽得伊人低聲問道：今晚分別後，您將往何處借住呢？城上已報過三更，路上霜重路滑，不如就別離開了，這樣的夜晚，行人總是不多的啊！

後來，師師不小心在徽宗面前說漏了這詞，徽宗知道那天周邦彥躲在床底下偷聽，非常生氣，認爲他實在太過目中無人，下令將他貶官，趕出京城。師師不忍心，百般爲周邦彥求情，徽宗又看到他之後所寫的〈蘭陵王〉，惜才之心油然而起，剛好管理樂府的新機構「大晟府」剛成立，就又下令將周邦彥拔擢爲主管，管理大晟府。官階三級跳的周邦彥，還一頭霧水呢！

歷史上的名妓，在青春美麗的美好時光裡，總是眾星拱月的焦點，享盡富貴，受盡恩寵，然而晚年的下場卻永遠是悽涼無依的。關於李師師後來的下落，各種版本都有，但同樣悲慘。總是在想，如果有來生，她是否希望「生而平凡」就好呢？

52 奉旨填詞

柳永

記得大學的時候，詞選課的教授，是一位和藹可親、氣質不凡的女老師，上課幽默風趣，解釋詳盡清楚，讓看起來難以親近的古詞，也變得可愛了起來，每個禮拜的詞選課，是同學們最期待的兩個小時。雖然喜歡這門課程，但對於需要背誦的詩詞，不少同學仍視爲苦差事，老師知道以後告訴我們：「不用背，我們用唱的！」於是，詞選課成了唱遊課，大家唱得不亦樂乎，一首首典雅優美或是壯闊豪情的詞句，就這樣不著痕跡地進了腦袋，當然也就可以如行雲流水般地寫在試卷上囉！

詞，是宋代的代表文學，雖然其他朝代也有傑出的詞作家，宋代卻是一個最爲光芒萬丈的「詞」的時代。而讓宋詞走出初期花間派的狹窄範圍，開創新局面的著名詞人，也就是創作慢詞的第一人——柳永。

柳永，原名柳三變，字景莊，是福建人，他確切的生卒年不詳，據推測應該是十一世紀前期，宋太宗到宋仁宗時候的人。年輕時候的柳三變，認爲寒窗苦讀，爲的就是有一天能夠考取功名，有個官做做。說他眞有政治抱負嗎？其實沒有。說他想爲百姓人民盡心力嗎？也不盡然。只是因爲，當時的年代，讀書本來不就爲了要當官嗎？此時的他，對於功名，有一份不明所以的熱心。

無奈老天不幫忙，不管再怎麼用功苦讀，他還是與功名無緣，始終無法登榜及第。來到京城也有一段時間的他，失意沮喪極了，不知道該如何排解這樣的情緒，於是，他走進了男人的溫柔鄉——青樓妓院。在這裡，鶯鶯燕燕、各種風情的女子任你挑選，她們的溫柔伺候、輕聲低語，讓柳永暫時忘記了生活現實的不如意，一天到晚留連在各個風月場所的他，創作出一首又一首反映風塵生活的聲色詞作，又因爲他也精通音律，青樓裡的樂工與歌妓積極鼓勵他創作適合歌唱的新樂府，也就是慢詞。就這樣，柳永的詞作開始在京城裡蔓延傳唱，受到老百姓的歡迎與歌誦，而有了「有井水處，即能歌柳詞」的美譽，「柳三變」成名了。

自己寫的詞傳遍了大街小巷，柳三變卻沒有忘記最初的心願，他仍然希望求得功名。既然寫詞寫出了名，那麼是不是也能因爲這樣的名氣，獲得貴人的青睞，進而謀得一官半職呢？於是，他又不死心地參加了當年的科舉考試。

原本這一次，柳三變可以完成心願的，他的確榜上有名，但是，當仁宗審視放榜名單的時候，卻不經意看到了他的名字，眉頭一皺，仁宗開口問：「這個柳三變，是那個填詞說自己『忍把浮名，換了淺斟低唱』的柳三變嗎？」

旁人答道：「是的，就是那個柳三變。」

皇上聽了，拿起硃砂筆，一筆就將「柳三變」三個字給劃掉，冷冷地說：「既然不要浮名，他就乖乖繼續填詞吧！」

「忍把浮名，換了淺斟低唱」，是柳三變之前所寫的一闋詞作裡面的最後兩句，當時因爲屢次落榜，心中惱恨，滿腹怨言，他就把這樣的心情寫成了〈鶴沖天〉：

黃金榜上，偶失龍頭望。明代暫遺賢，如何向。未遂風雲便，爭不恣遊狂蕩？何須論得喪。才子詞人，自是白衣卿相。

煙花巷陌，依約丹青屏障。幸有意中人，堪尋訪。且恁偎紅翠，風流事、平生暢。青春都一餉．忍把浮名，換了淺斟低唱。

在那金榜上，我無緣求得狀元而留名。那可是英明聖上的損失啊！既然不能因此時來運轉，飛黃騰達，又怎麼不能因此狂放生活呢？何必在這樣的事情上面計較人生得失，我是個才子詞人，即使沒有功名，也不輸給朝中的各個卿相啊！

幸好我在繁華的煙花巷弄裡，還有意中人値得我去尋訪。這樣每天燈紅酒綠的風流生活，眞是一生的暢快事呢！青春年華短暫啊！眞該捨棄那些浮華功名，換得在這花前月下淺酌吟唱啊！

詞中的含意雖然看起來豁達，其實內心深處，對於功名仍有一份渴望，只是當這闋詞傳到了仁宗的耳中，可就讓他老大不高興了。仁宗本來就是個崇尚儒雅的文人皇帝，對於柳三變時常出入在那些風月場所，他已經不以爲然，更對他所寫的那些虛浮的豔詞非常排斥，再看到〈鶴沖天〉裡的怨忿與狂妄，對柳三變的印象簡直壞透了，就這樣，柳三變再次落榜。

知道自己落榜的原因，柳三變大受打擊，選擇離開京城這塊傷心地，到各處流浪。五十四歲，他終於中了進士，做了屯田員外郎，改名爲柳永，字耆卿，表示與過去一刀兩斷。只是，後來他又因爲詞作得罪了皇上，丟了官，晚年潦倒窮困，去世以後，還是由他生前所結交的一群妓女出錢合葬，才能入土爲安，下場悲涼。

在柳永一生中，求取功名似乎是他最重要的任務，即使後來因爲詞作出色而聲名大噪，他還是希望能因此謀得官職。爲什麼堅持要做官，也許是讀書人的固執與迷思，眞實的原因已經無從查證了，而如果目的是要留名青史，他已經辦到了。當初害他榜上無名又丟官的那些詞作，世代傳唱，千古歌誦，「柳永」兩字已成不朽。這不就是人生嗎？一生費心追求，似乎永遠得不到，而當你眞的放棄了，它又來到了你的眼前。患得患失，眞的不必要啊！

晏殊

53 天衣無縫的詩句

前些日子，也許正逢美國國慶日，有線電視的電影頻道，再次重播幾年前的一部好萊塢電影。故事敘述外星人覬覦地球的資源，對地球發動攻擊，攻擊行動正好是在美國國慶前夕。正當一直以世界秩序維護者自居的美國苦思如何對付外星人的時候，其中一位科學家的父親無意中說了句話，結果讓科學家靈光一現，立刻想出了殲滅外星人的法子，進而挽救了岌岌可危的地球。

是不是也曾有這種經驗呢？正當你為了件企劃案陷入瓶頸，怎麼想都理不出頭緒，卻因為他人的一個想法或是一句話，突然讓你豁然開朗，「柳暗花明又一村」？

北宋太宗末年，江西臨川地方，誕生了一位神童。神童名叫晏殊，字同叔。晏殊從小天資聰穎，據說七歲就能寫成堆砌華麗辭藻的文章，讓地方人士嘖嘖稱奇，「神童」

之名就這樣傳開來了。宋眞宗景德二年，晏殊十四歲，張知白以神童的身分推薦他，到皇帝面前參加殿試，一起參加殿試的還有當時的進士一千多人。

小晏殊才智傑出，膽識也過人，態度沉著從容，一點都沒有害怕的樣子。不但如此，他一會兒工夫就把文章給寫好交了卷，讓一同參加的其他「前輩」心中也不禁感嘆「後生可畏」。宋眞宗非常欣賞小晏殊的表現，認爲他是不可多得的可造之才，就賜他同進士出身的榮譽。晏殊可以說是少年得志，從此以後平步青雲，做過翰林學士，仁宗時拜爲集賢殿大學士，最後做到同中書門下平章事，也就是宰相，還兼任樞密使，可以說是志得意滿，生活富貴悠閒，是歷史上難得仕途順利的一位讀書人。

晏殊喜歡文學，擅長寫詞，他的詞作風格婉麗，也許因爲生活無憂，歌舞昇平相伴，因此詞作內容也多是描寫悠閒情致與詩酒生活，雖然他也感嘆人生無常的悲歡離合，也描寫離別仇恨的無奈，但這些作品都是爲了那些以歌曲傳唱維生的歌妓所做的，不見得是他的內心感觸。晏殊生性剛直簡樸，與他的詞作風格似乎不太搭調，但他喜歡提攜後進，與賢士文人來往，北宋著名文人范仲淹、韓琦、歐陽修都是他的門生，出自他的門下，受他的提拔與獎掖。

話說有一次，晏殊來到揚州，借住在大明寺中。他閒來無事，就在佛寺中四處散步觀覽，結果在一面牆上發現有人留了一首詩，本來就對文學很感興趣的晏殊，自然停下腳步欣賞一番。看完後，他覺得詩寫得很好，但詩末卻沒有留下作者的姓名，一時好奇心大起，就開始到處打聽詩的作者是誰，最後終於打聽到詩是一名在當地做主簿的小官所寫的，是個名叫王淇的年輕人。晏殊認爲以他在寺中所留的詩作看來，王淇的文學修養與造詣不凡，因此派人去把王淇請到大明寺來，希望與他就詩文互相交流討論。

王淇畢恭畢敬地來到大明寺，晏殊以禮相待，兩人相談甚歡。聊著聊著，晏殊突然想起自己寫了一句詞，卻怎麼樣也想不出下聯，耽擱了一年仍無法動筆，就要王淇助他一臂之力，看能不能幫他想出下一句，這句詞是「無可奈何花落去」。

王淇低頭想了一下，抬起頭來立刻吟出「似曾相識燕歸來」的對句。晏殊一楞，喃喃唸著：「無可奈何花落去，似曾相識燕歸來。」這兩句詞不但對仗切合，而且銜接天衣無縫，還能表現出兩人一見如故的交情，晏殊不禁哈哈一笑：「對得妙！對得妙！不愧是英雄出少年啊！」因爲賞識王淇的才學，之後晏殊就把他介紹到集賢院去任職，可說是王淇的伯樂。

後來，晏殊把這兩句詞融入了他所寫的詞作〈浣溪沙〉，成爲流傳千古的名作：

一曲新詞酒一杯，去年天氣舊亭台，夕陽西下幾時回？
無可奈何花落去，似曾相識燕歸來，小園香徑獨徘徊。

作完新詞一首，仰頭再乾一杯酒。去年那天的天氣也像今天一樣，亭台園林裡的一切也依舊，然而光陰匆匆有如西下的夕陽，如何才能再回頭呢？無奈地看著花兒凋謝飄零，那翩翩飛來的燕子如此熟悉，如今卻只剩我孤身一人，在這飄著花香的小路孤獨徘徊啊！

每個人的思考邏輯不同，互相激盪，總能碰撞出意想不到的火花。當我們深陷在一個無法突破的瓶頸，或是絞盡腦汁也想不出解決方法的時候，不如跳脫這樣的情境，出外走一走，與朋友聊聊天，或許，就能找到啓發你的「王淇」喔！

54 詞露相思意

秦少游

離開家鄉，北上工作的我，每個禮拜總要打通電話回家問安。因爲兄弟姊妹皆已離家工作或求學，母親總在電話中笑稱她每天都要與父親「大眼瞪小眼」，幸好還有一些多年的老鄰居常來家中走動，與祖父母泡茶聊天，否則日子眞是無趣。雖然母親嘴上總愛這麼叨唸，其實我知道，風趣幽默、認眞負責的父親，一直是母親的精神支柱，在同一所國小任教的兩人，伉儷情深，夫唱婦隨，朋友或同事皆是有目共睹，讓人羨慕。

曾經問過母親，爲何選擇父親爲終身伴侶，母親笑著說：「因爲他腳踏實地，有責任感，最重要的是，跟他在一起，我眞的好快樂！他總是有辦法讓我笑口常開！」的確，父親個性爽朗，從小到大，不但是我們的良師慈父，還常常天馬行空編出一些讓人捧腹的笑話，總是逗得我們樂不可支，屋裡笑聲落一地。

今生能有這樣的摯愛爲伴，該是多少女子的夢想呢？

北宋人文豪蘇東坡，一門三傑，父親蘇洵、弟弟蘇轍，個個是才高八斗，並列「唐宋八大家」，成就非凡。傳說中，蘇東坡還有個妹妹，大家都叫她蘇小妹。蘇小妹稱不上是個大美人，但是她有靈動的一雙大眼睛，圓圓的鵝蛋臉，高高的額頭，看上去就是一副鬼靈精怪的聰明樣。父親與哥哥都是文壇上首屈一指的大人物，蘇小妹也很爭氣，從小聰明過人，伶牙俐齒，時常與哥哥們吟詩作對，當成兄妹間的小小遊戲。

蘇小妹的個性開朗外放，頑皮又不拘小節，有著其他所謂的大家閨秀欠缺的活潑氣質，加上她自己頗具才情，又是鼎鼎有名蘇家的掌上明珠，雖然並非國色天香，但到了適婚年齡以後，上門提親的公子也不在少數。只是這蘇小妹不但才華過人，眼光也高於頂，沒有一個求親者是讓她看得上眼的，於是，她的婚事就這麼耽擱下來，她自己不急，卻讓父兄傷透腦筋。就在蘇東坡爲小妹婚事頭疼的時候，秦少游出現了。

秦少游，名觀，是江蘇省高郵人。少游出身自地主家庭，卻因爲家道中落，地產收入無法支撐全家經濟，年紀輕輕的他只好出外遊歷，謀求生活所需。他也曾經進京應試，卻考了兩次都失敗，直到第三次應考時，遇上了蘇東坡。已經是文壇領袖人物的蘇東坡，非常欣賞少游的才學，推薦他成爲太學博士，還兼任國史院編修官，讓他一時之間聲名大噪，與另外三位同受蘇東坡提拔培養的後起之秀——黃庭堅、晁補之、張耒並稱「蘇門四學士」。因爲這樣，讓蘇東坡與秦少游有了亦師亦友的交情，秦少游開始在蘇家走動，來往頻繁。

秦少游的年輕有爲，讓蘇東坡把腦筋動到了他身上，有意撮合他與蘇小妹結爲連理，只是不知道雙方心意，東坡也不好太過唐突，只好找機會探問。重陽節這一天，東坡邀請少游一起飲酒賞菊，酒酣耳熱的時候，東坡開口了：「賢弟堪稱青年才俊，也應該到了娶妻的年紀，卻爲什麼遲遲未娶呢？難道沒有哪家姑娘能得你的傾心仰慕嗎？」少游笑答：「那倒不是！其實小弟仰慕一位姑娘已久，只是一直沒有機會表達我的心意！」東坡急著追問：「是哪家姑娘能得賢弟青睞？」秦少游說：「不妨讓小弟我打個字謎，請蘇兄猜一猜！」

字謎是一闋詞：

園中花，化爲灰。夕陽一點已西墜。
相思淚，心已碎，空聽馬蹄歸，秋日殘紅螢火飛。

蘇東坡一聽，心中大喜，哈哈大笑地說：「賢弟不用心急，這事包在愚兄身上，你就等著好消息吧！」蘇東坡爲什麼如此高興呢？因爲秦少游說的正是蘇小妹。何以見得？「花」字去了「化」，「夕」字少一點，「思」字沒有「心」，「馬」字來了「灬」，合起來不就是個「蘇」字嗎？原來少游對蘇小妹早已傾心多時了啊！

經過蘇東坡的穿針引線，雖然蘇小妹對於這位未來的夫婿有著諸多考驗，但秦少游都安全過關了，蘇小妹知道少游的確有眞才實學，也就不再爲難，開開心心地做了新嫁娘。兩人婚後仍是時常猜謎對詩，少游的開朗豪爽，與蘇小妹不相上下，生活中總是笑語不斷，傳爲佳話。

蘇東坡是不是眞有個妹妹，其實大部分的史書考證的答案都是否定的，蘇小妹應該是後人杜撰出來的角色。如果眞是眞實人物，蘇小妹的婚姻也該是讓人稱羨的。身旁已屆適婚年齡的女性朋友，總是一再質疑怎樣的男子才能成爲終生伴侶，這每每讓我想起母親幸福的笑容。如果，他在身邊的每一刻，都能讓你溫暖歡欣，洋溢眞心笑容，那麼，他該有資格陪你走這一生了，不是嗎？

55 話不投機半句多

莫子山

那日在路上巧遇朋友與他的友人，原本只是寒暄問候，朋友卻提議一起去喝杯咖啡聊一聊，我心想時間還算充裕，也就答應了。起先因爲與朋友的友人初次見面，說話有一搭沒一搭的，氣氛有些尷尬，慢慢熟悉之後，那位先生打開了話匣子，開始滔滔不絕，口沫橫飛，只不過言談內容無趣，實在與我話不投機，不想給朋友難堪的我，只好保持微笑，禮貌應答，心中卻是暗暗叫苦。好不容易推說有事需要處理，終於得以脫身離開，雖說對朋友有些抱歉，卻眞是大大鬆了一口氣。

有沒有遇到過那種跟他說個兩三句話，就無聊到想打呵欠的人呢？

話說宋朝時候，有個生平事蹟已經不可考的讀書人叫做莫子山，因爲做官這條路走得坎坷，努力多時，還是沒有任何成就，生活可說是潦倒又不穩定，心中的失意與惆悵總是讓他愁眉不展，所以他常往山林田野間遊覽，希望能夠忘卻現實中的不愉快。

這一天，風和日麗，陽光普照，莫子山再次選擇往山上走去，紓解一下緊繃的情緒。一邊欣賞著秀麗風光，一邊輕鬆地漫步著，莫子山心情也放鬆了不少。走著走著，他發現了一座小小的寺廟，寺廟周圍種滿了青蔥翠綠的竹子，幽靜的氣息伴著喃喃的誦經聲，讓莫子山的心情也跟著平靜許多，他不由自主地往廟裡走去，途中遇到了幾個和尚，就停下腳步與他們閒聊了起來，談談佛理無邊，說說塵世無奈，倒也讓莫子山有了另一番體驗。想起自己的時不我與，想起人世間的萬般不得已，又覺得自己昏沉度日，一時有所感觸，就隨口吟唱出一首七言絕句：

終日昏昏醉夢間，忽聞春盡強登山。
因過竹院逢僧話，又得浮生半日閒。

這首七言絕句是大唐詩人李涉所寫的〈登山〉，還頗能符合莫子山現在的情境感想。沒想到一旁的和尚聽到莫子山吟詩，以為這就是他的作品，就口耳相傳，傳到廟裡的老和尚耳中時，莫子山已經變成一個才學過人的大詩人了。

老和尙以爲有大詩人蒞臨，連忙出門迎接，把莫子山奉爲上賓，請他到廟裡喝茶歇息，順便可以請教一下詩詞文藝。莫子山以爲這老和尙是山中高人，原本還興致勃勃，並且認爲自己今天有幸可以與隱遁在山林中的高僧切磋，實在是機會難得。誰知道，兩人講沒幾句話，莫子山就隱約覺得不對勁。老和尙根本是談吐庸俗，毫無內容可言，原來他只是喜歡附庸風雅，並不是眞的胸有點墨，就看他嘴巴一張一合地說個不停，莫子山卻是越來越不耐，甚至已經有些昏昏欲睡了。最後他終於忍不住起身告辭，老和尙卻又請他留步，希望他能在廟裡題詩，當作一個紀念，也可以爲這間寺廟增添一些文雅氣息。

莫子山本來老大不情願，後來轉念一想，不如小小惡作劇一下，戲弄這個老和尙。於是，他就裝模作樣地拿起筆，在牆上揮毫寫下：

又得浮生半日閒，忽聞春盡強登山。
因過竹院逢僧話，終日昏昏醉夢間。

老和尙看莫子山龍飛鳳舞的筆跡，根本就沒有深究這首詩的原意，還滿心以爲獲得他的墨寶，覺得這是一種光榮，非常高興又客氣地恭送莫子山離開。他哪裡知道，莫子山根本是借用李涉那首「登山」詩，一個字都沒改，只是把詩句前後對調，藉以諷刺他的迂腐與庸俗，說與他談話簡直是「終日昏昏醉夢間」呢！

每個人總有自己擅長與不了解的領域，孔老夫子說：「知之爲知之，不知爲不知，是知也。」眞的不懂就別硬要裝懂，喜歡「打腫臉充胖子」，反而容易招致別人的反感，如果又像這位老和尙，遇上莫子山這樣有意教訓他的人，自己被戲弄了還不自知，恐怕眞要讓自己成爲笑柄囉！

56 淚題沈園

陸游

古時候的詩人，常常將自己的心情，化成一首詩或是一闋詞，隨性提筆揮灑於牆上，要是寫得好，不僅不會挨罵，還可能流傳千古，讓後人意會欣賞呢！

南宋時期，在現在浙江省紹興市禹迹寺的南方，也就是紹興市區東南的洋河弄，有座著名的園林——沈園。沈園中的一面牆上，題寫著這樣兩闋詞。

其一：

紅酥手，黃藤酒，滿城春色宮牆柳；東風惡，歡情薄，一懷愁緒，幾年離索，錯、錯、錯。

春如舊，人空瘦，淚痕紅浥鮫綃透；桃花落，閑池閣，山盟雖在，錦書難託，莫、莫、莫。

其二：

世情薄，人情惡，雨送黃昏花易落；晚風乾，淚痕殘，欲箋心事，獨倚斜欄，難、難、難。

人成各，今非昨，病魂常似秋千索；角聲寒，夜闌珊，怕人尋問，咽淚妝歡，瞞、瞞、瞞。

第一闋詞就是有名的〈釵頭鳳〉，作者陸游是南宋有名的愛國詩人與詞人。應和的第二闋詞，是他的表妹，也是他的前妻唐琬所寫。即使是不怎麼了解詩詞的平常人，光只是看字面，應該也能體會這兩闋詞隱含的愁苦與無奈吧？

唐琬是陸游的表妹，陸游舅舅的女兒。兩人從小青梅竹馬，長大之後自然成為情投意合的一對璧人。宋高宗紹興十四年，陸游如願娶了唐琬為妻，婚後夫妻倆相敬如賓，過了一段快樂的新婚生活。

但是，陸游的母親卻不喜歡這個外甥女媳婦。至於為什麼陸母會不喜歡唐琬，有一說是因為陸母信仰佛教非常虔誠，時常到一座尼姑庵參拜，對於庵裡的住持老尼姑言聽計從，但這位老尼姑十分貪財，總是以各種理由向陸母要錢，唐琬對這樣的行為非常地不齒，曾經教訓了老尼姑。老尼姑記恨在心裡，從此以後時常在陸母面前說唐琬的壞話，讓陸母對唐琬的印象越來越差。

之後，陸游在求取功名這條路上一直不是很順利，陸母又將這樣的過錯怪罪到唐琬的身上，終於，她對陸游下了命令：休了唐琬！

這樣無理的要求，對於陸游來說簡直是晴天霹靂，沒有辦法接受。他為唐琬說盡好話，為自己的婚姻向母親求情，但母親就是說什麼都不退讓，還揚言如果陸游不休了唐琬，她就要跟唐琬同歸於盡！事情到了這樣的地步，陸游即使再怎麼心痛，再怎麼無奈與不願，總是不能違背母親的命令，只好含著眼淚，寫下休書。唐琬知道沒有挽回的餘地，為了不讓陸游為難，她只能傷心地離開了陸家。

兩人離婚之後，陸游在母親的安排下再娶，唐琬也改嫁了趙士程。但命運之神似乎仍然不願意放過這對無緣的戀人，宋高宗紹興二十五年，陸游偶然到沈園遊玩，竟然與唐琬相遇重逢了！千言萬語，往事歷歷，兩人的眼神已經說明，彼此一直沒有忘記曾經山盟海誓的情感。但是，如今的兩人已經各自再婚嫁了，唐琬的丈夫趙士程甚至就陪在唐琬身旁，即使仍有情，又能如何呢？藏起眞實的情緒，唐琬有禮地送了酒菜給陸游，這頓酒菜，陸游實在是吃得好苦啊！

唐琬離開之後，陸游無法壓抑心中的悽苦，提筆在牆上寫下了第一闋詞，抒發自己的情緒。日後，唐琬看見了這闋詞，傷心難過之餘，也在旁邊和了第二闋詞，也許是因爲受到太大的衝擊，唐琬寫下這闋詞後不久，就憂鬱過世了。

這兩闋千古詞作，紀念一段有緣無分的愛情，也記載著一段在父母命令大如天的時代裡，被迫離異的婚姻！「淚痕紅浥鮫綃透」，陸游看見唐琬被臉上胭脂染紅的淚水浸濕了手帕，但是「山盟雖在，錦書難託」，再有滿腔情感，也已經不能藉由書信表達給唐琬知道了（當時禮俗規定，不能與被自己離棄的妻子互通書信），陸游的眞摯與無奈令人動容。

「世情薄，人情惡」，這也許是唐琬對於世俗所給予的枷鎖無聲的控訴吧？「人成各，今非昨，病魂常似秋千索」，人事已經全非，她的魂魄就像秋千一樣，飄飄蕩蕩，沒有依靠；「角聲寒，夜闌珊，怕人尋問，咽淚妝歡，瞞、瞞、瞞。」爲了怕人問起，她只能強顏歡笑，繼續過著自欺欺人的生活，聽來實在教人掉下同情的淚水啊！

也許有人會覺得，如果眞的那麼相愛，陸游怎麼可能只爲了母親的一句話，就狠心休了唐琬？那畢竟是禮教難以違抗的年代啊！再怎麼深愛妻子，總不能因此傷了母親的心，拿母親的性命開玩笑啊！即使背景換成了二十一世紀的今天，也還是常常會聽說哪對情侶因爲父母親的阻撓，不能如願結合，雙方以死相逼，鬧得不可開交。這樣的故事，其實已經搬演了幾千年，早已不足爲奇。再一次研讀這兩闋詞，詞中所表達的無悔深情，實在不是現在的速食愛情所能比較的啊！

註：近幾年來，紹興政府重新整修了沈園，並且另外蓋了雙桂堂，裡面有陸游紀念館，詳盡展出陸游在沈園的經歷，以及他的愛國事蹟和文學成就。紹興政府還延請了當代的詞學家夏承燾，在沈園南邊的牆壁上，親筆書寫了〈釵頭鳳〉這闋詞，提供給來往的觀光客憑弔與欣賞，這也點明了這座園林至今仍不被後人遺忘，並且成爲觀光勝地的主因！

賀鑄

57 空有才華的賀鬼頭

曾經聽過這樣一個故事。美國有個女孩，原本是個將近八十公斤的胖妹，外表當然是其貌不揚，但是她有一個對她非常溫柔體貼的男友，兩人感情很好，並已論及婚嫁。舉行結婚典禮的前一個月，爲了讓自己當個美麗的新娘，而且認爲男友只是嘴上不說，心裡一定也希望她能夠擁有窈窕身材，女孩開始咬牙執行魔鬼瘦身計畫。爲了想給男友一個驚喜，她說謊騙男友說要去出差，這段時間內無法見面。三個禮拜之後，她成功減重十五公斤，看起來漂亮許多，氣色也很好。只是，當她滿懷喜悅地出現在男友面前時，卻換來男友解除婚約的要求。

她慌了，不知道男友爲什麼反悔變心，追問原因，男友說：「我愛的是原來那個你，雖然胖，卻可愛又討人喜歡，可是你卻欺騙我，現在這個你，我不認識！」男友離開了，兩人就這樣分手，婚禮自然也泡湯了。

我們都希望能把自己最完美的一面，呈現在心愛的人面前，所以總是在乎著自己的外表，甚至因此做了很多的「加工處理」，最後卻迷失了自己。

說外表不重要，坦白說，那絕對是騙人的。

賀鑄出生在北宋仁宗時候，字方回，祖籍浙江紹興的他，卻是在河南汲縣長大。賀鑄是孝惠皇后的族孫，算起來該是貴族出身，年紀輕輕的他，不用參加科舉就有官做，被授官當右班殿直，是個武官。又因爲詩詞作文都出色，很得舒王的賞識，在當時也頗有名氣。賀鑄很會寫詞，有些詞作風格瀟灑恣意，與大詞人蘇東坡很相近，但是他另外一些描寫春花秋月的小詞，卻是清麗婉轉，還有著纏綿情意，這又與秦觀、晏幾道的風格相似。右手能寫豪放，左手能描婉約，賀鑄的詞作內容豐富又多采，當時在詞壇上獨領風騷的詞人，幾乎都是曾受過蘇東坡提拔的蘇門人，其中又以秦觀與黃庭堅最受到推崇，但是蘇門下另一位文人張耒對賀鑄的才華也是讚頌有加。賀鑄所寫的愛國詞作悲憤激昂，成就直逼蘇東坡，後來一些愛國詞人如張孝祥、辛棄疾、劉過還仿效過他，可見他對當時詞壇的影響。

賀鑄的個性豪爽講義氣，頗有幾分俠士的味道，而且也很喜歡談論時事，更希望能在國家政事上建立一些功業，只可惜，因爲他耿直的脾氣，不願意去攀附權貴高官，一輩子只做了些比較低等的幕僚職位，陸續做過泗州、太平州等地方的通判。看起來，賀鑄雖然沒做過什麼大官，但因爲出身貴族，家境不錯，理論上也應該滿足了，但我們仍然可以在他的詞作中，看到他懷才不遇的感嘆。就算後來晚年的他選擇隱居在蘇州，也不是心甘情願的。

如果要說這一生除了有志難伸之外，賀鑄最爲遺憾的，該是找不到一份眞愛，總是情場失意，從來沒有一個女人會主動看上他。讓這些姑娘望之卻步的，是賀鑄的外貌，這也是他的致命傷。賀鑄的身材高大，眉骨高聳，而且臉色鐵青，猛一看實在是有點嚇人，再說他頭上又沒幾根頭髮，綁起來打個髻就只有梅子那麼大，那長相說有多怪就有多怪，大家都叫他「賀鬼頭」。有這樣的一張尊容，就算他有滿身才華，也吸引不了姑娘家的青睞。賀鑄不是沒有娶妻，他的妻子還是宗室的女兒，但也能想像這是一樁沒有感情的婚姻，他心中說有多悶就有多悶，後來，他把這樣愁苦的心情寫成了〈青玉案〉：

凌波不過橫塘路，但目送，芳塵去。錦瑟年華誰與度？月台花榭，瑣窗朱户，只有春知處。

碧雲冉冉蘅皋暮，彩筆新題斷腸句。試問閑愁都幾許？一川煙草，滿城風絮，梅子黃時雨。

那美人踩著輕盈的凌波微步走過來了，但她卻不願在我家門前的橫塘多做停留，我只能目送她的背影離去。是哪個幸運兒與她共度青春美好時光呢？想必她的住處一定有著賞月陽台，花團錦簇，還有著雕花的窗子，與朱紅的大門，那地方大概只有春天知道吧？美人就像雲朵一樣遠去了，我只好提筆再一次寫下斷腸的詩句。我想問問這樣的閑愁到底有多少呢？應該就像那遍地的野草，滿城隨風飛揚的楊柳花，還有那綿密不停的梅雨，那樣地無窮無盡吧！

相貌的美醜，也許是接觸一個人的第一步，不能說它不重要，但是美麗也好，平凡也罷，外表總有一天會隨著歲月老去，你愛上的如果是對方的個性、對方的內在，「情人眼裡出西施」，不管他人如何看待，他就是你眼中最亮眼的星星！

蔣興祖之女

58 國仇家恨，回首歸路難

相聲是中國的國粹，是中國說唱藝術的其中一項。別以爲相聲只是說笑話，相聲演員不僅是說、學、逗、唱都要會，口若懸河、談笑風生絕對必然，如果是雙口相聲，兩個表演者的默契更是表演成功與否的關鍵因素。相聲表演不是現在綜藝節目那些低級搞笑的橋段可以比擬，雖然目的都是引人發笑，但在相聲的段子裡，時常以現實社會的問題爲骨幹，並且以諷刺絕妙的語言藝術，演出人性或社會中的無奈與不堪，讓你在捧腹大笑之餘，還能得到一些深刻的感觸發想。

國內著名藝術表演團體「表演工作坊」，曾經演出過好幾齣轟動經典的相聲劇，記得其中有個段子，是以其中一個表演者爲第一人稱，敘述他的父親在政府還沒有開放大陸探親之前，就想辦法偷偷回到家鄉，想要與闊別已久的老母親見上一面，只是當他好不容易到達目的地時，才知道老母親早已過世。因為國共戰爭，他們當年被迫與親人分離來到台灣，沒有人會想到，這一別，就是四十年，當初那個年輕氣盛的小夥子，已經成了白髮蒼蒼的老人，他們日夜盼望的，就是有一天能夠再回到家鄉，見見親人，探望總在夢中才能重逢的爹娘，然而，當這個願望終於實現的時候，卻又是另一次心碎悲痛的開始。我們在相聲表演裡笑到流眼淚，卻也看見了大時代的悲劇，與無情的戰爭，和多少天倫夢碎的淚水！

宋朝是個積弱不振的時代，雖然文風鼎盛，締造出詞的黃金時期，卻是中國正統王朝中防禦力最為不堪一擊的，也是統治版圖最小的政權。就算曾經出現過像岳飛這樣的英雄，還是屈居下風。前期的北宋被金人侵擾不休，最後宋徽宗與宋欽宗父子還被金人擄走，史稱「靖康之難」，被視為國恥；後期的南宋在長江以南建立政權，卻因為統治者宋高宗安於現狀與不求上進，只想保住自己搖搖欲墜的帝位，使距離收復中原僅差一步的計畫功虧一簣，讓岳飛因此含恨九泉之下。最後，南宋與新崛起的蒙古人合作，聯手滅掉了長久以來的威脅——金國，卻沒想到蒙古大汗忽必烈早就對中原垂涎已久，輕輕鬆鬆就正式結束了宋朝三百多年的統治。

根據史書記載，宋欽宗靖康年間，金兵到處肆虐，侵襲的範圍已經往南擴大，到處燒殺擄掠的他們，成了宋朝百姓揮之不去的夢魘。面對這群標悍兇猛的異族敵人，許多縣城的治理父母官根本無力抵抗，豎白旗投降的不在少數，但選擇奮戰到底的，一樣大有人在。當時陽武這個地方（今河南原陽縣）的縣令蔣興祖就是其中之一。

蔣興祖在金人兵臨城下，堅持盡全力抵抗，即使有人勸他投降，保住自己性命，他一樣選擇與縣城共存亡，而且已經有了爲國犧牲的決心，寧願死也不肯屈服投降。終於，城被攻陷了，他不但自己壯烈成仁，妻子與兒子都在這場戰爭中死去，他的女兒才剛滿十五歲，金人看她年輕，而且是個容貌秀麗的大美人，就饒她一命，把她給強行擄走，要押往當時已被金人攻佔，當成京師的中都，也就是北京城。在押送的途中，隊伍在河北雄縣的驛站停留休息，女孩想起國家遭逢如此苦難，自己也在這場國難中淪爲階下囚，當她遠望越來越遠的家鄉，再也無法壓抑心中淒苦悲傷的情緒，就在驛站的牆壁上，題寫了這樣一闋詞：

朝雲橫渡，轆轆車聲如水去。白草黃沙，月照孤村三兩家。

飛鴻過也，百結愁腸無晝夜。漸近燕山，回首鄉關歸路難。

早晨的白雲飄過，轆轆的車聲就像流水一樣，時間已經飛逝。在北方茫茫的雜草與滾滾黃沙中，我只見到月亮照映著三三兩兩的村落，景象是如此荒涼。頭上的鴻雁向南方的故鄉飛去，而我卻是往北而去，距離家鄉已經是漸行漸遠，愁苦就這樣沒日沒夜地糾結著我。眼看著就要到達北方遙遠的燕山了，回頭再看故鄉一眼，這一生要再回來，怕是千難萬難了啊！

也許很多人都以為，當戰爭發生的時候，最為辛苦的，是在前線殺敵的男人，是他們在「拋頭顱、灑熱血」，而女人就只是遠遠地躲在安全的後方，就算做些補給的工作，也不會比男人付出得多。然而，當城破家亡國滅的時候，女人的遭遇卻是最讓人心酸與不忍，她們被敵人侮辱、凌虐，那比一刀砍了她們更加殘酷悲慘。真的希望，「戰爭」這兩個字有一天能夠消失，只是，已經習慣殺戮的人類，做得到嗎？

59 成功的第一步

龍太初

春秋戰國時代，社會變動劇烈，政治紛爭複雜，各家諸侯爲了拓展自己的實力，門下都養有一批游士，這些游士平時的生活開銷由諸侯提供，諸侯之所以願意做這樣的「投資」，除了因爲門下游士多顯得聲勢浩大，也希望在自己有需要的時候，這些游士能夠挺身而出，助他們一臂之力。

戰國時代，趙國的平原君手下養有數千名的食客，當秦國圍攻趙國的時候，他預備挑選其中二十個文武皆備的人才突圍向楚國求救，但挑來挑去，就只能挑到十九個，這時候，有個叫毛遂的人自告奮勇想要加入。平原君看了看他，覺得他沒有那個能耐，就予以拒絕，毛遂卻說：「我的才能就像錐子，如果您願意把我放入袋中，一定可以脫穎而出！」平原君一聽覺得有理，就答應讓他加入。毛遂果然沒有讓他失望，以他敏捷的才智與流利的口舌，說服了楚王出兵，解除了趙國的危機，也為自己贏得「三寸之舌，強於百萬之師」的美譽。

你有沒有毛遂這樣的自信，以及自我推薦的勇氣呢？

王安石是宋朝時代有名的文學家、思想家與改革家。升任宰相之後，王安石眞可以說是權傾一時，受到皇帝尊重與恩寵的他，滿腹經綸不說，他的散文簡潔峭直，被後人列為「唐宋八大家」之一，可說是當時文壇上的領導人物，因此有許多人想要攀附在他門下，就算不求個一官半職，如果自己的文才可以得到他的肯定，那也絕對會名噪一時。就因為這樣，巴結逢迎他的人，眞可以說就好像過江之鯽，多得數不清。但是，王安石並沒有因為這樣得意忘形，他本來就是一個律己嚴謹的人，他樂意提拔與鼓勵後進，但想獲得這樣的機會，得全靠自身的眞本事，而不是看你說了多少好話，或是送了多少大禮。

這天，王安石正在家中與詩人郭祥正談天說地，論詩評文，突然有僕人來報，說外面有人求見，還遞上了一張名片，名片上就只寫著「詩人龍太初」五個大字。看見這五個字，郭祥正非常不以為然，不等王安石開口，先發難了：「現在的年輕人太不知天高地厚了！在您面前竟然敢稱自己是詩人！這種自不量力的狂傲之徒，根本就不需要浪費時間見他！」

王安石倒不這麼想，既然敢說自己是詩人，算有點膽識，說不定還眞是後起之秀，見見面也沒什麼損失，就對郭祥正說：「無妨！是不是眞正稱得上是詩人，見了面就知道！如果能夠因此結識一位青年才俊，倒也是件美事！」於是，他讓僕人將年輕詩人給請進府裡。

龍太初來到兩人面前，畢恭畢敬地行了個禮：「學生龍太初，久仰先生大名，特地厚顏前來請教！」說完，他立刻送上一份自己的詩稿，請王安石過目。王安石接過詩稿，卻沒有立刻翻閱，他將詩稿暫放一旁，說：「詩稿我會留下，以後詳細看過之後再告訴你我的淺見。」郭祥正聽了，知道王安石有意當面試試這年輕人的斤兩，就對龍太初說：「不知道龍先生現在是不是能夠立刻作一首詩，讓我們開開眼界呢？」龍太初雖然沒有心理準備，也還是從容不迫地回答：「老先生您抬愛了，那麼就請您出題，學生獻醜了。」郭祥正一時也想不出題目來，就轉而請王安石出題，王安石沉吟一會兒，恰好看到僕人正在用沙子擦拭一件銅器，就要龍太初以「沙」爲題，作一首五言絕句。

龍太初果然有兩把刷子，只不過思考了片刻，馬上就走到王安石的書桌前，提筆寫下：

茫茫黃出塞，漠漠白鋪汀。

鳥去風平篆，潮日回射星。

這首詩以「沙」爲名，卻沒寫到一個沙字，但是塞外茫茫的黃沙，沙灘上的白沙，卻好像就攤在眼前似的眞實。王安石看了大爲讚賞，稱這首詩意境深遠，給人豐富想像空間。就這樣，龍太初順利地成爲宰相門下的一位弟子。

龍太初的才學傑出，但如果他沒有毛遂自薦的勇氣，又怎麼能得到王安石的慧眼賞識，怎麼踏出成功的那一步呢？千里馬雖然需要伯樂的牽引與推薦，但既然自認有千里馬的潛能，何不自己找尋伯樂，讓他看見你的才幹呢？踏出這一步，自助也許就有天助喔！

60 斷腸詩句斷腸人

戴石屏妻

曾經做過某個心理測驗，測驗中有一道題目是這樣問的：當你看到電視劇中的男主角出軌，請問你比較認同哪個角色？而這問題有三個選擇：男主角、妻子、第三者。

我選擇第三者。

對於我的選擇，朋友們大部分都覺得無法理解，怎麼能認同這樣的角色呢？其實我不是認同，而是同情。如果可以，誰不想擁有一份獨一無二的感情？誰願意與他人分享自己的情人？當你成爲他人感情世界中的第三者，似乎就已經註定是一份不被祝福的愛戀，還得承受其他人批判的眼光及輿論的壓力。而又有多少的無辜女子，是在不知情的情況下，糊里糊塗變成了所謂的「第三者」，有苦說不出呢？

南宋中期之後，出現一個較爲特殊的社會階層——遊士。遊士大部分都是無法順利做官的讀書人，靠著自己的詩文才藝博取當時權貴的歡心，進而獲得他們生活上的所需，如果才華被哪個達官貴人賞識，說不定還能求得一官半職。這一類遊士仕途不順利，卻又不甘心就這樣隱居山林，遊走在各個權貴人家之間，因爲是這樣「有志難伸」的尷尬角色，他們的詩作除了描寫時事，偶爾指責檢討朝政之外，也常寫出自己的矛盾心情。他們所寫的詩，被歸類爲「遊士詩」，這一派的詩人也被稱爲「江湖派詩人」，這是因爲杭州有個書商陳啓刻印了一本詩集，收集了當時許多詩人作品，名爲《江湖集》，因此得名。代表詩人有戴石屛、劉克莊、葉紹翁、劉過等人。其中一位詩人戴石屛，就是故事的男主角。

戴石屛，名復古，字式之，浙江黃岩人。長期爲遊士的他，足跡幾乎遍布整個南中國。因爲尊崇陳子昂與杜甫，也曾經向南宋著名愛國詩人陸游學詩，詩作中自然也有愛國的情思與民間疾苦的反映，陸游的愛國主義似乎在戴石屛的詩作裡有了延續。

有一年他旅行到了江西。剛好有個富翁讀過他的詩作，非常欣賞他的才華及愛國思想，就邀請他到家中作客，兩人相談甚歡，富翁一高興之下，就將獨生女許配給他。戴石屛就這樣在江西住了下來，夫妻倆感情非常好，如膠似漆，恩愛非常。

這樣幸福的日子過了兩三年，有一天，戴石屛突然向妻子表示想要回故鄉浙江探望家人。返鄉探親本來就是天經地義的事，戴妻也欣然答應，還向丈夫表示願意跟他回鄉，探望從未謀面的公婆。一聽她這麼提議，戴石屏馬上推託，說是路途遙遠，不忍心妻子奔波勞累，他一個人回家就可以了。戴石屏不合情理的拒絕，引起了妻子的懷疑，一再逼問之下，他終於吞吞吐吐說出眞相：其實在浙江老家，他已經娶妻生子了！

這樣的消息，簡直晴天霹靂，女子久久說不出話來。她深愛的丈夫，原來早就有家室了，那麼，當她與丈夫幸福快樂、相依相偎的時候，家鄉的元配妻子情何以堪呢？善良的她，即使傷心痛苦，卻不能就這樣狠心強留住丈夫，只好將眞相告訴父親。

女兒受到這樣的委屈，自己又受騙，富翁當然是大發雷霆，氣得要把戴石屏給趕出家門。但是女兒卻哭著求情，一再幫丈夫說好話，富翁心軟，只好原諒了戴石屏。

眼看著丈夫離去的日子一天天接近，女子心中悽楚難當，但是她說不出挽留的話語，做不出那些「一哭二鬧三上吊」的任性行爲。臨別前，她把自己全部的嫁妝與飾物全部送給戴石屏，流著眼淚，寫下一闋詞作爲送別，名喚〈祝英台近〉：

惜多才，憐薄命，無計可留汝。揉碎花箋，忍寫斷腸句。道旁楊柳依依，千絲萬縷，抵不住一分愁緒。

如何訴，便教緣盡今生，此身已輕許。捉月盟言，不是夢中語。後回君若重來，不相忘處，把杯酒澆奴墳土。

我曾經愛惜你的才華，卻換來我如今薄命的命運，我已經沒有辦法可以留下你了。傷心地揉碎信箋的我，忍痛寫下這樣的斷腸詩句。千絲萬縷的楊柳樹，也無法形容我的離別愁緒啊！我不知該如何訴說，就當緣分已盡，是我當初輕易的許諾。昔日你說願意為我摘下月亮的誓言，那不是我夢中聽到的啊！如果有一天你再回來，就請你到我們曾經纏綿的地方，在我的墳上為我灑一杯酒吧！

很明顯地，這是一封遺書啊！戴石屏離開之後，女子就眞的投水自盡了。難道，身為詩人的戴石屛，看不見這闋詞裡的絕望嗎？還是無法承受詞中對他的責難呢？他就這樣狠心離去，而為他傷心的一縷芳魂，卻從此沉鎖在冰冷的水裡啊！

人們總恨「第三者」的橫刀奪愛，但有多少的「第三者」就像故事中的女子一樣，是被負心的男人欺騙，無辜成為犧牲者呢？到現在，戴石屏雖然留下了一些著作，卻仍不是成名的詩人，但他的負心與情薄，卻藉由了這闋詞，讓後人去評判。而這不知名的女子，似乎以「戴石屏妻」之名，為自己的愛情與命運獲得了「平反」。只是，如果可以重來，她還願意成為「戴石屏之妻」嗎？

61 愛情的理由

謝希孟

電子郵件信箱收到好友的來信，只有短短五個字外加兩個標點符號。

我們，分手了。

過幾天的一個午後，我們相約在咖啡店裡，照例，都要安慰失戀的朋友。

「是誰提的？」我問。

「我。」她答。

「爲什麼？」我再問。

「如果我說沒感覺了，算不算一個好答案？」她啜了口咖啡。

「算。」看著她，我很快回答。

放下咖啡杯，她垂下眼簾，低聲說：「他說不算，他說這不是他要的答案！」

「所以？」

「我只是不想殘忍地告訴他，答案只有一個：我不愛他了。」

我無言。分手，一定得要有理由嗎？真的不能只說「我不愛了」嗎？

謝希孟是宋朝台州黃巖人，是宋代理學大師陸象山的弟子。謝希孟是淳熙年間的進士，曾經做過太社令以及嘉興府的通判，也算得上是個名士，只不過他的個性向來放蕩不羈，老喜歡往風月場所跑，跟青樓裡的妓女常有往來。他的老師陸象山因此非常不高興，總是逮著機會就教訓他，他卻是「左耳進，右耳出」，雖然每次都說不再犯，下次上課時如果不見他人影，準又能在煙花柳巷裡找到他的身影。陸象山雖然對此頻頻搖頭，卻因爲珍惜他的才情，不想多加干涉，只希望有一天他能自己醒悟。

謝希孟年輕俊秀，風采翩翩，也能寫些詩詞文章，自然很受那些煙花女子的歡迎。他不但把老師的話當耳邊風，後來又跟一個姓陸的妓女打得火熱，而且情意纏綿，還許下山盟海誓，發誓自己絕不是逢場作戲，而是真心對待，甚至最後有意娶對方爲妻，成全兩人天荒地老的愛情。

消息傳到陸象山耳中，他簡直覺得不可思議，把謝希孟叫到跟前，劈頭就是一陣罵：「我們讀書人最講求的就是風骨名節，平常逢場作戲也就罷了，你怎麼能跟那種在風塵中討生活的女子認眞呢?」

表面上,謝希孟唯唯諾諾地認錯,表示會與對方斷絕關係,實際上他只是化明爲暗,仍與對方保持聯繫與來往,等到他當了官,有了較爲優渥的環境,膽子也大了,就爲陸姓妓女蓋了一座鴛鴦樓,兩人正式同居,出雙入對,如膠似漆,就像一對夫妻。陸象山知道以後,謝希孟免不了又挨了一頓嚴厲的責罵。

也許是被陸象山教訓,謝希孟心裡不痛快,他不但繼續與陸姓妓女過著夫妻生活,甚至還幫鴛鴦樓作記:

自遜抗機雲之死,天地靈秀之氣,不鍾於男子,而鍾於女子。……

開頭的「遜、抗、機、雲」指的是三國至晉的四個名將與名家,他們是一家人:陸遜與陸抗是陸機的祖父與父親,陸雲則是陸機的弟弟。意思就是說姓陸的賢能者都已經死光了,現在有傑出表現的人才,不是男人,而是女人。這可不是對於陸象山的一個天大諷刺嗎?實在是囂張狂妄!

一段時間之後,大家都認爲謝希孟眞的會這樣跟他的愛人白首偕老,誰知道有一天,他看著窗外愣愣地發呆,突然之間想通了!什麼也沒說的他,只向愛人表示要離開回家,隔天眞的拿了包袱就出門了。可憐那名女子根本不知道發生了什麼事,一夜之間就天地變色，愛人說走就走，她哭著挽留，哭著要理由，當她不死心地追到江邊攔住謝希孟的船時，謝希孟還是沒有告訴她離開的理由，只交給她一闋詞〈卜算子〉：

> 雙槳浪花平，夾岸青山鎖。你自歸家我自歸，說著如何過？
> 我斷不思量，你莫思量我。將你從前與我心，付於他人可。

我們的愛情就像雙槳划過之後就不見的浪花一樣，已經是過往雲煙了。我們都各自回家，日後再來訴說別後的生涯吧！這一別，我絕對不會再想你，也請你不要掛記我。請將你從前對我的那顆眞心，托付給別人吧！

看完這闋詞，她再抬頭，謝希孟的船隻已經在青山之外了。

謝希孟是眞的頓悟，抑或只能說他絕情？其實，愛情這東西從來沒人搞得懂，如果兩人的結合不需要原因，分開，似乎任何理由也都多餘。被拋下的一方，也許不甘心，也許有怨懟，但就算眞的求得一個理由，也不見得就能撫平傷口，只是，如果一個理由能減輕痛楚，那麼，做出決定的一方，請給予這最後的溫柔吧！

聶勝瓊

62 淚雨譜姻緣

「梅花開似雪，紅塵如一夢，枕邊淚共階前雨，點點滴滴成心痛……」這是華人界最著名的言情小說家瓊瑤小姐所寫的一首歌詞，是被她改編成電視劇作品的主題曲。瓊瑤小姐文筆洗鍊，所寫作品風靡一時，如果您是她的忠實讀者，就會發現瓊瑤小姐時常引用轉化古典詩詞，對於中國詩詞可說是運用自如。以上歌詞其中一句「枕邊淚共階前雨」，就是脫胎自北宋名妓聶勝瓊所塡的一闋詞〈鷓鴣天〉。

「妓女」，原來是「伎女」，原本指的是以單純歌舞表演愉悅大眾的女子，後來才演變成今天專門以出賣肉體換取金錢的職業。古時候的妓女，不僅需要靠外表吸引客人，也必須有其他才華，唱歌、跳舞都是常事，因爲妓院常常是文人名士逗留的地方，只要是資質聰慧，耳濡目染之下，會寫詩作詞的妓女不在少數，也都有作品流傳後世。

聶勝瓊是北宋時期長安城的名妓，她不但是姿色過人，有一副傾國傾城的容貌，而且聰明慧黠，唱歌跳舞不用說，寫詩作詞的才華更是出色，因此豔名遠播。當時有個禮部官員叫李之問，有一次到長安出差辦事，他早就聽說了聶勝瓊的名聲，當然就到了妓院要來會一會長安名妓。聶勝瓊自然也沒讓他失望，兩個人吟詩作對，惺惺相惜，李之問在長安的這段時間，幾乎天天都與聶勝瓊見面，過了一段纏綿的幸福日子。

後來，李之問必須離開長安回到家鄉去，聶勝瓊心中依依不捨，但她也知道李之問是個有家室的男人，不可能將他留在自己身邊，因此她就在蓮花樓設了酒宴，特地幫李之問餞別。兩個人在酒宴中盡情暢飲，難捨之情都寫在彼此的臉上，但也知道離別的時間已經慢慢地逼近。聶勝瓊想幸福的時光就要過去了，分別之後什麼時候還能再相見，也是沒辦法預期的。想到可能永遠都沒有再見面的機會了，聶勝瓊的心中感傷難過，但是又無法開口說些什麼，就把滿腔的情意寫成了一闋詞〈鷓鴣天〉。

玉慘花愁出鳳城，蓮花樓下柳青青。樽前一唱陽關曲，別個人人第五程。
尋好夢，夢難成。有誰知我此時情？枕前淚共階前雨，隔個窗兒滴到明。

當你離開鳳城（指北宋京城汴京）的時候，玉樓看來這麼慘白，花朵也似乎藏著愁苦，就像我現在的心情一樣，在我們道別的蓮花樓下，柳樹也顯得青青悠悠。我在這杯酒前爲你唱一首離別的陽關曲，希望歌聲能沿路陪著你走過一程又一程。我尋找著美麗夢想，但夢想永遠難以實現。有誰能夠了解我現在的心情呢？只有我的眼淚和階前的細雨，陪伴著我，隔著窗子滴到天明啊！

就在李之問離開那一天，聶勝瓊託人把這闋詞送給了李之問，李之問深受感動，就把這闋詞給藏在行李中，悄悄帶回家去了。

李之問原以爲這段風流韻事可以瞞過妻子，卻在妻子無意中找到這闋詞之後露出馬腳。妻子拿著詞逼問他，他知道說謊也沒有用，只好硬著頭皮把事情告訴了妻子。李之問原本以爲妻子會因此大發脾氣，但是他的妻子卻不動聲色，只是一直反覆地讀著那闋詞。

正當李之問覺得奇怪的時候，妻子說話了：「你是不是眞的很喜歡她？」

李之問這下傻眼，不知道該回答「是」還是「不是」，就在他急著想解釋的時候，妻子接著又說：「如果眞的喜歡她，就由我做主，把她娶回來當你的小妾吧！」

李之問簡直不敢相信自己是一個這麼幸運的男人，老婆大人竟然替他做主納妾！

原來他的妻子被聶勝瓊詞裡面的深情給感動了，而且也非常欣賞她的才情，不但沒有興師問罪，還讓聶勝瓊進了李家大門，之後聶勝瓊感念李妻的容人雅量，也對這個大老婆非常敬重，一場可能發生的家庭風波圓滿落幕。

歷史中，男人有個三妻四妾是常事，但總是為此鬧得雞犬不寧。二十一世紀的今天，有人提出「一夫一妻制」其實不符合人性，主張更自由的婚姻關係。不管你贊成哪一種，能夠寬宏大量包容自己丈夫納妾的老婆大人畢竟是少數，如果能像李之問的妻子與小老婆和睦相處倒還好，但只要有一方無法忍讓，恐怕男主人才是最頭痛的一個吧？總是夢想著享受「齊人之福」的男性，該醒一醒你的春秋大夢囉！

嚴蕊

63 風塵裡的山茶花

自從香港某八卦雜誌跨海來台灣發行之後，狗仔隊好像一夕之間流竄在各個街道巷弄裡，拿著望遠鏡在窺伺著每個人的私生活。普通老百姓也許不覺得有什麼不一樣，甚至多了點飯後閒聊的八卦話題，但那些政壇、演藝圈的名人們，可就人人自危，簡直風聲鶴唳、草木皆兵了，就怕哪天自己也會成爲雜誌上的主角，讓每個人對自己的私德品頭論足。

當然有人會說：「行得正，做得正，有什麼好怕的？」這句話，那些道貌岸然的政客或藝人說來可都是字正腔圓，但諷刺的是，每每才在人前說完這句話，兩天以後自己就成了雜誌的主角，不管是搞黑金勾當，還是惹了桃色糾紛，準讓當事者是灰頭土臉，記者會開了一個又一個，有理沒理都說不清。

中國一直以來，深受儒家思想的影響，總是訂定了許多的道德標準，希望後代子孫切實遵守，然而經過時間的洗禮，儒家文化到了宋代，已經落入了僵化的框框裡，失去了它原有的意義。這個時候，新的學說興起，就是理學。理學興起於北宋，剛開始叫「道學」，到了南宋稱「理學」，因爲南宋學說分化，「道學」成爲南宋理學的其中一派。道學繼承了孔子的儒家思想傳統，卻更加講究所謂的道統，也就是對於個人的道德標準要求更高了。南宋儒者朱熹，就是將理學發揚光大的功臣。

朱熹是紹興年間的進士，當官以後就開始致力於講學與著作，一生著作豐富。朱熹提倡理學，學說中心就是個「理」字，認爲「有此理便有此天地」，他更強調「格物致知」，要能「窮天理、明人倫、講聖言、通世故」，所謂的「三綱五常」是社會最高的道德標準。他主張人天生的慾望必須加以克制，這樣才能維持道統，倫常才不會偏離正統軌道。理學的主張，其實已經將原本的儒家思想更加道德化，基本上是在要求尋常人成爲「聖人」，提倡者若是「律己以嚴，待人以寬」，理學家的確都夠資格受到尊敬與景仰，但若是表裡不一，嘴裡說的跟實際上做的不一樣，可就落人口實了。

話說朱熹在浙東擔任刑獄的時候（相當於現在的高等法院院長），台州這地方出了個名妓，名喚嚴蕊。嚴蕊，字幼芳，是天台地方的官妓。雖然身分低下，但嚴蕊不僅有絕代風華，而且琴棋書畫樣樣通，唱歌跳舞她擅長，還會演奏絲竹樂器，更難得的是，作詩寫詞也難不倒她，文采過人。除了這些才藝，嚴蕊待客眞心，做事講義氣，城裡的男人只要見了她，沒有不失了魂的。嚴蕊的名字早已傳遍了台州，更有人千里而來，只爲見她一面，就算因此荷包大失血，也是心甘情願。

當時的台州太守叫唐與正，字仲友。一次宴會，嚴蕊被喚來在席間伺候，他人一時興起，就請唐仲友出題，要嚴蕊當場寫一闋詞。唐仲友雖然聽過嚴蕊的名氣，卻並不眞的相信妓女能具文采，心中頗不以爲然，不過大家要求他也不好拒絕，只好隨意出題。想不到嚴蕊果眞立刻作了闋詞，讓唐仲友大爲驚訝與讚嘆，兩人從此時有來往，他將嚴蕊當成紅粉知己，嚴蕊也很敬重這位年少有才的太守，兩人培養出了深厚的感情。

後來朱熹也聽聞了嚴蕊的名聲，前來一探之下，果然驚爲天人。誰知道嚴蕊一心向著唐仲友，並沒有把朱熹的關愛放在心上，朱熹得不到佳人的青睞，惱羞成怒，寫了奏摺參了唐仲友一本，說他與官妓嚴蕊淫亂荒唐，有損一個爲官者的清明操守，原本唐仲友會因爲這樣的指控而坐牢，但嚴蕊自始至終不願承認她與唐仲友有不正當的關係，唐仲友因此免了牢獄之災，嚴蕊卻因此而入獄。

後來岳飛的兒子岳霖接替職位當了台州的太守，知道嚴蕊一直被關在牢裡，覺得這件案子有重審的必要，就再次提審嚴蕊。到了公堂上，岳霖沒有多問案，他只要嚴蕊寫一闋詞，爲自己辯白伸冤。嚴蕊也不吵不鬧，淚水無聲滑落，靜靜寫下〈卜算子〉：

不是愛風塵，似被前緣誤。花落花開自有時，總賴東君主。去也終須去，住也如何住？若得山花插滿頭，莫問奴歸處。

我並不是愛這樣的風塵生活，這就好像是我前世註定的因緣啊！妓女的生涯，就像花開花落一樣，也是有時間性的，我們的美好都依靠著春風的眷顧。如果總有一天這一切都要結束，就讓我過著頭上插滿山花的淳樸生活，別再追問我的歸處了吧！詞裡面還是沒有提到與唐仲友的一段情，只是敘述著自己的悲涼遭遇，岳霖對她深感同情，將她無罪釋放了。

沒有人會是十全十美，更不可能會有所謂聖人的存在，而以「聖人」的標準來要求自己或別人，都是一種不合情理的苛刻。我們不能抹煞朱熹老夫子對於中國文學的卓越貢獻，但這樣「只許州官放火，不許百姓點燈」的行徑，卻不禁讓人對朱老夫子的品行操守打了點折扣呢！

蘇軾

64 曲終人散

你曾經愛上一個人，只因爲他的聲音吸引你嗎？或是，你曾經對一個人朝思暮想，只因爲他的詩總是說到你的心坎裡嗎？宋代大文學家蘇東坡，就曾經有這麼一段浪漫卻又有些惆悵遺憾的故事。

當時的蘇東坡也在朝廷當官，但是老百姓知道蘇東坡，大部分都是因爲他才情過人，寫出了許多讓人驚歎的千古佳作，「蘇大學士」的名氣滿天下，因此各地都有他的仰慕者，只要是能得到他的一首作品，都能讓人興奮地睡不著覺，更別說是見到他本人了。如果依照現在的說法，蘇東坡可也是有很多迷哥迷姐的喔！

蘇東坡有滿腹的才華，也有自己的政治理想與抱負，但是他的政見跟當時的宰相王安石不合，兩個人時常起爭執。以當時的情況來說，王安石貴爲宰相，可想而知是比較佔上風的一方，所以蘇東坡就常因爲這樣而被調離開朝廷。熙寧四年，蘇東坡又被宋神宗給派調到杭州做通判。雖然總是被貶調，蘇東坡卻是生性豁達，很少因爲這樣沮喪灰心，每次被調派，他就當成到各地遊歷，自在達觀的氣度讓人欣賞。

杭州是個風景秀麗的好地方，這一天，老朋友劉貢甫上門拜訪，邀約東坡一起遊西湖。當時正好是夏天，剛下過一場雨，讓人感覺沁涼放鬆，蘇東坡就很高興地答應了。

他們坐在西湖邊的涼亭裡，靜靜欣賞西湖美景，卻發現有艘小畫船慢慢地朝他們靠近。正當大家感到好奇懷疑的時候，從船裡走出來一位清秀美麗的少婦。她輕聲問道：「請問亭裡坐著的是蘇東坡蘇大學士嗎？」

蘇東坡與劉貢甫對望了一眼，隨即也溫和地回答：「在下正是蘇軾。不知道姑娘您芳名，有什麼貴事嗎？」

女子微笑回答：「我是錢塘江人氏，至於名字，蘇學士您就別問了，那並不重要。我來，只爲了想見您一面，完成我這一生的心願。」

女子這樣一說，不僅是蘇東坡，在座的陪客都好奇心大起。蘇東坡又問：「姑娘您這樣急切想要見我，是有什麼需要我幫忙的地方嗎？」

原來，這名女子從懂事以來，聽聞了蘇東坡的大名，拜讀了他的作品之後，就變成了他的仰慕者，她一直盼望著這輩子能夠見蘇東坡一面，或許可以跟蘇東坡結下情緣。雖然這一切都是女孩子的浪漫幻想，但這樣的情懷卻是教人憐惜的。只是現在說什麼都沒用了，因爲她已經結婚了。聽說蘇東坡來到了杭州，出現在西湖，她不顧自己已婚的身分趕來了，爲的只是想見蘇東坡一面。說到這裡，女子眼眶紅了。

聽了她的自白，每個人都非常感動，蘇東坡開口問她：「我能爲你做什麼嗎？」

女子擦去淚水，搖了搖頭，勉強擠出笑容說：「我不敢要求蘇學士爲我做什麼，我帶來了古箏，只希望您能聽我彈奏一首曲子，就算完成了我的心願。只是我彈得不是很好，還請您見諒。」蘇東坡連忙說：「怎麼會呢？姑娘請吧！蘇軾洗耳恭聽！」

女子坐了下來，調了調琴弦，悠揚的琴聲響起，迴盪在西湖池畔，音符裡似乎仍藏著女子的柔情與悵然，大家聽得都出了神。當眾人還沉醉在樂音裡的時候，一曲結束，女子緩緩起身，對蘇東坡說：「小女子還有個不情之請，希望蘇學士能送我一首小詞，作爲永遠的紀念。」

蘇東坡心中早已是萬千感慨，二話不說就答應了。於是，他提筆寫下這首靈動俏麗，又讓人回味無窮的〈江城子〉。女子收下這闋詞，向眾人鞠躬示意，然後走進船艙中，飄然離去。當她的身影已經消失在遠方，蘇東坡心中卻仍是難以平復啊！

鳳凰山下雨初晴，水風清，晚霞明。一朵芙蓉，開過尚盈盈。何處飛來雙白鷺，如有意，慕婷婷。
忽聞江上弄哀箏，苦含情，遣誰聽！煙斂雲收，依約是湘靈。欲待曲終尋問取，人不見，數峰青。

在下過雨的午後，微風輕送，晚霞迷人。湖中的荷花嬌豔開放，盈盈挺立。不知道從哪裡飛來了一對白鷺鷥，就好像是被芙蓉花的美麗給吸引過來一樣。這時候突然間傳來了哀傷的箏音，其中的苦澀情意，是要讓誰聽的呢？湖面上煙雲漸漸散去，彷彿看見了瀟湘女神來到。想等到曲子結束的時候問一問她的心事，卻已經看不到她的人影，只見到遠處一片青色的山脈。

這一生，你有沒有曾經錯過什麼呢？錯過，聽起來像是種浪漫淒美的形容詞，但是，如果可以，就別讓自己想要的緣分擦身而過吧！因爲錯過了，就再也回不到當初的情懷了，徒留下深深的遺憾而已。不過也許，當事過境遷，再回想起當時，也是種溫暖的回憶吧！

蘇軾

65 人世的飛鴻雪泥

日前一個難得的假期，偷空與好友返回大學母校「懷舊」一下。站在偌大的校園裡，突然湧上陌生的感覺，眼前的景物改變如此之大，讓我突然懷疑：這是我待了四年的校園嗎？熟悉的師長仍舊熱情歡迎，只是景物已非，彷彿時空錯置的不真實場景出現在眼前。但是，這裡的確曾經有過我們的足跡與笑語啊！那是不可磨滅的記憶啊！

北宋大文豪蘇東坡，他還有個父親蘇洵，有個弟弟蘇轍，三個人的文學造詣與成就都被世人稱道，所以被尊稱爲「三蘇」，就像東漢的曹操父子，在文學史上都各有其一席之地。蘇洵年輕的時候其實不愛唸書，到了二十七歲才奮發圖強，但不管怎麼努力，他就是中不了科舉，最後他放棄了科舉這條路，選擇專心研讀百家經史書籍，後來變成著名的古文家。蘇洵對於蘇軾與蘇轍兩兄弟採取菁英教育，加上母親程氏出身鉅富之家，也是個知書達禮的女子，她親自督促兩兄弟讀書，因此蘇軾與蘇轍從小就熟讀經書，可以說起跑就沒輸過人，難怪日後能有如此成就。

蘇轍，小哥哥蘇軾三歲，兄弟倆感情非常好，蘇轍個性沉靜，聰慧好學，加上父親及哥哥的薰陶與提點，十九歲那年就跟哥哥一起考上了進士，眞可以說是英氣勃發。兩人進士及第之後，卻傳來母親程氏因病過世的消息，父子三人趕回四川處理，兄弟兩個守喪三年，守喪期滿之後，才又回到京城等候官職的派遣。蘇轍後來做了校書郎，但爲了照顧年邁的父親，他選擇留在京城，而蘇軾卻被外派到鳳翔府（今陝西鳳翔）當簽判，這一年的十一月，兩人在鄭州西門外道別，這是兩兄弟第一次的分離。

蘇軾兄弟因爲感情深厚，本身又各具才華，常常以詩相和，據說蘇軾的作品裡，就有一百多首詩是應和弟弟子由所寫的。這次蘇軾被派到陝西任職，蘇轍想起他一定會經過河南澠池，就給哥哥寫了一首詩〈懷澠池寄子瞻兄〉：

相攜話別鄭原上，共道長途怕雪泥。
歸騎還尋大梁陌，行人已渡古崤西。
曾爲縣吏民知否？舊宿僧房壁共題。

遙想獨遊佳味少，無言騅馬但鳴嘶。

澠池，在現在河南省的澠池西。當年兄弟兩個進京赴考的時候，曾經經過這裡，並且寄宿在一間寺廟裡，還在廟裡的一面牆上題寫了詩句。蘇轍十九歲的時候曾被派到澠池當主簿，後來是因爲考上進士所以沒有到任，所以他才說：「曾爲縣吏民知否？」整首詩透露出蘇轍的懷舊之情，他想起過往的種種，想到上次經過澠池的時候是兄弟結伴，但這一次卻是蘇軾獨自一人前往了，對於人生飄忽不定的際遇有些感嘆。蘇軾在澠池接到這首詩，也給弟弟回覆了另一首，就是〈和子由澠池懷舊〉。

人生到處何所似？應似飛鴻踏雪泥。
泥上偶然留指爪，鴻飛那復計東西。
老僧已死成新塔，壞壁無由見舊題。
往日崎嶇還記否，路長人困蹇驢嘶。

怎麼形容人生所到的地方像什麼呢？應該是像飛鳥在雪地上休息的時候所印下的

足跡吧？雖然偶然在雪地上留下指爪的痕跡，但鳥一旦飛走，又怎麼知道牠是往東還是往西呢？昔日廟裡的老和尚已經過世了，那面牆壁也已經破落不堪，看不見我們曾經題寫的詩句了。還記得我們過去為了求得功名所經歷的困難與努力嗎？前面的路還很長遠，就算騎著跛腳的驢，就算遭遇再多困境，都該堅持繼續往前走啊！

這個時候的蘇軾，正當二十六歲的有志青年，而且已經順利當了官，應該是他大展身手的時候，但這首詩看起來怎麼有點蒼老悲涼呢？其實，他想要告訴弟弟蘇轍的是，老和尚已經死了，他們所提寫的詩句也已經消失了，這些就像是雪泥上消失的足跡一樣，不會再重現了，但他們為自己的人生所付出的努力，卻是不能忽視，也不會被忘記的，從今以後更應該往前看，更加積極樂觀地迎向未來的人生旅程才是啊！

據說蘇轍因為崇拜哥哥，常常會模仿蘇軾的詩，有的時候蘇軾用錯典故，蘇轍也就跟著錯，這是有趣的小故事，也可以看出兩兄弟的眞摯感情。蘇軾是個好哥哥，利用機會勉勵弟弟，希望兩人可以繼續努力，完成各自的理想。蘇軾的詩，一向藏有耐人尋味的道理，仔細咀嚼，總能讓人會心一笑。人生路途什麼時候走到盡頭沒有人知道，總是感嘆著過去眞的沒有用，過去的足跡，就像「雪泥鴻爪」一樣渺小虛無，最為眞實的，該是現在為了未完的旅途所做的努力，不是嗎？

蘇軾

66 愚魯公卿

小表妹今年國中一年級，每每到阿姨家拜訪，總會見到阿姨隨口提醒她學校功課是否完成，以及補習班的作業有否遺漏。看著小小年紀的她，現在就爲了學業忙東忙西，應付學校正規功課之餘，還要犧牲下課後或是假日的時間到處補習，心中不禁有些許同情。私底下找了機會問她：「學校功課多不多？」她點點頭，我又問：「那你下課後還要補習，會不會很累呢？」她聳聳肩：「反正大家都一樣啊！每個人起碼都會補個英文、數學的，累是累啦！也沒辦法啊！」早熟的小臉透露著無奈的疲倦。也曾試探性問過阿姨，是否給表妹太多壓力，阿姨嘆了一口氣：「你以爲我愛這樣逼她啊？沒辦法啊！不這樣就輸人啦！」

「望子成龍，望女成鳳」的父母，總是想盡辦法不讓自己的孩子輸在起跑線上，總是爲孩子在正規學校教育之外，又安排了多項才藝學習課程，或是補強孩子不足的學科能力，然而這樣的「用盡心機」，又有多少孩子眞的成爲「人中龍鳳」呢？

宋代著名的大文學家蘇東坡，有滿肚子的學問，有滿腔壯志豪情，他不甘心自己只是個舞文弄墨的無用讀書人，還希望能在政治上一展長才，實現他的理想與抱負，爲國家與百姓盡一份心力。然而，他無法苟同宰相王安石的急進改革政策，也不同意司馬光等人要求將新法全數廢除，擺盪在新舊兩黨之間的他，最後落得裡外不是人，一再被兩派人士排擠。然而，仕途上老是遭遇挫折的蘇大學士，感情生活卻是多采多姿，總有許多姑娘仰慕他的風采，也因此留下了許多風流韻事。

蘇東坡十九歲那一年，迎娶青神縣鄉貢進士王方的愛女，被稱爲青神縣才女的王弗爲妻。王弗嫁入蘇家時，年方十六歲，聰明慧黠不說，更是個溫柔賢淑、知書達禮的好妻子。當蘇東坡爲了應試科舉努力讀書的時候，她總是靜靜陪在一旁，爲蘇東坡磨墨洗硯，當個稱職的「伴讀」；而當蘇東坡背誦間突然忘記了某個段落，她也總能適時從旁提醒。王弗全心全意地對待服侍蘇東坡，也換得蘇東坡對她的眞心疼愛，夫妻倆琴瑟和鳴，是一對讓人「只羨鴛鴦不羨仙」的神仙眷侶。然而，爲蘇東坡生下長子的王弗，卻沒有福分與丈夫白頭偕老，嫁給蘇軾的十年後，王弗因病而過世，年僅二十七歲。王弗的驟然辭世，讓蘇東坡傷痛欲絕，即使三年後他又續絃，也曾納妾，身旁侍女無數，但王弗這位元配妻子，仍然在蘇東坡心裡佔有舉足輕重的地位，他懷念王弗所寫的詞作〈江城子〉，「十年生死兩茫茫，不思量、自難忘，千里孤墳，無處話淒涼……」讀來讓人感動落淚，更說盡了對王弗的無限思念與珍愛。

王弗之後，蘇東坡再娶她的堂妹王潤之，潤之是個莊重的大家閨秀，也深得東坡的敬重，然而在蘇東坡的後半生裡，寵妾王朝雲才是最得他歡心的紅顏知己。神宗熙寧四年，蘇東坡又因爲政治主張與宰相王安石不合，被貶到杭州當通判，在如畫的旖旎風光中，大學士與朝雲相遇了。王朝雲是錢塘人氏，字子霞，由於家境清寒，自小就被賣到歌舞班中討生活。這一天，蘇東坡和幾位文友在西湖邊上宴飲，請來朝雲的歌舞班助興。能歌善舞的朝雲，舉手投足間風情盡現，她清秀潔雅的容貌與氣質，在眾多庸脂俗粉裡顯得獨樹一格，眼波流轉之間，已經抓住了蘇東坡的目光，大學士當下就決定納朝雲爲妾，讓這樣一位佳人永遠留在自己身邊。

曾經說蘇東坡「滿腹不合時宜」的王朝雲，婉約可人，細心體貼，總能了解蘇東坡的喜怒哀樂，也能體會這位大文學家在政途上所遭遇的不平與委屈，蘇東坡曾經讚嘆地說：「知我者，唯有朝雲啊！」她爲何集大學士的寵愛於一身，從這點就可以理解。

元豐六年，朝雲為東坡生下一個兒子，取名遯兒，在他滿月接受洗禮的時候，東坡想起自己在仕途上的無奈與坎坷，寫下一首〈洗兒詩〉：

人皆養子望聰明，我被聰明誤一生。
惟願孩兒愚且魯，無災無難到公卿。

嘲諷自己被聰明誤一生的蘇東坡，只希望這個小兒子笨一點沒關係，這樣才能無災無難地做到大官啊！

也許你會覺得，怎麼會有父母希望自己的小孩笨呢？但細細玩味，就能從這首詩讀出東坡大學士的「父母心」了，他只希望自己曾經遭遇的苦處，兒子不要再嚐了，也許「傻人有傻福」，才不會有像他這般的下場！親愛的父母親，給孩子、也給自己一個喘息的空間吧！別再讓那些有如千斤重的壓力，把孩子的笑容都給剝奪了。我們總自以為是地認為這一切都是因為愛，但我想，給孩子一個擁抱，聽他們說說話，才是他們所想要的愛，不是嗎？

蘇軾

67 和尚的相思債

「世風日下，人心不古」這一句話，最常用來形容道德日漸淪喪的現在，雖然是老生常談，卻又那麼貼切。在那個淳樸敦厚的「古早年代裡」，我們不需要時刻叮嚀孩子不准跟陌生人說話；不需要在走夜路的時候，一有什麼風吹草動，就跟驚弓之鳥一樣嚇出一身冷汗；不需要害怕你多看別人一眼，就可能招來殺身之禍。而當那些所謂犯罪者是執法人員如警察，或宗教人士如牧師、和尚時，我們還能怎麼相信「人性本善」？

那個被揭發性侵犯未成年少女的牧師，大言不慚地為自己辯解，是那些少女主動投懷送抱，「在那種情況下，能當柳下惠，完全不動心的有幾個？」他身邊的律師再「詳加解釋」，說牧師的反應只是天性使然，況且那些聲稱被性侵害的少女平時私生活就混亂得可以，根本就是自願與牧師發生關係，怎能說是牧師性侵害？

兩天後，該位牧師舉行記者會，在鏡頭前痛哭失聲，下跪認錯，還拔下頸項間的十字架，說自己沒有資格當牧師！我想，他不是沒有資格當牧師，而是枉生爲人！

名列中國佛教禪宗十大名刹的杭州靈隱寺，不但是被稱爲「酒肉和尚」的濟公活佛出家修行的地方，在宋朝時候，還眞出了個法號「了然」的不肖花和尚。了然和尚平常就不把佛門清規放在心上，時常趁著四處化緣的時候，與一些不怎麼正經的婦女眉來眼去，調情笑鬧，囂張行徑惹來百姓的交相指責，不敢相信他眞的是出家人，但了然還是我行我素，繼續過著放浪形骸的生活。

當時杭州城有個名妓叫李秀奴，豔麗異常，風情萬種，了然當然不會放過一親芳澤的機會。雖然知道了然是個出家人，但風塵女子只看錢財，不問禮俗教條，加上了然還是個有點積蓄的有錢和尚，對李秀奴出手也算大方，李秀奴自然不會拒絕，了然也就成了她的入幕之賓，時常出入李秀奴的住處，而且迷戀得無可救藥。

迷戀妓女只會是個要錢的無底洞，了然再有積蓄也有用盡的一天，沒有了錢，就什麼都不是了，李秀奴開始拒絕接見他。這一天，了然喝酒醉得一塌糊塗，想到被李秀奴嫌棄拒見多次，越想越不甘心，大半夜地就闖到了李秀奴的家。他涎著臉求歡，說盡好話，李秀奴仍舊冰冷相對，並且喝叱他立刻離開。在酒精的作祟下，了然惱羞成怒，對李秀奴就是一陣拳打腳踢，等到他停手，李秀奴已經一命嗚呼！

當時的杭州知府，是大學士蘇東坡。了然被逮捕到案，跪在堂下，蘇東坡一眼就看到他的手臂上刺了兩行字：「但願同生極樂國，免教今世苦相思。」東坡堂木一打，厲聲宣判：「出家人犯戒近女色已是不該，更何況殺生，你這風流和尚，簡直是佛門恥辱！本官這就完成你的心願，讓你到陰曹地府享極樂！」說完，東坡寫下一闋詞作為判令，就是〈踏莎行〉：

這個禿奴，修行忒煞，雲山頂上空持戒。一從迷戀玉樓人，鶉衣百結渾無奈。
毒手傷人，花容粉碎，空空色色今何在？臂間刺道苦相思，這回還了相思債。

你這禿驢，身為出家人，卻不知修行，在山頂上的持戒都是假象。還迷戀上青樓女子，任你身穿百結僧衣也是枉然！今日你辣手摧花，殺害人命，平常滿口的佛門戒規現在怎麼說不出半個字了？既然你的手臂刺上相思的痛苦，我就讓你還了這相思債吧！

宣判完畢，了然立刻被押至刑場，斬首示眾。

是人，都該有惻隱之心；是人，都該能謹守禮儀分寸，更何況，是為神服務的出家人？打著宗教的旗幟，卻暗中進行汙穢不堪的行為勾當，這樣的行徑更讓人心寒不齒，更讓家人蒙羞，成為他們一輩子的痛啊！

蘇軾

68 廬山真面目

蘇軾這位宋朝的大學士，爲人風趣幽默，滿腹文采令人讚賞佩服。他所留下的作品，千百年來一再傳誦，有些名詩名句甚至已經融入我們的平常生活中，我們總是想都不想就脫口而出，但您知道這些詩句可都是蘇大學士嘔心瀝血之作嗎？

橫看成嶺側成峰，遠近高低各不同。
不識廬山眞面目，只緣身在此山中。

這首膾炙人口的七言絕句，詩名爲〈題西林壁〉，顧名思義，這也是一首題寫在牆上的詩作。話說宋神宗元豐七年，蘇東坡接獲聖旨調任職務，於是他離開黃州，出發到汝州擔任團練副使，行程途中經過九江，也到了著名勝地——廬山。廬山美麗與壯闊的景色，曾在李白的詩裡活靈活現，「飛流直下三千尺，疑是銀河落九天」，詩仙的筆觸還帶了點靈氣呢！如此發人詩興的景色就在眼前，蘇東坡當然是靈感源源不絕，就在西林寺的牆壁上，揮筆寫下這首短短二十八字的七絕哲理詩。

為什麼說這是哲理詩呢？蘇東坡是進士出身，自然通達儒學，但是他又有佛印和尚這位溝通思想的好朋友，因此他的作品通常又參雜了佛學與禪學，比一般讀書人多了一份達觀與自在。總將自己體悟的人生觀，用淺白的字眼，貼切地表達出來，讓人玩味再三，一代大文豪的功力，哪是我們這些凡夫俗子所能比得上的呢？

這首小詩其實不怎麼需要多作解釋，雖然這可以說是蘇東坡遊玩廬山的感想，但是他卻沒有花費心力去描繪廬山的瑰麗景色，而是寫出了自己對於事物的一番看法。「橫看成嶺側成峰，遠近高低各不同」，從正面看過去，看見了層層交疊的山嶺，但走著走著，從側面看過去，卻又變成了高聳入天的奇峰，不管是從遠處、近處、高處、低處，廬山怎麼看都各自有它的形態。「不識廬山眞面目，只緣身在此山中」，為什麼就是沒有辦法將廬山的眞面目形容得清清楚楚呢？原來是因為自己就在廬山裡面，再怎麼努力，看到的都只是廬山的一部分而已啊！

其實很多事情都可以拿這首小詩來解釋，不是嗎？所謂「當局者迷，旁觀者清」，只要本身陷在任何事情的漩渦裡，總是會被某部分的盲點給迷惑了，所以看不到眞相，也找不到出路，最後甚至鑽起了牛角尖，自己困住了自己。其實，這個世界沒有什麼是絕對的，任何事情都有不一樣的角度，有的時候從自己的圈圈走出來，聽聽別人的意見，站在別人的角度觀察，才會驚喜地發現，原來也可以這樣看世界啊！收穫絕對比自己關起門來悶著頭做來得多喔！

註：西林寺座落於廬山的北邊山麓，原本是晉代僧人竺曇的禪室，東晉太和二年（西元三六年）由太府卿陶範改建爲寺，是廬山北山的第一寺，並且與大林寺、東林寺合稱廬山三大名寺。東晉時期，高僧慧遠大師初次來到廬山的時候就住在西林寺裡，後來更在這裡主持了三十年。西元七三一年，唐玄宗下令重修西林寺，並另建西林塔。西林寺曾在元朝時被戰火所毀，明代時期曾經修復，清咸豐四年又再毀，咸豐十一年再次重建，現在只保存了一棟殿宇，是江西省的文物重要保護遺跡。

遼金元明

你儂我儂，忒煞情多，情多處・熱如火！
把一塊泥，捏一個你，塑一個我：
忽然歡喜啊！將咱倆一齊打破；
重新加水，再攪再揉再調和。

元嚴

69 才女智退壞姻緣

「問世間，情是何物？直教生死相許。」聽過這句話吧？當人們感嘆著感情這種東西無解的時候，總喜歡用這句話來做個總結。這句話，其實是一闋詞的開頭一句。這闋詞是金代大文學家元好問所寫的〈摸魚兒〉。

元好問是金代傑出的文學家，也是改變金代詩風的大詩人，同時也是個詞人。十六歲那一年，他要去并州趕考，路途中遇到一個專門捕捉雁子的人，這人告訴他說：「我今天捉了一隻雁子，已經殺了，沒想到牠的另一半竟然在空中盤旋不去，一直悲傷地叫個不停！你猜怎麼著？最後牠竟然自己飛下來，撞石頭死了！」元好問聽了以後，心中感觸良多，就買了這對雁子，把牠們一起葬在汾水的旁邊，在墳上疊了很多石頭，還把這堆墳取了名字叫「雁丘」，並且寫下〈摸魚兒〉這闋詞紀念這件事。傳說中，元好問還有個妹妹叫元嚴，論起才華，可是一點都不輸給哥哥呢！

元嚴是個會寫詩的才女，也有幾分姿色，但已經過了適婚年齡的她，卻還是小姑獨處，沒有婚配。並不是沒有人看得上元嚴，而是元嚴很懂得生活，一點都不認爲婚姻是必須走的人生之路，加上也一直沒有找到意中人，婚事就這麼給耽擱了。在那個傳統年代裡，所謂的適婚年齡可是很早的，過了十八歲還沒有出嫁的女子，總是會被指指點點，但元嚴是個很有個性的女孩子，堅持過著自己想要的生活，就算父母親爲了她的婚事心急不已，她也不曾因爲自己適婚未嫁而感到絲毫彆扭或難堪。

也許是因爲兄長元好問的名氣，加上元嚴自己的姿色與才華，上門提親的人家不在少數，但元嚴就是沒一個看得上眼的。這一天，有個地方上很有名的媒婆找上門了，這媒婆憑著三寸不爛之舌，加上堅持到底的纏功，已經成就了不少姻緣，這一次，她是爲了一個也在朝當官的富家公子張平章來的。張平章聽說了元嚴的出色才華，知道她還沒有婚配，有意求娶這位美嬌娘，就延請了媒婆上門提親來了。

張平章對自己有意思，想要締結這門親事，元嚴早就已經聽說了，張平章家境富裕，好歹也是個官，只可惜人品並不怎麼樣，還有人說他是個每天遊手好閒的紈褲子弟，這樣的人哪裡能夠讓元嚴動心呢？所以媒婆還沒踏進門，元嚴已經打定主意拒絕這門親事了，只不過對方總也有點身分，她必須顧全對方面子，又能讓對方打退堂鼓，非得動點腦筋才能想個兩全其美的計策。

話說這媒婆大呼小叫的進了元家的門，就直嚷嚷著要見元家大小姐。元嚴正好在房間裡貼補天花板，也沒讓下人攔著她，媒婆就這麼長驅直入地進了她的閨房。

俗話說「伸手不打笑臉人」，這媒婆已經是多年老經驗了，精明能幹，當然懂這道理，一進門就滿臉笑容，看見元嚴正忙著，馬上向前熱絡地問說：「哎喲！我的元大小姐啊！您可是金枝玉葉呢！這樣爬上爬下的，您是在忙些什麼啊？」

元嚴知道這媒婆進了門，絕對是使出渾身解數要完成使命，她自己是決心不要這門親事，她的父母可就不一定了，要是不能讓媒婆知難而退，難保她再講個兩三句，父母就先答應了，到時候還要再跟父母抗爭，那可就更費事了。

元嚴沒有停下手邊的工作，她低頭想了想，開口吟出一首詩：

補天手段暫施張，不許纖塵落畫堂。
寄語新來雙燕子，移巢別處覓雕梁。

就讓我暫時表演一下補貼天花板的功夫吧！因為我不想讓絲毫的灰塵，掉落在我美麗的客廳裡。另外也想傳話給新飛來的兩隻燕子，麻煩你們把新巢移走，到別人家裡的梁木上再築個新家吧！

這首詩表面上看起來好像跟媒婆的問話不相干，仔細推敲一下，她可是已經表明了自己的心意。暫施「張」，當然是暗指著張平章，「不許纖塵落畫堂」就表示著不歡迎張公子的到來，最後兩句更是明白地告訴媒婆，請你轉告張公子，到別的地方找對象吧！媒婆一聽，就知道元嚴不是省油的燈，這門婚事是沒指望了，只好摸摸鼻子，回去轉告張平章這個壞消息囉！

女人是不是一定得走入婚姻，才能證明自己的價値，看看元嚴的故事就知道了。在那樣保守的古代中國，她就敢挑戰當時習俗，只因為不想為了「婚姻」而委屈了自己，眞該給她鼓鼓掌呢！其實，是否選擇婚姻該是自己的決定，有個美滿的家庭當然幸福，但只要能夠獨立自主，找到自己想要的生活，做個獨身貴族又妨礙到誰了呢？老是追著適婚子女聲聲催婚的父母該想想，因為世俗的眼光逼著子女走進婚姻，難道比不上他們活得眞正自在快樂嗎？

蕭觀音

70 合歡猶憶相思魂

每當看到電視連續劇裡，那些古早時候的女人，要綁小腳、要遵從三從四德、要大門不出二門不邁，想笑不能露出牙齒，有意見不能高談闊論，不然就會被斥責沒有個姑娘樣、家教不夠好，總難免爲她們抱不平。從小，我就是個大刺刺的女生，總是會忘情大笑，舉手投足之間完全談不上「氣質」兩個字，就是那種老人家口中所說的「站沒站樣，坐沒坐相」，老是會被奶奶糾正嘮叨，偏偏我又天生反骨，她越看不順眼，我就越變本加厲，就是不做她口中所謂的「大家閨秀」，潛意識裡就是想跟傳統觀念加諸在女人身上的束縛對抗。

二十一世紀的女人，即使還不能說完全卸除傳統禮教拘束，至少，已經比那些命運隨人擺布，將青春葬送在深宮後院的古代女子好上千百倍了。

在遼國歷史上，曾經出現過五位蕭皇后，其中最爲人所熟知的，是遼景宗的皇后蕭燕燕，也就是率兵與北宋楊家將對抗的「蕭太后」。曾經入主中原或是與中原政權並立的外族，多多少少都會接受中原漢人文化，但遼國的漢化程度卻是有限的。遼太祖時候曾經用過漢人爲官，但同時也制定了契丹文字，契丹本來就是崇尚武勇的民族，即使接受了部分的中原文化陶冶，唸不唸書對他們而言一點都不重要。書唸得再多，倒不如騎馬射箭的功夫好，遼國上至君主，下至平民百姓，全都有一身好武藝，就連婦女也是隨便翻身就能上馬馳騁，知書達禮對她們而言是不必要的，然而，遼道宗耶律洪基的皇后蕭觀音卻是個例外。

蕭觀音有張俏麗容顏，才華洋溢，喜歡研讀漢人文化的她博覽群書，精通音律，擅長琵琶彈奏，是遼國難得的女詩人。有一回，她隨著道宗外出打獵，一時興起而詠出以下詩句：

威風萬里壓南邦，東去能翻鴨綠江；
靈怪大千俱破膽，那教猛虎不投降。

英氣勃發，豪情萬丈，被道宗讚賞爲女中才子，深受道宗寵愛。雖然騎馬射箭對於蕭觀音來說不是難事，但她更喜歡吟詩作對、研讀漢人書籍，比較起來，這位蕭皇后多了一分嬌柔與聰穎。道宗剛愎自用，對於治理國事並不是非常用心，他尤其喜歡打獵玩樂，蕭觀音怕他耽誤國事，總是勸他減少打獵的娛樂時間，道宗對於她的叮嚀勸告十分不耐煩，漸漸疏遠了她，夫妻關係陷入低潮。

無奈的蕭觀音，爲了喚回丈夫的心，寫下了十闋〈回心院詞〉，交由宮中樂師趙惟一譜上曲調，將溫柔纏綿的情意表現得淋漓盡致，以下取一首爲例：

> 鋪繡被，羞殺鴛鴦對；猶憶當時叫合歡，而今獨覆相思魂。鋪翠被，待君睡。

這十闋〈回心院詞〉，描寫的都是蕭觀音爲了挽回丈夫情意所做的努力，盡力鋪陳一個幸福歡樂的環境，勾起丈夫的憐惜之情。道宗聽了這十闋詞，對於蕭觀音的用心非常感動，兩人的感情有了顯著的改善，誰知後來這十闋詞卻要了蕭觀音的命。

當時南院樞密使耶律乙辛因爲平亂有功，受封爲太子太傅，甚至握有兵權，氣焰越來越高漲，對於皇帝寶座虎視眈眈。但是蕭觀音的兒子耶律濬已被封爲太子，爲了除掉太子，耶律乙辛在宮中造謠生事，說蕭皇后與樂師趙惟一私通，又另外找人仿造〈回心院詞〉的格式，寫了十首豔詞，稱爲〈十香詞〉，當成證物送到道宗手上，說兩人有姦情絕對是證據確鑿。

道宗本來就不是個冷靜理智的君王，被耶律乙辛這麼一激，根本不聽蕭觀音的解釋喊冤，對於她的「不貞」勃然大怒，立刻下令誅殺趙惟一一家，並且賜死蕭觀音，太子也被陷害入獄，後被害死。可憐蕭觀音滿腔情意付諸流水，才三十六歲的她，死在一丈白綾之下。後來，道宗總算察覺了耶律乙辛的野心，也把他給殺了。等到耶律濬的兒子耶律延禧繼位，也就是遼天祚帝，才洗清了祖母蕭觀音的冤情，追謚她爲宣懿皇后，還挖出與耶律乙辛誣陷父親耶律濬叛亂致死的宰相張孝傑屍體，進行鞭屍懲處，對於耶律乙辛的後人更是趕盡殺絕。

蕭觀音的溫柔與才情，該是多少男子心中鍾愛的典型，然而如此傑出的女子，仍是無法擺脫命運擺弄。在遙遠的年代裡，只要有「合理懷疑」，男人就可以安上個「不貞」的罪行，隨意殘酷地毀掉一個才女佳人。生在現代的我們，該是幸福的啊！

71 高風亮節進退官場

張養浩

如果說，「詩」是唐朝的代表文學，「詞」在宋朝發揚光大，那麼元朝就是「曲」的黃金年代。感覺上，大家對於詩或詞，似乎都比曲來得熟悉一些，這也許與我們從小就聽到《唐詩三百首》，長大一點可能也聽過李清照等詞家的作品有關；在我的記憶中，「曲」就只有在高中課本中曇花一現，日常生活裡並不常聽人提起，或許這跟它的代表年代也有那麼一點關係吧？

元朝，是蒙古人所建立的政權，憑著草原民族的強大武力，這個蒙古帝國的勢力不僅統治了中國，也征服了整個西亞，是中國歷史上疆域版圖最大的王朝，但因爲厲行階級制度，對於爲數最多的漢人子民採取高壓歧視又暴虐的統治，終於引爆民怨，最後遭朱元璋等人揭竿起義而滅亡，國祚只有短短九十年。

蒙古人「馬上得天下」，認為武力才是擴張國勢的利器，對於所謂的文化治國嗤之以鼻，是最為排斥漢人文化的民族，也是最為輕視讀書人的時代。當時朝廷把社會上的職業分成十個等級，分別是一官、二吏、三僧、四道、五醫、六工、七匠、八娼、九儒、十丐，「百無一用是書生」不足以形容那時讀書人的卑微，地位甚至比娼妓還要低賤，只比乞丐好那麼一點點。因為如此，雖然當時的曲作已經相當成熟，而且出現了許多名揚千古的散曲作家，但其實在那個時候，這些曲作家並不受人重視。

宋詞到了後期，因為過於注重技巧韻律，失去了文學應當貼近生活的本質，逐漸脫離了現實，已經呈現僵化的情形。當時因為有金與元這些外族先後崛起，把北方胡夷的那些樂器與民歌帶進了中原，「曲」就是加入了這些新的元素，配上曲調，成為適合歌唱吟誦的新興詩歌文學。

「元曲」其實分為兩種體裁，一種是跟詩詞差不多的韻文詩歌，稱為「散曲」；另一種是「雜劇」，是有故事內容、有人物表演、有歌唱，還有對白的戲劇。元曲發展分為前後兩個階段，前段代表作家有關漢卿、馬致遠、張養浩等人；後期則以張可久、喬吉、貫雲石等人為代表。

張養浩出生在元世祖時候，字希孟，號雲莊，是山東濟南人。他從小喜歡讀書，而且非常孝順，在鄉里之間很受稱讚。二十歲的時候，張養浩來到當時的京城大都，也就是北京，尋求一展長才的機會，有著「初生之犢」勇氣的他，把自己的一些作品呈送給當時的宰相不乎木，不乎木對於他的才能讚嘆不已，在皇帝面前大力推薦，於是張養浩得到了東平學正的官職。後來他轉任監察御史，因爲上書議論時政得罪了人，就自己辭官回到家鄉濟南隱居，一年多以後，又被朝廷召回起用，陸續當了翰林學士、禮部尚書、參議中書省事等。看起來仕途順利的他，對於官場文化卻是倒盡胃口，決定不再繼續浮沉於宦海當中，元英宗的時候，他選擇急流勇退，以父親年老需要人照顧爲理由，堅持辭去官職回鄉歸隱，任憑朝廷後來再三對他發出徵召令，他就是不爲所動，不肯再入朝當官。

在隱居的這段時間裡，張養浩的創作源源不絕，他的散曲集《雲莊休閒自適小樂府》中的大部分作品，都是在這個時期完成的。三十年的官場生涯，讓張養浩有很多的感嘆與無奈，那種讀書人想爲國家盡一份心力，卻又對於官場世態的險惡心有餘悸的矛盾心情，在張養浩的散曲創作中表現得淋漓盡致。舉他所寫的〈朱履曲〉一首爲例：

正膠漆當思勇退，到參商才說歸期。只恐范蠡張良笑人痴。

腆著胸登要路，睜著眼履危機。直到那其間誰救你。

當君王、朝廷與你關係良好，如膠似漆的時候，就應該要快點引退，等到朝廷、君王對你不信任，就像參星與商星一樣南轅北轍的時候才說要離開，只怕會被像范蠡與張良這樣洞燭機先的古人笑你傻啦！你以爲自己挺著胸膛踏上錦繡前程，其實是張著眼踏在危機上，眞等到那時候誰能救你啊？

元文宗天曆二年，關中發生了大旱災，朝廷再次徵召張養浩爲陝西行臺中丞，任務是要到各地去巡視災情，救濟災民，爲人正直的張養浩這次是義不容辭地出馬了。他不但變賣了自己所有的家產，沿途發放給災民，而且到處奔走，想盡辦法幫助這些流離失所的百姓。幫忙搬運屍體，他從無怨言；懲處那些趁亂打劫的地痞流氓跟強盜，他絕不手軟。這樣全心付出四個月，幾乎是不眠不休的張養浩終於積勞成疾，最後死在任內，享年五十九歲。

要一個人在做到高官或是掌握實權的時候，退出他能夠呼風喚雨的領域，放棄那些誘人的名利地位，對誰來說都不是件容易的事，但張養浩做到了，後來爲了受苦受難的老百姓，他甚至犧牲了自己的生命。在許多災難現場，我們常可以看到很多自願前往災區幫忙的志願工作者，他們出錢出力、協助災難處理，安撫受難者家屬悲痛的心情，其中甚至有能夠獨當一面的公司老闆，或是事業有成的女強人，但在這種時候，他們都是懷有一顆悲天憫人愛心的「奉獻者」，都值得我們的尊敬與學習。

管道昇

72 我泥中有你，你泥中有我

「你儂我儂，忒煞情多，情多處，熱如火……」電視上懷念經典老歌的歌唱節目正在播放，資深女歌手的溫柔歌聲悠揚迴盪，優美的歌詞，眞切的情意，唱來娓娓動人，有別於時下露骨狂放的愛情歌曲。對於現在黏膩氾濫的情歌充斥，父母或長輩們總是難以理解與接受，總說還是老歌最順耳。我想那是因爲，古早年代裡的情歌，旋律簡單優雅，歌詞含蓄委婉，沒有狂風暴雨似的激情，卻有讓人回味低迴的眞情。

這首名爲〈你儂我儂〉的老歌，由著名音樂家李抱忱博士作詞譜曲，推出問世之後，傳唱大街小巷，幾乎是人人都能朗朗上口。而李抱忱博士作詞的靈感來源，則是脫胎自元代的多情才女管道昇所寫的〈我儂詞〉。

管道昇，字仲姬，生於南宋末年，浙江潮州人。她從小聰慧靈敏，會寫詩，會作畫，尤其擅長畫墨竹、觀音像與佛像，筆觸清新，是地方上出名的才女。仲姬二十八歲，嫁給了元代著名的文學家、書法家與畫家趙孟頫。

趙孟頫，字子昂，是宋太祖趙匡胤的第十一代子孫，先祖趙德芳是太祖的兒子秦王，家世可以說是顯赫無比，是正統皇室的後代。趙孟頫十四歲的時候，就蔭補了父親的官位，做了眞州（今江蘇儀征）司戶參軍。南宋滅亡之後，身爲宋代皇族後裔的他，原本與妻子管道昇隱居鄉間，過著平靜的生活，當時元朝剛入主中原，急於獲得漢人百姓的認同，因此四處籠絡有名望的人士出任當官，趙孟頫的書畫藝術成就高人一等，名氣響亮，自然成爲其中的首要目標。元世祖忽必烈早已聽說了他那被世人稱爲「松雪體」、「趙體」的書法藝術，以及高超絕妙的繪畫造詣，又經過行臺御史程鉅夫的引薦，對他大爲讚賞，最先封他當知府，後來官位是步步高升，最後做到翰林學士、榮祿大夫等一品官，死後還追贈魏國公，可以說是一生富貴榮華享用不盡。

趙孟頫官運亨通，身爲他的夫人，管道昇妻憑夫貴，也被封爲吳興郡夫人。雖然身分尊貴，管道昇倒不像一般貴夫人的驕縱奢侈，她仍然是每天作畫讀書，生活閑靜淡雅，但她的傑出才華也曾被元世祖讚賞不已，夫妻兩個可以說是元世祖跟前的大紅人。這對多才多藝的夫妻，婚後鶼鰈情深，感情融洽，當管道昇完成一幅畫作時，趙孟頫就會開心地在畫上題寫詩賦，兩人綿密深厚的情感，傳為一時佳話。

只是，如此恩愛的夫妻，也沒辦法免除「七年之癢」的危機。這天，趙孟頫上朝之後沒有直接回家，而是自己一個人獨自外出散心。走著走著，突然有個清亮嬌柔的聲音叫住了他，他回頭一看，是個容貌秀麗、風情萬種的女子。女子名叫崔云英，是個歌女，幾年前在一次表演中出了差錯，原本該被主人責打，卻因為趙孟頫伸出援手替她求情，才沒有遭受皮肉之痛。這一天意外邂逅之後，兩人開始往來頻繁，最後，趙孟頫動了納妾的念頭。

雖然說起來有點不好意思，但古時男人有個三妻四妾也是常事，趙孟頫還是硬著頭皮向太座管道昇提出了納妾的要求。知道摯愛的丈夫竟然見異思遷，管道昇心痛難忍，但已經四十歲的她，條件當然比不上年輕姑娘，只是她絕對不願意就這樣把丈夫拱手讓人。管道昇沒有立刻回覆丈夫的要求，幾天後，趙孟頫又想來詢問太座的意思，管道昇卻不在房內，他看到書桌上壓了一張紙，好像寫了字，好奇之下拿起來一看，是管道昇所寫的一首詞，題為〈我儂詞〉：

你儂我儂，忒煞情多，情多處·熱如火！把一塊泥，捏一個你，塑一個我；忽然歡喜啊！將咱倆一齊打破；重新加水，再攪再揉再調和；再捏一個你，再塑一個我；我泥中有你，你泥中有我；我與你生得一個衾，死同一個槨！

讀完這首詞，趙孟頫愧疚又心疼，「我與你生得一個衾，死同一個槨！」我們活著的時候要睡一張床，死也要睡同一個棺材啊！道昇寫這首詞的時候，想必是以眼淚相伴的吧？自己竟然如此自私無情啊！

就這樣，趙孟頫打消了納妾的打算，管道昇以自己的眞情與智慧，贏回了丈夫的心。

據說後來趙孟頫又多次風流，雖然他再也沒提過納妾這事，卻已經夠讓管道昇頭痛不已，傷心無奈的了！人，也許總有喜新厭舊的習慣，也或許都喜歡青春美麗的事物，但如果能在意亂情迷的時候，多想想與你走過風雨，相互扶持的「老伴」，你會發現，就算眞是「老」伴，那也是另一種獨一無二的美麗啊！

文徵明

73 君子有心覓湘妃

台灣的政治有個特色，不問爲人民做了多少事，也不問高官政客的政績在哪裡，倒是作秀花招一直在推陳出新，最近幾年更是喜歡三不五時就來個封號，繼多年前封閉時代的「三不政策」之後，陸續又出現了「江八點」、「李六條」，舊「三不」不夠看，前美國總統柯林頓也湊一腳來個「三不」新條，之後不但又有人提出「新三不」，還有「三要」，「一國兩制」吵很久。台灣的政壇，實在熱鬧得很！

撇開令人心煩的政治不說，那日無意中發現，咱們中國歷史上竟然也有個「三不文人」，名字叫做文徵明。

文徵明是長洲（今江蘇蘇州）人，生在明憲宗成化年間，原名壁，字徵明，後來他用「徵明」爲名，改字爲徵仲，號衡山、停雲生。文徵明出生在官宦世家，父親文林是溫州知府，叔父文森出任右僉都御史，只是作官並沒有爲文家帶來榮華富貴，文林一生當官，清廉正直，病死的時候依然兩袖清風，文家的環境只能用清寒形容。早年的文徵明對於當官這回事也熱中過，曾經多次參加科舉考試，卻因爲所作文章沒有迎合當時潮流而難以上榜。

二十歲就向沈周學畫的他，不但喜歡繪畫，也研究文學，研習書法，與唐伯虎、祝允明、徐禎卿等人結爲好友，互相琢磨切磋，後來都成爲影響明代書畫藝術的大家。雖然窮困度日，文徵明卻把父親的風範記在心裡，個性同樣剛正不阿的他，謝絕了溫州的地方士紳贈與幫助的金錢；看到他的衣服已經破破爛爛的巡撫俞諫，也想餽贈他一點生活費，他依然堅持不肯接受。五十四歲的時候，經過當時巡撫李充嗣的推薦，文徵明才以貢生的身分參加吏部考試，授官爲翰林侍詔，四年之後卻又因爲不習慣官場生活，辭官引退，專心於書畫藝術創作。

文徵明的書畫藝術成就傑出，與老師沈周、唐伯虎、仇英並稱爲「明四大家」，他爲書畫所下的苦工，成就了全方位的藝術造詣。他也許沒有唐伯虎那天生的瀟灑才氣，但他講究人品的高潔與氣度，反映在藝術創作上，畫風諧和有致，曾被譽爲「明朝第一」；小楷筆法婉麗溫潤，頗有晉唐書法的風韻，是明朝聲譽卓著的畫壇大家，沈周之後的吳門畫派領袖，門下弟子眾多，且都有出色表現。文徵明是個長壽的藝術家，到了八十幾歲不但還能寫出端正書法，更以九十歲的高壽爲朋友的母親題寫墓誌銘，完成之後才安然離世。

傳說中，年少的文徵明也曾經有過這麼一段風流佳事。當時有個才女名叫杜月芳，不僅聰慧有文采，而且擁有豔麗容顏，遠近皆知。文徵明也是仰慕者之一，也許是思念讓他失了理智，這天晚上，他竟然闖進了杜月芳的香閨裡。

一個陌生男子闖進姑娘家的閨房，要是傳了出去，杜月芳的名節受損不說，萬一她情急之下大喊救命，文徵明怕被扭送官府，前途可就毀於一旦了。不過，這杜月芳果然不是一般女子，也許知道文徵明沒有傷害她的意思，她沒有驚慌失措，神色自若，還指著簾外的一棵海棠，柔聲出了個對句：

花裡神仙，無意偏逢蜀客。

我雖貌美有如海棠，可對你這個四川客沒有意思。

文徵明聽了，回頭看見門外的竹林，立刻對應：

林中君子，有心來覓湘妃。

我就像是竹子一般挺直高潔，可是懷著一顆誠心來拜訪你這位湖南大美人啊！

文徵明不但是繪畫一流，就連吟詩作對也是才思敏捷，對得天衣無縫，但兩人之後真因此而發展出浪漫故事嗎？根據另一種傳言，文徵明一生有「三不原則」：不近女色、不登官府之門、不與權貴往來，後面兩項原則已經由歷史證明他是奉行不悖，那麼是否真「不近女色」嗎？其實我們無須費心追究了，就當它是中國無數綺麗傳說中的一段美麗插曲吧！

74 精忠報國的岳飛

文徵明

如果要你舉出一位中國的民族英雄，你第一個想到的是誰？想必有很多人腦袋裡都會立刻閃出這兩個字——「岳飛」。

河南省安陽市的湯陰縣，是岳飛的故鄉，城內的西南門裡，有一座岳飛廟。這座岳飛廟何時興建的已經無從考證，只知道明朝景泰元年時重建為現在的規模。現址有將近一百間的殿宇建築，佔地四千多平方公尺，是一個完整的古代建築群。其中最引人注目的，大概就屬山門石階下那五具陷害岳飛的奸臣鐵鑄像，分別是秦檜夫婦、万俟卨、張俊、王俊，蓬頭垢面，雙手反綁，萬世千秋地長跪在岳飛面前，讓過往的世人嫌惡唾棄，為自己的奸惡作為贖罪。

岳飛出生在宋徽宗當政期間。傳說他出生時，有隻大鵬鳥飛來停在岳家屋頂上，於是便把這娃兒取名爲飛，字鵬舉。那一年家鄉鬧水災，對於世代務農的岳家來說，生活更加窮苦。岳飛從小沉默寡言，喜歡練武，也喜歡看書，研讀像《左氏春秋》這樣的書，他總是能看得津津有味，似乎就在爲他將來成爲一代將才做準備。十九歲的時候，身強體壯的岳飛投身軍中，臨行前，母親在他背上刺下「精忠報國」四個字，要他時時記住金人的侵略與捍衛國家的責任。岳飛在多次對抗宋朝大敵金兵時立下戰功，卻因爲越級諫言而遭到革職。並沒有因此氣餒的他，後來輾轉投靠至宗澤門下，得到宗澤的重用，宗澤去世之後，他被編派到杜充帳下。

不久之後，杜充軍隊在金人襲擊下潰散大敗，岳飛穩住了自己領導的部隊，又收容編制了其他逃兵，組成一支游擊隊，在廣德、常州、建康等地突擊金兵，一年之後，由他所訓練的這支軍隊紀律嚴明，並且擁有上千人馬。接下來的幾年，宋金之間的戰爭南移到陝西、四川一帶，朝廷也趁機掃蕩當地的土匪強盜，岳飛領命執行此項任務，土匪與金兵全都聞風喪膽，他又在俘虜中收編士兵，使得自己的軍隊迅速擴大至三萬人以上，聲勢浩大，朝廷不斷爲他加官晉爵，宋高宗還親賜一面繡有「精忠岳飛」四個大字的軍旗給他。之後岳家軍勢如破竹，三個月內連續收復六州，金兵只要看到岳家軍的旗幟就腿軟，岳家軍也因此收復了不少城池。這時候的岳飛正值三十二歲的英壯年紀，不但是一軍的統帥，更被封爲武昌開國侯。

然而，岳飛在外辛苦對抗金兵，朝廷內卻有一派膽小怕事的大臣主張要與金兵言和，訂定互不侵犯的條約。岳飛得知消息之後憤怒不滿，立刻上書朝廷，堅決反對談和，並且嚴厲抨擊主和派的秦檜等人，也種下日後秦檜必置他於死地的導火線，宋高宗也對他大爲不滿。兩年後與金兵殺得你死我活的偃城之役，岳家軍浴血奮戰，打得金兵落花流水，從此名震天下，也難怪金兵統帥金兀朮慨歎：「撼山易，撼岳家軍難！」之後，岳飛一鼓作氣地打到了朱仙鎮，眼看就可以收復開封，卻在一天之內，收到宋高宗所下的十二道金牌，要他立刻班師回朝！

原來宋高宗深怕已有崇高名望且握有萬千兵力的岳飛有天成爲心腹大患，加上秦檜在一旁煽動，說和議已經訂下，岳飛卻堅持繼續打仗，一定會遭來更大的禍患，於是岳飛被迫回到了京城。然而岳飛一日不除，秦檜一日不甘心，最後他與万俟卨、張俊等一幫人，聯手陷害岳飛，說他與兒子岳雲及部下張憲謀反叛國，岳飛背著「莫須有」的罪名被害於風波亭，岳雲與張憲則被斬首示眾。當時，岳飛三十九歲，岳雲只有二十三歲。

對於殺害民族英雄岳飛，多數人都把罪過推到秦檜頭上，對他的責罵與唾棄毫不留情，秦檜也就這樣成了奸臣的代名詞。然而明朝著名書畫家，也是史評家的文徵明，卻提出了不同看法，因此寫下〈滿江紅〉：

拂拭殘碑，敕飛字、依稀堪讀。慨當初，倚飛何重，後來何酷。豈是功高身合死，可憐事去言難贖。最無端，堪恨又堪悲，風波獄。

豈不念，疆圻蹙？豈不念，徽欽辱？念徽欽既返，此身何屬？千載休談南渡錯，當時自怕中原復。笑區區、一檜亦何能？逢其欲。

擦去碑上灰塵，當初宋高宗所賜予的「精忠岳飛」四字仍依稀可見。讓人感慨的是，當初高宗多麼倚賴岳飛，後來對待他又是多麼殘酷！難道功高就該死，事過境遷之後，當初所賜予的詔書，已不能抵過岳飛遭受誣陷的冤屈。可恨又可悲的是，岳飛根本清白無罪，卻被殺害在風波亭內！怎麼能忘記金人入侵致使版圖縮小的暴行？又怎麼能忘記徽宗與欽宗被俘虜的屈辱？難道是因爲想到要是徽、欽二帝南歸，自己的帝位將不保？就因爲害怕中原收復之後不能再當皇帝，所以堅持南渡偏安。一個小小的秦檜哪有什麼能耐？他只是迎合了高宗的意願罷了！

一生爲國盡忠的岳飛，時時刻刻所想的都是收復國土，期待國家再次強盛，不幸的是，他所服侍的主子宋高宗趙構，卻是個自私自利，眼中只有皇位，沒有國家人民的昏庸之君。岳飛的死，秦檜當然有責任，然而由文徵明的這闋詞看來，眞正的劊子手是誰，已經昭然若揭了！

吳梅村

75 朝代更替中的無奈

中國的讀書人向來最大的任務，就是要對國家社會有所貢獻，就算寒窗苦讀十年上不了榜，求不到任何的功名，最重要的是要對社會、鄉里、國家有一丁點的貢獻，否則那些聖賢書就都白唸了，孔老夫子甚至認爲，沒有爲國家社會做一點事的讀書人，都是可恥的。另外一個對讀書人最大的要求，就是氣節。窮不要緊，苦一點無所謂，寧願咬牙忍耐，也不能做出有辱名節的窩囊事。如果國家不幸滅亡，無力挽救也就算了，最好從此隱居，不再過問世事，以求得一個潔身自愛的美名；但如果禁不起誘惑，被金錢財富或名位打動，一生事二君，留下來的名聲可就好不到哪裡去。

吳偉業出生在明末神宗時候，字駿公，號梅村，是江蘇太倉人，十四歲就能寫得一手讓人激賞的好文章。思宗崇禎四年，二十三歲的吳梅村以會試第一名、殿試第二名的成績，考上了進士。少年得志，表現突出，後來做了翰林編修，又歷任南京國子監司業、中允、諭德等官職。當時有所謂崇禎黨爭，張溥以繼承東林黨風格自詡，集合了江南各個社團組織了「復社」，吳梅村是張溥的弟子，自然屬於復社的成員，也就因為捲入了黨爭，屢次被敵黨的溫體仁等人陷害，差一點因此送命。

吳梅村當時的主考官周延儒政治立場也偏向復社，敵黨的溫體仁等人為了扳倒周延儒，就上書崇禎皇帝，指稱考試有舞弊行為，也因此連累了吳梅村。崇禎皇帝雖然被評為剛愎自用，這次卻不糊塗，親自調閱了吳梅村的試卷，一看之下對他的文采大為讚賞，在試卷末御筆欽批：「正大博雅，足式詭靡」八個字，這場爭議風波才總算平息。

吳梅村年紀輕輕，不但才華洋溢，仕途也算平順，該是眾人羨慕的對象，但他本身卻常常有些玄異不尋常的思想，他曾經告訴自己的妻子，說他死了之後要穿和尚的僧服入殮，他的碑文不可以刻上任何官職，墓前只要立一個圓石，上面寫「詩人吳梅村之墓」就好。他還給自己家裡的一個僕人取名叫吳福，諧音就是「無福」，其他家人認為這樣不吉利，紛紛表示反對，吳梅村卻說：「依照莊子所說，無福就是無禍，那就表示大福啊！」話中似乎有著旁人難以理解的禪意，也許是他對人生的感觸吧！

崇禎十七年，李自成率兵攻入北京，崇禎皇帝在煤山上吊自殺，吳梅村知道以後放聲痛哭，也想懸梁殉國，後來被家人發現給解救了下來。後來，明朝剩餘的遺臣不甘心，想再奮力抵抗滿清的入侵，就在南京擁立了福王朱由崧當皇帝，世稱南明。吳梅村也在這一年的四月來到南京擔任少詹事的職位，卻因為與控制朝政的權臣馬士曲不和，兩個月以後就辭官回家鄉了。不久之後，南明勢力被毀，明代正式宣告滅亡，吳梅村就這樣隱居起來，躲在家中寫了很多傷時憂國的作品，詩風蒼涼悲鬱。

滿清入關之後，大力招攬知識分子為朝廷效命，期望因此獲得漢人百姓的認同。吳梅村的詩名實在太大，就算他不吭聲，清朝政府也頻頻對他釋放善意，希望他能夠再次入朝當官，為滿清政權服務。吳梅村原本怎樣都不為所動，一再拒絕，後來滿清政府使出卑劣手段，挾持了他的母親做為要脅，自古「忠孝難兩全」，吳梅村只好被迫向清政府低頭，答應出任國子監祭酒。

順治十年，吳梅村啓程赴京報到，途中經過淮陰這個地方，想起自己想要以身殉國被阻止，如今又被迫要當個事二君的臣子，心中的痛苦與無奈湧上心頭，覺得生不如死，就寫下了〈過淮陰有感〉：

登高悵望八公山，琪樹丹崖未可攀。

莫想陰符遇黃石，好將鴻寶駐朱顏。
浮生所欠只一死，塵世無由拾九還。
我本淮王舊雞犬，不隨仙去落人間。

全詩的意思，在於借用淮南王劉安學仙的典故，說反清復明既然已經沒有希望，不如就學劉安去學些長生不老的仙術吧！但是他現在就算想死也不能死，那求長生大概也是妄想而已。最後說自己就像是淮王那些偷吃仙藥而升天的雞犬一樣，貪生怕死，連殉國也不敢啊！

順治十三年，吳梅村因爲母喪，順勢辭官回鄉，並且再也不肯入朝爲官。一直到臨終之前，對於自己降清還出仕當官的這段過往，吳梅村仍是悔恨不已，視爲自己人生一大汙點。

對於一生忠貞不二，寧願丟掉生命也不願意屈服的那些忠臣烈士，歷史上總是竭盡所能地給予讚揚歌頌，且千古傳唱。吳梅村最後屈服接受滿清招降，出於無奈與逼迫，他到闔眼的那一刻仍無法原諒自己的「變節」，內心的煎熬其實已是對他最大的責難。畢竟，顚覆的大時代裡，總有許多的「生不逢時」啊！

明思宗

76 巾幗不讓鬚眉

記得過去教育部曾突發奇想，以「男女平等」爲出發點，試辦了第一屆的大專院校女生成功嶺受訓。那年暑假，一向陽剛味十足的成功嶺，一下子湧進一萬多名的年輕女孩，別說是那些阿兵哥覺得新鮮，就連一般民眾也很想知道女生當兵到底是怎麼樣的狀況！不過當時的媒體報導，都把焦點集中在誰是「成功嶺之花」，不然就是描寫這些女兵遭受多麼辛苦的訓練，筆觸間總是流露著典型父權社會對女性的刻板觀點，加上其中有些措施並不適宜，後來招到各方的批評與詬病。儘管在民國九十五年後，女性已經能夠報考志願役軍人，但一般固有的觀念上，女性仍然被認爲是不適合當兵的。

也許有人會說，女生根本都是繡花枕頭，當兵？算了吧！不過，看看中國歷史，不讓鬚眉的巾幗英雄，可不只花木蘭一個唷！

明神宗萬曆元年，明朝一代女將軍秦良玉出生在四川忠州城（現在的忠縣）。秦良玉是獨生女，字貞素，父親秦葵文武雙全，不但從小教她讀書寫字，作詩畫畫，也沒因爲良玉是女兒身，就忽略了武術訓練。良玉還有兩個哥哥，一個弟弟，她從小就跟三個兄弟一起騎馬射箭、使刀耍槍，別看良玉平常秀麗端莊，耍起刀來可也是虎虎生風，招招結實有勁，表現比兄弟們還要傑出，深得父親的讚賞與歡心，是父親引以爲傲的掌上明珠。

隨著歲月流逝，良玉也已長成如花似玉的大姑娘，但她的武術功夫卻是更爲精湛，對於兵器使用更爲得心應手，就連兵法攻略也頗有研究。二十四歲那年，膽識過人、聰慧靈巧的她，嫁給了重慶衛石柱宣撫司宣撫使馬千乘。馬千乘是個武官，與良玉有共同的嗜好，也欣賞良玉直率大方的個性，夫妻兩人相處融洽。

石柱是一個以苗族人佔多數的地方，民風較爲強悍，也常有大大小小的叛亂發生，馬千乘所擔任的宣撫使，就是要維持這裡的秩序與安定，秦良玉一身絕活剛好有用武之地，嫁到馬家沒多久，她就幫丈夫訓練了一支精裝部隊，名爲「白杆兵」。白杆兵驍勇善戰，訓練有素，馬千乘就率領著這支勁旅，平息了多次的紛爭戰事，聲名大噪，也維持了石柱多年的和平。

萬曆二十七年，播州宣撫使楊應龍起兵叛亂，馬千乘帶著白杆兵奉旨平亂，秦良玉也首次披上戰袍，隨夫出征，立下不少汗馬功勞。最後雖然平定了叛亂，馬千乘卻因爲心力交瘁，在回程的途中染病身亡，朝廷念其有功，又因爲秦良玉「女將軍」的名號已經聲名遠播，就下令讓良玉繼任丈夫的官職，繼續肩負起保衛石柱和平安定的使命。

轉眼間二十年過去，秦良玉已經四十六歲，但她仍舊堅守崗位，絲毫未曾鬆懈。這時候已是明朝末年，滿人崛起，一心想要入關稱王，秦良玉率領白杆兵多次出征，暫時擋住了滿人的攻勢，但她的大哥已經戰死沙場，獨子也因此傷了一眼，一家人爲國家可說是「鞠躬盡瘁」。

後來，秦良玉又平定了永寧宣撫使奢崇明之亂，收復重慶，朝廷感念她的戰功彪炳，封她爲誥命夫人，再授她爲都督僉事，拜爲總兵官。成都的百姓們對這位已經五十開外的女將軍，崇敬有加，感激萬分，當秦良玉進城時，大家都擁到街上爭睹她的風采，甚至還拿香沿街跪拜，簡直是把她奉爲神明。

崇禎三年，滿清軍隊逼近北京，秦良玉再次率兵救援京師，清兵不敵而退，良玉再立大功，當時的崇禎皇帝，也就是明思宗大喜過望，下詔接見這位了不起的女將軍，不但賞賜豐厚，而且親自寫了四首詩褒揚她，我們僅舉其中一首爲例：

憑將箕帚掃匈奴，一片歡聲動地呼；
試看他年麟閣上，丹青先畫美人圖。

這是讚美她的輝煌功績，贏得了朝廷百姓們驚天動地的歡呼。未來如果要在麒麟閣上畫上功臣像，第一個要畫的，就是你這位巾幗美人啊！

後來清兵入關，已經七十三歲的秦良玉仍舊是堅毅忠貞，接受南明隆武帝封爲「太子太保忠貞侯」，抗清的旗幟始終不曾放下，兩年後，隆武政權被滅，不久之後，這位立下無數戰功，終生爲了家國盡心盡力的女將軍也因病過世，享年七十五歲。

現在石柱地方，還有秦良玉的專祠，名爲「秦良玉太保祠」，世代接受當地百姓的供奉與景仰。身爲女性，要在以男人爲主體的軍營中生存立足，秦良玉所下的工夫可想而知，而她還能發號施令，讓部隊心悅誠服地跟隨她，她的本事可眞讓所謂的七尺男兒漢也自嘆弗如呢！

77 小神童智保家園

林大欽

依然記得，妹妹考上台灣第一學府的消息在村裡傳開時，爺爺那開心到合不攏嘴的笑容。我們在台南縣鄉下一個小農村長大，村裡的孩子考上大學的不能算多，能夠考上台大的女生，我家老妹算是第一人，甚感驕傲欣慰的爺爺，鞭炮放得震天價響，還自掏腰包地辦了兩桌酒席宴請親朋好友，讓大家知道妹妹的成就，分享我們的喜悅。學校師長與村中長輩送來恭賀的紅紙，不但貼滿了我們家三合院的牆壁，還一貼就是個把月，爺爺總是看著那滿牆的紅紙說他捨不得撕，興奮的他就只差沒去打個金牌給妹妹掛上，沿街遊行示威。老妹看著這一切直說誇張，我卻能夠理解爺爺那份百分之兩百的喜悅與驕傲。

現在廣東省潮安縣桑浦山的狀元埔，有座高約三公尺的碑亭，碑亭內有匾額刻著

「東莆佳城」四字，這裡是明朝潮州進士林大欽的墓地，是潮州著名觀光景點。林大欽字敬夫，號為東莆，出生在明武宗正德六年，是廣東海陽（今廣東潮州）人。就跟許多著名才子一樣，林大欽小時候就是個聰明的孩子，他特別喜歡宋代「一門三傑」蘇東坡父子的文學作品，很會寫詩，更擅長與人作聯應對，他的過人才智很小的時候就已令人吃驚，因此在二十一歲就中了進士，後來因為寫了〈廷試策〉的政論，被譽為「根極政要之說，明切時務之論」，獲得嘉靖皇帝的賞識，欽點他當狀元，授官為翰林院修撰，傑出成就一點也不讓人意外。

話說正德十三年的一個夜晚，八歲的林大欽出外遊玩回家，卻發現母親和嬸嬸愁眉不展，哀聲嘆氣。林大欽覺得奇怪，問過母親之後才知道，原來是進士薛中離想要為家鄉興修水利，預定要挖一條新溪，正好這條新溪路徑經過林大欽家的田地，薛中離就通知林家要挖掉這塊田，但這塊田地是林家維持生計的來源，林大欽的母親與嬸嬸就是為了這事苦惱不已。

知道事情緣由之後，隔天一早，林大欽就去敲薛中離的大門。

薛中離還以為是哪個大人物上門拜訪，急忙穿著整齊地出門迎接，當他看到門外站著一個孩子時，臉色說有多難看就有多難看。把林大欽當成無知幼童的他，不耐煩地開口罵道：「你這隻綠色小青蛙來做什麼？」

穿著綠色衣服的林大欽，馬上指著薛中離一身的紅袍說：「綠色小青蛙來找你這隻紅色螃蟹啊！」

薛中離愣了一下，不屑地說：「早出日頭不成天！」意思是譏諷林大欽「小時了了，大未必佳」。

林大欽笑一笑又回嘴：「日落西山無久時！」被暗喻是落日的薛中離又居下風。

兩個人就這樣你來我往，脣槍舌劍了一會兒，薛中離知道這個小孩的確有兩把刷子，惜才之心油然而起，不再跟他計較，和氣地問林大欽來找他有什麼事。林大欽於是把事情的來龍去脈說了一遍，希望薛中離不要佔用他們家的田地。

薛中離沒有立刻答話，想了一想，微笑說：「這樣吧！我聽說你小小年紀就很會對詩，我出個題目讓你對，對上了，我就答應你！」林大欽高興地說好。薛中離的規則是，第一句開頭要是「三字同頭」，同樣第二句起頭要是「三字同旁」，第三跟第四句中要有前兩句的後三個字。林大欽點點頭，請薛中離先作。

薛中離開口吟道：

三字同頭官宦家，三字同旁綢緞紗。
如今穿著綢緞紗，乃爲官宦家。

薛中離話聲剛落，林大欽馬上接口：

三字同頭大丈夫，三字同旁江海湖。
將來走遍江海湖，便是大丈夫。

林大欽不但對得恰到好處，而且豪情萬千，薛中離也忍不住叫好。但他還想試試林大欽的能耐，就從衣袖裡掏出一對蜜柑，告訴林大欽回去等消息。只見林大欽一回到家就興奮地跟母親報喜，說薛中離答應不佔田了。何以見得？原來柑與橙是同類，而在潮州話裡，「橙」與「情」發音相同，既然拿了薛中離給的「橙」，當然就是領了「情」，也就代表薛中離答應了他的要求，後來薛中離挖掘的新溪果然避開了林家田地，這也就是現在的「中離溪」。

林大欽不凡的才學與表現，成爲後來潮州人的驕傲，他的名字被寫進了潮州歷史，他許多的對句故事也代代相傳，據說現在的著名春聯，大人小孩都會唸的「天增歲月人增壽，春滿乾坤福滿堂」，就是林大欽的創作。只可惜天妒英才，林大欽後來生病過世，享年僅三十四歲。

林大欽雖英年早逝，但不見得要做一番大事業，要名留青史，才是驕傲。只要能夠對自己的生命負責，眞心對待他人，「仰不愧於天、俯不怍於地」，閉上眼的那一刻，就該驕傲！

金聖歎

78 笑對人世間

中國人接受了千年的儒家教育，總是講求倫理道德、忠孝仁義，似乎每個人都變成了滿口「之、乎、者、也」的老學究，老外也就常覺得中國人正經八百，一點幽默感也沒有。這可就大錯特錯囉！中國人的幽默感從各種經、史、子、集，從《詩經》到唐詩、到宋詞，到各式各樣的小說著作中，其實隨處可見，只是中國人表達感情的方式溫柔含蓄了些，可能還需要一點慧根才能懂呢！

在中國歷史上，曾經出過一個超有幽默感的文學批評家，那就是明末清初時候，被人稱爲怪傑的金聖歎。

金聖歎出生在明神宗萬曆年間，名采，字若采，明朝亡滅之後，他改名爲人瑞，別號聖歎。金聖歎的祖父輩都沒有人做官，家境雖然不好，也還過得去，還能讓金聖歎十歲時進入私塾唸書。金聖歎從小就對所謂的「四書五經」沒有好感，認為它們枯燥乏味，一點都不好玩，他只愛看那些被老師禁止閱讀、被世人輕視的稗官野史跟小說，而且到處收集，一看就無法罷休。年紀輕輕就曾經誇下海口，說自己是「自古至今，惟我一人是大材」的他，因為「不務正業」，又不把功名放在心上，所以就算後來去參加考試，他也不照規矩來，老是寫一些諷刺考官的文章，不然就是把科場當遊戲場，放蕩不羈的行為，當然讓那些正規讀書人看不順眼，想考上比登天還難。

雖然一輩子都沒有功名，但是金聖歎就是有他獨特的才學，寫詩作文對他是小兒科，他一生還作了很多有趣奇特的對聯，而且因為閱讀範圍太廣，別說是詩、詞、古文，就算是戲劇、小說，他也都有涉獵，二三十歲的時候，他就立下大志，選出六部中國經典著作：《離騷》、《莊子》、《史記》、《杜工部詩集》、《水滸傳》、《西廂記》，對它們進行詳細的評析與整理，而這六部著作後來就被稱為「六大才子書」。在金聖歎的後半生裡，文學著作的評點工作花費他最多的心血與時間，而在一貧如洗的生活中，還能讓他寫出豐富著作的支撐力量，來自他身後偉大的女人——妻子何氏。

金聖歎二十歲左右成親，娶了農家出身的何氏為妻。何氏雖然出身卑微，但是通情達理，溫柔善良。金聖歎屢試不中，只能開個小小的私塾，教幾個孩子唸書，收入微薄，何氏不但沒有半句怨言，因爲仰慕丈夫才華，她鼓勵丈夫專心寫作，全部家務則由她一肩挑起。婚後幾年，孩子陸續出生，負擔更形沉重，但何氏仍舊甘之如飴地操持一切家務，下田耕作、煮飯洗衣、挑水種菜，對於孩子的照顧與教養她也沒有忽略。有這麼一個無怨無悔付出又貼心的妻子，金聖歎愧疚不能給她衣食無缺的生活，對她的敬重與疼愛與日俱增，生活雖然辛苦，一家人倒是還能平靜快樂的過日子。

金聖歎三十六歲那一年，明朝滅亡了，滿清政權統一了中國。對於這樣大時代的必然演變結果，金聖歎無力抗拒，也早已預料，但他堅持不進滿清朝廷當官，仍舊在家鄉與妻子、孩子相守。多年過去，何氏爲了這個家勞心勞力的結果，換來比實際年齡還要蒼老憔悴的容顏，以及愈見虛弱的健康狀況，讓金聖歎心疼不已。這一天，金聖歎結束私塾課程後，特地到市場買了一塊豬肉，想要給與他患難與共的老妻一點慰勞與犒賞。提著這塊豬肉的金聖歎，想到妻子與孩子們知道晚餐加菜一定非常高興，他的心情也跟著開朗了起來，就高聲唸出一首七言絕句〈割肉饗老妻〉：

舍南舍北侏儒死，年尾年頭德曜齋。
正掐數珠驚指動，稿砧拔劍早歸來。

詩中的「侏儒」指的是朝廷裡那些表演逗趣節目的弄臣，類似小丑；「德曜」是指佛教齋節，「數珠」則是指佛教念珠。意思是那些朝廷裡搞笑的小丑過著腦滿肥腸的奢華生活，我家卻窮得一年到頭都吃素。現在我家老妻應該已經知道等一下會有葷肉加菜而食指大動，沒錯，作丈夫的我正提著一塊肉回家了呢！

金聖歎的幽默與怪才，眞是讓人讀了詩也忍不住會心一笑啊！

順治庚子年，蘇州城內爆發了千古冤案「哭廟案」，金聖歎也因爲牽連在內而進了監牢。知道自己逃不過這一劫的他，還是不改幽默本性，在寫給兒子的遺書裡，他寫著：「字傳大兒看：鹹菜與黃豆同吃，最有胡桃滋味，此法一傳，吾無遺憾矣！」都已經死到臨頭了，金聖歎還在跟兒子研究鹹菜的吃法，雖然也許當時他的家人看了會哭笑不得，但他以幽默態度看待世事的豁達，卻是讓人望塵莫及啊！

世界之大，我們都只是其中一顆最不起眼的沙礫，少了你或我，它都不會停止轉動，因此，別把生活看得太過嚴肅，別把自己鎖在不必要的框框與枷鎖中。「哭也是一天，笑也是一天」，人生挫折難免，但如果總能以笑臉相迎，再大的挑戰與難關，都會過去的！笑一個吧！

柳如是

79 真愛難敵世俗功名

「年齡不是問題，身高不是距離，體重不是壓力」，這句話，向來可以解釋說明愛情的發生，從來就沒有規則，也毫無道理可言。在愛情裡，沒有絕對的「應該」，也沒有黑白分明的對與錯，愛了就愛了，只要當事的兩個主角能夠眞心相待，能夠開心快樂，又何須旁人來當「檢察官」，評斷這段感情的是與非呢？

明朝萬曆年間，錢謙益出生在江蘇常熟，字受之，號牧齋。錢謙益的詩文出色，二十八歲考中了進士，授官翰林院編修，屬於東林黨人的他，後來因爲魏忠賢的迫害打擊，被迫辭官返鄉。到了崇禎初年，錢謙益又被聘爲禮部侍郎，還兼任翰林院侍讀學士，然而，也許是老天有意考驗，當時溫體仁與周延儒雙方爭權，錢謙益又因此遭受抨擊，再次被革職而落寞回鄉。這時候的錢謙益，已經是個五十八歲的老人了。原本以爲自己將會仕家鄉平靜度過晚年的他，卻因爲柳如是走進了他的世界，再次讓他遲暮的生命有了光彩。

柳如是本姓楊，名爲愛兒，如是是她的字，另有號影怜、河東君，是江蘇吳江人。柳如是身世坎坷，十五歲就淪落風塵，但她生得是嬌小玲瓏，俏麗可人，而且個性開朗，秀外慧中，滴溜溜的黑眸子轉啊轉的，就轉走了男人的心魂，小小年紀就成了江南第一名妓。十六歲的時候，她遇到了一個松江出身的舉人叫陳子龍，陳子龍對她疼愛寵溺，而且教導她讀書寫字，作詩繪畫，如是天資聰穎，很快就樣樣都能上手，表現不凡。

兩人情真意篤，過了段恩愛的日子，但因爲如是個性瀟灑活潑，不像一般女子那樣拘謹，陳子龍卻古板了些，對於如是的行爲舉止頗有意見，加上元配張氏帶人鬧場，兩人最後以分手收場。後來，如是就以河東君的名號，重回江湖行走，與那些文人墨客吟詩作樂，看起來雖然風雅，本質上還是賣笑過生活。柳如是的心中仍有深深的孤寂感。

錢謙益早就從那些文人的口中知道了柳如是，後來也曾經與她有過一面之緣，讀過她的詩作，驚豔於她的才情，但他絕對沒想到，這一年，當他因爲仕途受挫而隱居鄉間，二十三歲的柳如是來到了他的門前。

原來，柳如是對於當時的文壇領袖錢謙益已經私心仰慕許久，她拋下所謂女子該有的矜持前來一見，就是想知道自己的選擇是否正確。兩人相見後，作詩飲酒，相談甚歡，錢謙益留下了她。錢謙益原本因爲自己年近花甲，如是卻正值花樣年華，相差三十餘歲的距離，加上顧慮世俗眼光，遲遲沒有給柳如是一個名分，但如是仍態度堅定且對他情深意重，終於，瞞著自己的正室夫人，錢謙益爲柳如是辦了個簡單別緻的婚禮，將柳如是納爲偏房。

兩人婚後形影不離，情意繾綣，有人無法理解柳如是爲何會戀上足以當她父親的錢謙益，但柳如是對錢謙益卻是眞心誠意，愛戀非常，兩人婚後的生活就像一對年輕的小夫妻，感情濃得化不開。

後來，清兵入關，崇禎皇帝自盡，錢謙益投靠馬士英，擁立福王成立南明政權，仍官拜禮部尚書。沒有多久，南明勢力被滅，清朝全面統一中國，對明朝遺臣發出召集令，錢謙益猶豫了。柳如是原本希望錢謙益不要降清，不要再入朝當官，一直勸說錢謙益與她就此隱居山林，不再過問世事，誰知道錢謙益對做官還沒有死心，最後還是答應了清朝召他入京的提議。

要入京的前一個晚上，柳如是爲丈夫準備了餞別的酒宴，心中仍有百般的不願與悲傷，兩人沉默地對飲，氣氛低迷。終於，柳如是做了最後的努力，她開口吟出一首詩：

素瑟清樽迥不愁，柂樓雲霧似妝樓；
夫君本志期安槳，賤妾寧辭學歸舟。
燭下烏籠看拂枕，鳳前鸚鵡喚梳頭；
可憐明月三五夜，度曲吹簫向碧流。

從前的我們，有琴聲清酒相伴，無憂無愁，逍遙自在；夫君您現在卻有意再勞碌奔波，賤妾我寧願學那小船一樣回歸故里。我們可以過著養花賞鳥的愜意生活啊！難道眞要以後讓我在明月相照的夜晚，獨自吹著寂寞的簫聲曲調，看著悠悠流水孤獨度日嗎？

柳如是企圖以這首詩讓錢謙益能夠回心轉意，但錢謙益心意已決，隔天還是進京去了。果然，錢謙益只得到了個禮部侍郎的閒職，心灰意冷之餘，又接到柳如是頻頻催回的書信，他終於看破紅塵，託病辭去官位，回到了家鄉與柳如是相守，後來以八十三歲高齡辭世。丈夫過世之後，柳如是受到錢家人的排擠，又因爲家產一事與她爭執不休，受不了如此紛擾的她，最後選擇懸梁自盡，追隨丈夫而去。

雖然年紀相差懸殊，柳如是卻忠於自己的愛情，對錢謙益始終如一，並且深情相伴到老，不為名，不求利，只對錢謙益傾注她所有的愛意，並願生死相隨。愛情，真的沒有道理，別再以世俗的眼睛，去看任何一對條件也許怎麼看怎麼不相配的愛侶，因為，有愛，一切已足夠，不是嗎？

80 唐伯虎五步成詩

唐寅

在西方的許多音樂與戲劇作品裡，有個很著名的人物叫唐璜，他的時代是中世紀的西班牙，他自稱爲情聖，風流成性，到處拈花惹草，靠著自己長得還不賴的臉孔，以及滿嘴的甜言蜜語，總是能讓那些絕色佳麗傾倒在他的風采下，只是這唐璜非常喜新厭舊，看到一個愛一個，總是讓他的情人傷心流淚，「負心漢」與「花心蘿蔔」不足以形容，簡直是比陳世美還要陳世美！

說到情聖，咱們古老中國也有一個傳奇人物，那就是風流才子唐伯虎。不管是小說或是戲劇，唐伯虎的故事，總是他們取材的腳本，也許因爲小說或戲劇總是比較誇張，傳奇色彩太過濃厚，筆者還曾經以爲唐伯虎根本是個虛構人物呢！

明憲宗七年，唐伯虎出生在江蘇吳縣，單名寅，伯虎是他的字，他還有另一字叫子畏，自號六如居士、桃花庵主、逃禪仙吏。二十九歲那一年，唐伯虎考中鄉試第一名，也就是中解元，但卻因爲後來會試時被牽扯進考場的舞弊案，結果被革除了功名。從此以後，他開始全心全意學畫，不再掛念那些華而不實的名利，處世態度傲然不羈，也有點玩世不恭。年少時就曾拜在周臣門下學畫的他，滿腹經綸，詩、書、畫被譽爲「三絕」，當時人稱「江南第一才子」，他也毫不客氣地刻了一個「江南第一風流才子」的印章自用。

也許是因爲曾經在官場上遭遇挫折，唐伯虎看不起官場文化，不把所謂的禮俗放在眼裡，當然更對那些權貴官吏嗤之以鼻，再說他的才華名滿天下，免不了就招來那些卑鄙的貪官汙吏或是忌妒他的文人眼紅，說他離經叛道，傷風敗俗，常常栽贓他一些莫名其妙的罪名，動不動就讓他到官府去報到。

這一天，唐伯虎又被請到縣衙來了，不過已經習以爲常的他，倒不是很介意，神情從容自得。當時的縣令是個正直廉明的好官，本身又是探花出身，可是殿試的第三名啊，但他對唐伯虎早就仰慕已久，聽說唐伯虎又挨了告，他心裡知道一定又是個莫須有的罪名，很想替唐伯虎脫罪，但又不能落人口實，他想了又想，終於想到一個妙計，就派人把唐伯虎請到後花園，不在大堂開審。

唐伯虎覺得奇怪，但仍然隨著衙役到了後花園。縣令並沒有穿官服，而是穿著便服出來迎接，身邊隨行的僕役也只有幾個，當他看見唐伯虎氣宇軒昂，絲毫沒有擔心害怕的樣子，就知道自己的想法沒有錯，也更加佩服唐伯虎的氣度。

來到唐伯虎面前，他有禮地打躬作揖，說：「在下久仰唐大才子的大名，今天能瞻仰您的風采，真是三生有幸。」

唐伯虎也回了個禮：「大人過獎了！只是不知大人您不在大堂開審，卻把唐某找到這裡來，究竟是爲了什麼？」

縣令笑說：「久聞您才高八斗，學富五車，所以在下『審問』的方式有些不同。」

唐伯虎問：「怎麼個不同法？」

縣令回答：「昔日曹子建『七步成詩』的故事您該聽過吧？我出個題目，您若是能在五步之內作出一首詩，在下就當您無罪，馬上放您回去！」

唐伯虎一聽大喜過望，立刻請縣令出題。縣令左想右想，想找個題目好好考考唐伯虎，不過，時之間卻找不到題材。走著走著，他突然看到有隻蝴蝶被花叢間的蜘蛛網給纏住了，當下決定以「網中蝶」爲題，請唐伯虎對詩。

唐伯虎開始思考，一步、兩步、三步，才走了三步，他已經開口吟詩：

從來天性好風狂，走遍天涯遊遍鄉。
不幸難遇羅網內，脫身還得探花郎。

表面上寫的是蝴蝶生性在各地飛來飛去，逍遙自在，卻不幸地被這蜘蛛網給困住了，要脫身還得請這位探花郎高抬貴手，放他一馬呢！

這蝴蝶，指的不就是唐伯虎自己嗎？這詩的意境正好就是他當時的遭遇，可以說是妙極了。縣令也是科舉出身的文人，不但對唐伯虎的傑出才情更加激賞，當然馬上就心領神會，毫不囉唆地恭送唐伯虎離開縣衙了。

「唐伯虎點秋香」、「三笑」等風流故事，一直以來都被津津樂道地傳誦著，唐伯虎是不是眞的這麼風流倜儻，是不是眞的娶了八個老婆，其實大部分都是鄉野傳奇加油添醋的結果。不做官的他，平常以賣自己的畫作爲生，但他的畫作要賣給誰也有自己的原則，可不是誰想要都買得到喔！至少那些狗仗財勢的人就算捧著白花花的銀子去求他，他也不屑一顧，還常常暗中捉弄他們，眞可說是大快人心！唐伯虎之所以成爲傳奇人物，也許就是因爲這點文人的骨氣，與他那輕鬆看世事的飄逸風格吧！

徐渭

81 徐文長作詩嘲謔太守

過去曾有一部好萊塢電影大受歡迎，不管在美國本土，或是亞洲台灣等地，都開出了亮麗票房。這部電影之所以有如此吸引力，在於它讓人們平日的幻想成眞，而且融入在日常生活裡。電影描述地球上其實有許多外星人，他們來到地球，經過一個組織的管理控制，得以喬裝改扮成人類，在地球上生活，還說我們耳熟能詳的許多名人都是外星人，「舉世聞名的搖滾巨星貓王並沒有死，他只是回自己的星球去了。」看到這樣的對白，老實說，你是不是也有點相信呢？這些各個領域中的佼佼者，擁有異於常人的不凡才華，他們的崇高成就總讓凡人如我們難以置信，但他們的人生最後下場，不是發狂就是自殺，少有人平靜離開。難道擁有天賦異稟的代價，就是如此令人唏嘘的結果嗎？

徐渭，字文長，號天池，是明朝著名的大文學家、書畫家，也是個戲曲家，出生於明武宗正德末年，是浙江紹興人。徐渭很小時父親就去世了，爲了能夠出人頭地，他刻苦讀書，希望求得功名，但卻連考八次都沒有上榜。雖然沒能當官，徐渭滿身的才藝卻是無人能及。他一生作聯很多，而且擅長作長聯，光是四十字以上的長聯就有十二副，在明代幾乎無人能出其右，而他後來爲紹興開元寺所題的長聯更高達一百四十字，是寫出破百字長聯的第一人（這副長聯至今猶存）。關於徐渭其人的傳聞軼事很多，但說他是中國文化藝術史上集詩、文、書、畫四絕的大家，絕對是公認無異議的。

徐渭這個大才子，機智聰明，腦筋靈活，時常與他人鬥嘴鬥智，從來沒輸過，他雖然個性有些怪誕，卻仍是個有爲有守的文人，也因此常憑著自己的智慧，教訓一些貪官汙吏，或是他看不慣的人事物。

這一年，明世宗嘉靖皇帝剛剛因病過世，全國上下爲他舉孝一年，任何歡慶歌舞活動全部禁止，民間氣氛明顯低迷肅靜了許多。這時候的徐渭人在杭州，有一天，他坐船閒遊西湖，正當他靜心欣賞湖光山色的時候，卻聽到遠處傳來絲竹音樂聲響，他再豎起耳朵仔細一聽，音樂聲中還有嬌柔清亮的女子歌聲繚繞，甚至還有宴會熱鬧的調笑聲！徐渭簡直是不敢相信，全國都還在爲皇上服喪，竟然有人如此大膽囂張地飲酒作樂。打聽之下，他才知道原來是剛上任的杭州太守，趁著風和日麗的好天氣，帶著全家出遊西湖，而且這杭州太守是當時的奸相嚴嵩的黨羽，難怪如此目中無人。徐渭打定主意要給他點顏色瞧瞧，就命令船家將船駛近，並且裝做不經意地，衝撞了太守的船隻！

果然，這一撞之下，把個太守大人給撞出船來興師問罪了！

他怒氣沖沖地吼問著：「是哪個不長眼睛的混蛋，竟敢衝撞本太守的船隻！」

徐渭早就等在船頭，笑嘻嘻地假意道歉：「在下徐文長，敝船無意冒犯了太守大人，還請大人見諒！」

一看是徐渭，太守先是一愣，繼而心裡就想著：「好個徐文長，自個兒送上門來，我就代替恩相嚴嵩來教訓你一番！」

於是，太守也假惺惺地堆了笑臉回禮：「哪裡！徐大才子的大名，在下早已是如雷貫耳了，今日偶遇，也是緣分！」說完，表情一轉，似乎有些同情又有些無奈地說：「不過按照法理，衝撞太守船隻理當給予責罰。不如請徐大才子以『天』爲題，立即賦詩一首，在下本著惜才之心，也就不再與你計較！倘若無法交代，那也就別怪在下依法行事啦！」

這提議正中徐渭下懷，他馬上來到桌前，三兩下就寫成一首七言絕句：

天天天天天天，天子去世沒半年；
山川草木淚未乾，獨有太守戲湖船。

這太守睜眼一看，嚇得差點連魂都飛了！要是今日之事傳到了朝廷，那他們全家人可都要掉腦袋了！這一嚇非同小可，整家人全都下跪求饒，只求徐渭別將這事傳揚出去。徐渭也沒多說話，冷哼一聲，轉身回到自己的船上，揚長而去。

徐渭後來因爲曾經投靠在浙閩總督胡宗憲手下當幕僚，當胡宗憲因爲嚴嵩倒台也被牽連而在獄中自殺時，他日夜擔心自己也會遭遇橫禍，竟然因此精神失常，還失手殺死了自己的妻子，因而被捕入獄。晚年的徐渭體弱多病，家境貧困，變賣了所有的文稿、書籍與衣物維持生活，最後潦倒悽慘地，孤獨一人死在稻草堆裡。

徐渭也許性情古怪荒誕，人生的結束也如此不堪，但他所留下的藝術作品，卻讓他的生命有了最璀璨的光芒。而當我們看到他憑藉自己的幽默智慧，給予那些不肖官吏狠狠一擊的時候，佩服之餘，是不是也想爲他鼓掌叫好呢？

82 班門弄斧

梅之渙

我們常說人「班門弄斧」，不自量力，那麼，你知道「班門弄斧」這句成語的由來嗎？

「班門弄斧」的「班」，指的是魯班。魯班，又名叫公輸般，他是春秋時代魯國人。魯班的雙手非常靈巧，頭腦又好，很會做木工，他的作品只能以巧奪天工來形容，各種精緻美妙的器具他都能用斧頭做出來，是中國名傳千古的木匠名師，因此後代的木工建築業都把魯班當成祖師爺，尊稱他爲「巧聖先師」，平時祭拜不說，到了魯班的生日那天，還有特殊的慶祝活動呢！不過，魯班不是「班門弄斧」的主角，眞正的主角，是堪稱中國詩壇浪漫派最偉大的詩人——詩仙李白。

李白的父親是漢人，母親是胡人，他的父親沒有做過官，但李家家境卻很富裕，有人說他的父親是商人，但也有史書記載，李白應該是唐代皇室的後裔。據說玄武門之變以後，李世民的兄弟李建成的家屬逃往西域，有很多史學家推測李白一家應該是李建成後裔的其中一支。

當時是盛唐時候，有很多世族都是胡人的後代，很重視文武合一的教育，因此當時學習武藝的風氣很盛，李白十五歲就開始學習劍術，加上他喜歡打抱不平，這位日後的人詩人可是二十歲出頭就曾經殺過人呢！

也許是因為有胡人的血統，李白個性豪爽不羈，雖然他也想實現政治抱負，想做官，但他可不願意像其他讀書人一樣「寒窗苦讀」考科舉，於是他開始四處遊歷，總嚷嚷著要去求仙道，又是酒不離身，到處行俠仗義，傳說他離開四川不到一年，就已經「散金三十餘萬」，為的就是希望製造新聞，讓皇上知道他的名聲，大詩人的思考邏輯可真是與眾不同啊！

四十一歲那一年，因為朋友吳筠的引薦，李白終於如願被玄宗給召到了長安，玄宗讓他做了翰林待詔，就是皇帝身邊的隨從文人。在長安的這三年，李白以一個平民出身的文人，讓宰相楊國忠幫他磨墨，讓最受寵的宦官高力士幫他脫鞋，讓嬌媚尊寵的楊貴妃幫他捧硯，還因為酒後嘔吐，讓高高在上的天子用龍袍幫他擦拭嘔吐物。這樣受到皇帝寵愛尊重的幸運，可以說是人人求之不得的，但李白知道這不是他想要的，再怎麼努力，唐玄宗仍然只把他當一個舞文弄墨的文人而已，加上這三年來，他看盡了官場的醜陋，看到了朝政的腐敗與社會的黑暗，已經是心灰意冷了，所以他上書請求玄宗放他自由，玄宗也知道他不適合這樣的環境，准了他的要求。

李白離開長安以後，開始了他的漫遊生活，之後，他認識了小他十一歲的「詩聖」杜甫，大唐詩壇上最爲閃耀的兩位大詩人，成爲惺惺相惜、推心置腹的好朋友，是中國文學史上的佳話。這個時候的李白，已經是名滿天下了，他的詩作也隨著他的心境變化，有了各種不同的風貌。當他把理想寄託在求仙詩裡，詩中透露的不是逃避現實的懦弱，而是追求美好生活的積極；當安史之亂爆發的時候，已經五十五歲的李白，還是參加了軍旅，並且寫出了樂觀開朗的詩句；因爲投靠的永王兵敗，他也被拖累下獄，流放到夜郎，他的冤屈與不平，感受生離死別的痛苦，全都寫在他的詩句裡。雖然後來他被赦放了，但已經垂垂老矣，生活窮困，最後死在族叔李陽冰家中，享年六十一歲。

李白死了以後，被葬在當塗縣的采石磯。采石磯在現在安徽省馬鞍山市區西南，還留有太白樓、李白紀念館、捉月館等名勝古蹟，紀念這位一代大詩人。歷代許多文人聽聞詩仙長眠在這裡，總是會來憑弔一番，也就忍不住手癢，在他的碑前，密密麻麻地寫滿了詩句，到了明朝，也有一個詩人，名叫梅之渙，來到這裡懷念這位大詩人，當他看到那些前人所留下來的詩句，寫得好的沒幾個，全都是些粗糙的作品，不禁搖頭嘆氣，也提筆寫下了一首詩：

采石江邊一堆土，李白之名高千古；
來來往往一首詩，魯班門前弄大斧。

詩仙李白的名氣可是千古不滅的啊！你們這些人根本就是在魯班門前賣弄，不知道羞恥啊！

他的這首詩，眞可以說是把那些題詩的人大大數落了一番，只不過仔細想想，他好像也自打了嘴巴，也「班門弄斧」了一番呢！

「班門弄斧」的故事是不是很有趣呢？也讓我們稍微了解了大詩人李白的生平。很多人常犯了「班門弄斧」的毛病，總是喜歡吹噓表現，做些不自量力的事，事情沒做好不要緊，還落得被人奚落的下場，可眞是吃力不討好呢！其實，每個人都應該有自知之明，了解自己的短處，好好補強，也能適時發揮自己的長處，才能讓人刮目相看喔！

無名氏

83 得意逢貴人，人間治太平

小時候，作文課總有這樣一道題目：我的志願。當老師在黑板上寫下這四個大字，大家就會開始七嘴八舌地討論，想知道其他人長大以後想做什麼，如果遇到有志一同的同學，還會開心地像找到並肩作戰的戰友一樣，互相打氣鼓勵；不過當然也有想要獨一無二的同學，不喜歡別人跟他一樣，那就會聽到這種對話：「喂！你幹嘛跟我一樣啊？」「我哪有！是你跟我一樣！」鬧哄哄的討論聲，總是要老師喝斥提醒：「還有時間說話？下課前要交喔！」之後，大家才會意猶未盡的閉上嘴巴，開始搖頭晃腦地苦思，把自己心中的未來刻畫在作文簿上。

你還記得你的「我的志願」嗎？

明太祖朱元璋，生於元朝末年，是濠州鍾離（今安徽省鳳陽縣東）人氏。十七歲的時候，家鄉天災連連，旱災、蝗災和瘟疫接踵而來，他的父母親與哥哥都在這場災難中相繼死去，成了孤兒的朱元璋，無依無靠，只好到皇覺寺裡當小和尚，求得一點溫飽。後來廟裡的老和尚為了節省糧食，就把所有的小和尚全都遣散出去乞討，朱元璋也因此開始流浪討飯的生活。三年後，當他回到皇覺寺，各地反元的農民起義已經達到最高潮，朱元璋也就加入了在濠州起兵的郭子興陣營。

加入軍隊以後，朱元璋勇敢有謀略，逐漸獲得郭子興的器重，最後還把自己的養女許配給他。受到重用以後，朱元璋更加戰戰兢兢，力求表現，先後攻下了定遠、滁州與和州，並且結交了許多名人賢士，郭子興病逝之後，朱元璋理所當然成為部隊領袖。後來，他攻下了集慶，改為應天府，以此地為根據地向外擴充勢力，網羅了更多知識分子，更得到被稱為諸葛孔明再世的劉伯溫當軍師，南征北討多年，消滅了其他佔地割據的群雄，終於在一三六八年在應天稱帝，建立了明朝，定都南京，年號為洪武，半年後發兵滅了元朝，中國歸於統一。

創建明朝之後，朱元璋積極整頓吏治，嚴懲貪官汙吏，重視農業，讓民間休養生息，一方面加強中央集權統治，鞏固邊防，雖然之後他誅殺功臣與厲行文字獄的極端手段，曾經造成明朝的恐怖政治，但中國確實又有了一段堪稱盛世的太平年代。

也許是出身平民，因爲家境貧寒，朱元璋吃過很多苦，所以當上皇帝之後，他非常關心人民生活，又覺得地方官吏呈報到朝廷的奏章可能有所隱瞞，所以他喜歡微服出巡，深入民間親自了解百姓需求，也因此發生了很多趣事。

話說有一天朱元璋又喬裝改扮到民間出訪，途中進入一家酒店休息，剛好店中都客滿了，只剩一張桌子，朱元璋剛走過去坐下，發現也有一個年輕人同時入座，朱元璋不以爲意，就與對方聊了起來，才知道這個年輕人是國子監生，等於是現在的大學生，是四川重慶人。知道對方是重慶人，朱元璋一時興起，就說了句：「千里爲重，重山重水重慶府。」

對方也不簡單，馬上就接了句：「一人成大，大邦大國大明君。」朱元璋一聽，心中大爲高興，對方不知道他是皇上，卻說出這樣的下聯，讓他聽得順耳極了，也暗中欣賞對方的才華。接著，朱元璋看到桌旁有一塊木頭，他就要年輕人以木頭爲題作一首詩，說說自己的志向與能力。

年輕人看對方氣度不同於一般人，心中隱約知道他的身分地位應該不凡，如果自己表現傑出，說不定就前途無量了，於是他愼重地沉思片刻，抬起頭立刻吟出一首詩：

寸木原作斧削成，每於低處立功名。
他時若得台端用，要向人間治太平。

尖銳的斧頭都是由這樣一塊木頭削成，就像功名都是在不起眼的地方成就的。如果有一天能夠獲得您的重用，我立志要讓人間擁有太平盛世！

朱元璋聽了眼睛一亮，對於年輕人詩中的豪情壯志非常賞識，但是他不動聲色，只是誇讚了年輕人兩句，就付了酒錢離開了。第二天，年輕人接到詔令進宮，他膽戰心驚地拜跪在皇帝面前，不知道自己犯了什麼滔天大罪。只聽到頭上朗聲一笑：「不用怕！難道你忘記要向人間治太平了嗎？」年輕人驚訝地抬頭，這才恍然大悟昨天與他對句的竟然是當今天子！後來，朱元璋封他爲禮部郎中，要他實現「治太平」的宏願，成了一段佳話趣事。

朱元璋從一個流離失所的小小乞丐，一步一步往上爬，最後做到了天下共主、開國之君；年輕人有天隨意行走，竟然碰到了高高在上的皇帝，實現了自己的志願。你可以說這是奇蹟，也可以知道，世界上沒有什麼眞的不可能做到的事。不管現在的你是不是實現了小時候的志願，重要的是，努力認眞去做每一件事，就是最大的成就！

84 猖狂尚書之惡行

無名氏

那天打開電視，正好是晚間新聞時間，只見到畫面上一群聲嘶力竭的民眾，正在與龐大機械怪手搏鬥，原來又是一起強佔國土的案件。政府處理人員好聲好氣地安撫，但看到自己的家園就要毀於一旦，誰又能聽得進去？房屋被拆的民眾眼看阻止無效，只能呆立在一旁，痛哭流涕，大聲哭嚎咒罵著：「政府要逼我們死啦！這樣我們以後要怎麼辦啊？」記者訪問處理人員時，他們也只能無奈地解釋，土地眞的是國家的，只是之前一直沒有處理，所以讓民眾一佔幾十年，現在政府要回收絕對有法有理，之前也已經給了民眾搬遷的時間，也給了一些補助，他們只是單純處理公務，至於民眾可能面臨無家可歸的慘況，他們實在無能爲力。

政府的說法看起來的確合情合理，但是台灣曾經是多國殖民地，又接收了許多移民，他們在台灣落地生根，誰會想到什麼土地產權的問題，一代一代在這塊土地上開墾繁衍，從來就沒有人來告訴他們，腳下那塊土地不屬於他們，幾十年過去，政府突然登門拜訪，告知他們土地屬於政府，現在必須回收，任誰聽到這種消息都難以接受。如果家境許可，也許還能另外找地方搬遷，但對於那些一輩子只有這麼一棟房子的人來說，生活一夕之間變色的痛苦，又有誰能分擔？

明朝正德年間，有個人叫霍韜，是南海石灣魁崗石頭鄉人，他是正德八年的舉人，隔年參加會試又是第一，稱爲會元，被授官當太子少保，後來做到了禮部尚書，曾經在西樵山下蓋了間精舍居住，精舍還有個名字叫四峰書院。

在京城當官的他，聽說了西樵山七十二峰之一的寶峰山，不但有著旖旎風光，美麗如畫，而且還頗具靈氣，山下寶峰寺裡的菩薩聽說靈驗異常，遠近馳名，善男信女絡繹不絕，是一個地靈人傑的好地方。霍韜已經做到了禮部尚書這樣高的官位，當然希望他的子孫也可以擁有富貴榮華，最好是代代都能在朝爲官，中國人本來就容易相信風水神鬼之說，他也不例外，聽聞了寶峰山的名聲以後，他就打算在這裡幫母親找一塊寶地當作陰宅，也就是他母親往生之後的墓地所在。

於是，霍韜慎重其事地請來了有名的風水師父，一行人浩浩蕩蕩來到寶峰山，讓風水師父看看哪裡最爲適當。風水師父看過之後，豎起大拇指盛讚寶峰山氣象萬千，是塊風水寶地，還特別指出寶峰寺的大雄寶殿正中心是「龍穴」，要是眞能得到這塊土地蓋陰宅，包准霍家從此飛黃騰達，肯定是福澤子孫，綿延不絕。霍韜一聽可樂了，心裡立刻決定要把寶峰寺佔爲己有，實現自己的「理想」。

不過，他轉念一想，明目張膽地強佔寺廟，恐怕會惹來麻煩，不如先到寶峰寺住下，再找機會行動。就這樣，霍韜隔天就攜家帶眷地住進了寶峰寺，而且一住就是兩三個月，廟裡的和尚覺得很奇怪，後來才聽說霍韜根本是心懷不軌，而且他還以禮部尚書的身分命令當地的縣令，要他把廟裡的和尚都給趕出去。和尚們知道以後，氣憤難平又無可奈何，其中有個和尚不甘心，就在廟裡的牆壁上題了一首詩：

尚書家移和尚寺，會元妻臥老僧房。
塵世惡濁皆如此，巧取豪奪太猖狂！

隔天霍韜看到了詩，氣得是牙癢癢的，心胸狹窄的他有仇必報，竟然嚷嚷著說他在晚上看到一位女子的身影出現在僧房，接著裝腔作勢地前去尋找，還很「湊巧」地讓他搜到了一條花手巾，他立刻責罵廟裡和尚不守清規，沒有資格待在佛門，連夜將他們全都給趕了出去，並且把廟裡的菩薩佛像給丟到了寺廟前的水池裡。

沒想到，也許是菩薩眞顯靈了，隔天，霍韜竟然看到被丟在水塘裡的那些佛像又回到了原來供奉的地方，坐的是端端正正的！他嚇了一大跳，一方面是作賊心虛，一方面心裡也覺得詭異，就一不做二不休，把整座寶峰寺都給拆了，並且眞在山坡上蓋了他母親的陰宅。據說，寶峰寺從此就成了廢墟，到現在，霍韜母親的墳還留存著，西樵當地的百姓就把這件官員強佔民地的惡劣行爲稱做「霍韜浸佛」。

看完這個故事，你是不是也跟我有著同樣的聯想？這樣「只許州官放火，不許百姓點燈」的擾民行爲，至今仍然保有「良好傳統」。當我看到那些被收回土地的人民淚眼汪汪地哭訴時，卻也同時知道，台灣有很多的良田土地長期被高官民代強佔，若有人揭發，當地政府最常做的應變措施，就是讓那些建築「就地合法」，最後不了了之。我們，眞的應該習慣這樣的不公平嗎？還是，繼續麻木不仁的過生活呢？答案，你找到了嗎？

楊繼盛

85 千古忠臣

「人生自古誰無死，留取丹心照汗青」，這是名傳千古的南宋名將文天祥所留下的悲壯豪情的詩句，當他被俘虜之後，元將張弘範請示元世祖該如何處置他，元世祖說了句話：「誰家無忠臣？」元世祖欣賞他的氣節，決定要勸文天祥投降，要他爲元朝效力。文天祥終究沒有投降，他選擇了不悔的一條路。中國歷史，分分合合，忠臣與奸臣在歷史的洪流中做殊死戰。文天祥死在滅他國家的異族手中，卻有更多的忠臣是毀在爲了一己之私的同胞手中！

楊繼盛，字仲芳，是明朝嘉靖年間的進士。他家境貧寒，平常被繼母呼來喚去，要他牧羊，他看到其他小朋友都能去私塾唸書，就跟哥哥說他也想唸書，哥哥看他很有上進心，就幫他向父親求情，這才圓了他讀書的夢想。楊繼盛知道自己的家境不好，因此非常刻苦用功，終於在三十二歲時中了進士，開始在朝廷當官。

楊繼盛個性正直，嫉惡如仇，當官以後仍然不改脾氣，常常上書彈劾他看不慣的人事，也因為這樣常常被貶職。當時的宰相嚴嵩，是個不折不扣的大奸臣，靠著逢迎拍馬屁討好明世宗，才讓他得到了宰相這個位置。嚴嵩掌權之後，就聚集了一群附和他的不肖大臣，結黨營私，貪贓枉法，把明朝搞得是烏煙瘴氣。當時明朝有個最大的外患韃靼，韃靼勢力逐漸擴張強大，但是明朝卻因為嚴嵩敗壞朝政，軍力根本打不過韃靼。明朝軍隊的大將軍，正好是嚴嵩的黨羽仇鸞，嚴嵩怕他打敗仗，暗中叫他不要抵抗，仇鸞本來就是個懦弱怕事的傢伙，當然恭敬不如從命，韃靼就這樣長驅直入到了北京附近，將大批的人口、牲畜、財物都搜括一空，而駐守在附近的十幾萬明軍，竟然是一點動靜都沒有！朝中一些比較正直的大臣，對於這樣離譜的事情簡直是不敢相信，後來又聽說仇鸞有意與韃靼談和，這下子有人沉不住氣了，那就是楊繼盛。

楊繼盛上書給明世宗，堅決反對大明朝與韃靼談和，明世宗本來對他的建言也有點心動，但嚴嵩那一幫奸臣卻在明世宗旁邊嚼耳根子，說楊繼盛的不是，楊繼盛就被降職到狄道（今甘肅臨洮）做典史。狄道是一個還沒有完全開化的地方，很多孩子都沒唸過書，楊繼盛雖然被貶到這樣的地方來，卻一心要幫這裡的百姓做點事。他不但請了老師教孩子們唸書，還興修水利、開採煤礦，當地的老百姓都非常愛戴敬重楊繼盛，尊稱他為「楊父」。

後來，韃靼破壞了和議，又入侵了邊境，仇鸞因為密謀被揭發，害怕得生病死了。明世宗這才知道楊繼盛的苦心，一年之內讓他當了知縣、戶部主事、刑部員外郎。嚴嵩是個見風轉舵的小人，他看明世宗好像滿讚賞楊繼盛，就想拉攏楊繼盛，還升他當了兵部武選司，哪裡知道他是踢到了鐵板，因為楊繼盛根本就對他深惡痛絕到了極點，不但不領情，還寫了一份嚴嵩的十大罪狀上書給明世宗。嚴嵩氣炸了，就在明世宗面前誣陷楊繼盛，明世宗下令杖打楊繼盛一百大板，把他關進了大牢。

廷杖，是明太祖朱元璋發明的，是處罰官員的一種酷刑，一百杖打下去，楊繼盛根本是已經皮開肉綻了，血淋淋地被送到大牢，牢中又不能給他很好的照顧跟醫療，他的案子一拖就是三年，傷口都已經腐爛，到了需要截肢的地步了。獄卒看了怵目驚心，也很同情他，他卻還是面不改色，氣定神閒。最後，嚴嵩決定趕盡殺絕，就煽動了明世宗，下達了處決楊繼盛的命令。

處決那一天，楊繼盛被推到了刑場，民眾知道他是個忠心耿耿的大臣，夾道送行，許多人都掉下了淚水。楊繼盛雖然外表狼狽，仍然是神色自然，雙目炯炯有神，臨刑前，他要了紙筆，寫下讓人動容敬佩的詩句：

浩氣還太虛，丹心照千古；
生平未報恩，留做忠魂補。

我的浩然正氣充滿著宇宙，我的一片赤誠之心可以照亮千古歷史；既然在我有生之年沒辦法報答國家給我的恩惠，那麼就讓我的魂魄來彌補這個遺憾吧！

七年後，嚴嵩的罪行終於敗露，下台一鞠躬，明穆宗即位，感念楊繼盛的忠心爲國，就替他平反罪名，還爲他修了一座旌忠祠，紀念這位明朝一代忠臣。

也許有人會覺得，愛家愛國，並不是一定要拿生命當賭注，當他們因爲這樣走上黃泉路的時候，也多半會連累無辜的家人，即使沒讓家人陪著他送命，也會爲他傷心難過啊！其實，最重要的是一顆心吧！是那樣的心意與堅持，讓人敬佩與感念，也才能留給後世子孫永恆的典範啊！

註：清乾隆年間，楊繼盛的故居改成了祠堂，稱爲「楊椒山祠」（椒山是他的號），裡面有他的塑像，以及他彈劾嚴嵩的奏書，是現在北京市重要保護的文物古蹟。

86 足智多謀化解怒龍顏

不知道從什麼時候開始，所謂的「冷笑話」，因爲網路的流傳，很快地席捲了我們的生活圈。這些冷笑話到底是誰創造的，根本無從查證，只知道它就像花粉熱一樣，一夜之間感染了每個人，聚會聊天的時候不說幾個冷笑話，好像就跟不上流行腳步。只不過，雖然名爲「冷」笑話，這些笑話卻總能適時炒熱氣氛，成爲聚會交流時的潤滑劑，就算是初次見面，也能因爲這個相同的話題，拉近不少彼此的距離。

相較起來，有些人的言談舉止才眞是比這些冷笑話，更讓人頭皮發麻。這些人沒辦法融入人群也就算了，還常常是十足的破壞王，總是不懂得看場合情況說話，讓氣氛冷到了極點。

解縉是明太祖洪武二十一年的進士，字大紳，號春雨。解縉從小機伶聰明，反應敏捷，雖然家境貧寒，家中生計全靠父母勉強支撐，但因爲父親看出他的資質不錯，所以五歲的時候就送他去上學，七歲的時候，解縉已經會寫詩，而且能夠出口成對，因此民間也流傳了很多他的小故事。

據說解縉四歲的時候，有一天出門，因爲下大雨，道路濕滑難走，他就不小心滑了一跤，沒想到周圍的人看到他滿臉泥漿的狼狽樣，忍不住哈哈大笑。解縉又羞又惱，立刻吟詩一首：

細雨落綢繆，磚街滑如油；
鳳凰跌落地，笑煞一群牛！

這不但是出口成詩，而且還反將那些笑他的人一軍，年僅四歲就有如此才思，從此以後他就多了個「神童」的外號。七歲的時候，有一天午後，父親帶他去河邊洗澡，兩個人脫了衣服以後才發現沒有乾淨的地方可以放，他的父親左看右瞧，看到旁邊有一棵大樹，就叫解縉把衣服掛在大樹的枝幹上，並且隨口說了句：

千年老樹爲衣架。

萬里長江作浴盆。

解縉把衣服掛好以後，回過頭來馬上接下一句：

——對得恰到好處，他的父親聽了以後開心不已，知道自己的兒子將來一定會有成就，非常以他爲榮。

解縉長大之後果然才學出色，能詩能文，書法也寫得不錯。洪武二十一年，解縉二十歲，不但是考中了進士，年輕氣盛的他還寫了萬言書，直言批判當時的朝政利弊，甚至批評了太祖朱元璋的爲人與政績，用詞頗爲尖銳。旁人都認爲解縉太過恃才傲物，氣焰張狂，肯定會惹火了太祖，大禍臨頭。沒想到太祖並未動怒，還非常欣賞解縉的才華，封他當了御史。

解縉腦筋動得快，常有神來之筆，太祖朱元璋是個非常情緒化的皇帝，喜怒常在一秒之間，解縉卻能憑著他的敏捷思路，以及對人性的獨到觀察，化解太祖多次藉故試探他的「危機」。

有次太祖心血來潮，出宮到金水河釣魚，解縉也跟著去了。整整過了一個上午，太祖的魚簍裡還是空空如也，一條魚都沒釣到，太祖的臉色自然也跟著越來越難看。眼看火山就要爆發了，在一旁服侍的隨從都嚇個半死，也全都很有默契地拚命向解縉使眼色，希望解縉出面說些什麼好安撫太祖。解縉知道要是太祖發脾氣大家都要遭殃，腦筋也開始動了起來，正好太祖耐不住性子，把魚竿一丟，又生氣又懊惱地叫解縉過去，命令他作一首詩來記述今日的事情。解縉眼珠子一轉，立刻大聲唸出一首詩：

數尺絲綸入水中，金鉤拋去永無蹤，
凡魚不敢朝天子，萬歲君王只釣龍。

詩一出口，太祖龍心大悅，剛剛因爲沒釣到魚的沮喪立刻一掃而空，連聲說好，高興地起駕回宮。解縉又再次憑藉自己的才學智慧，化解了一次可能發生的風暴。後來明成祖即位，命令當時爲翰林學士的解縉爲主編，負責收集整理天下失散的典籍，然後分門別類，編成一部完整的類書。解縉接下任務之後，率領約二千多人的工作團體，花了六年的時間，終於完成了共一萬一千零九十五大冊的《永樂大典》，功勞不小。然而後來解縉介入了皇室的內部鬥爭，遭到敵對的權臣誣陷，最後被錦衣衛所害，糊裡糊塗死在寒冬的大雪中。一代對聯大才子，就此闔眼。

當然也有人認爲，解縉其實算是個馬屁精，算他運氣好，才總能化險爲夷。就算眞是如此，但「馬屁人人會拍，巧妙各有不同」，沒有點眞才實學，恐怕還會拍到馬腿上，適得其反呢！人際關係是一門學問，多接觸社會時事，多練習說話技巧，多觀察他人臉色，總有一天，你也可以擁有良好人際關係喔！

劉伯溫

87 心護百姓，計減糧稅

綜觀中國歷史，自古以來，能夠崛起爲王或稱帝，除了要有天賜的大好時機，要有合作無間的同志夥伴，還要有個足智多謀的軍師或謀士，所有天時、地利、人和的條件缺一不可，如此一來，勝利在望，龍椅非讓你坐上不可。

明朝開國皇帝朱元璋，原本只是個到處討飯的小乞丐，最後竟然能夠號召天下，登基爲王，你能只以「奇蹟」解釋這一切嗎？俗話說「亂世出英雄」，朱元璋雖然出身貧寒，而且還是個孤兒，但他從來不認爲自己要這樣過一輩子，他不想到死都只是個乞丐，所以，遇上機會，他就緊抓不放。元末農民起義，幾乎每個有志之士都投入了這場戰爭，朱元璋也投身到郭子興的帳下，雖然剛開始只是個小兵，但他從來不妄自菲薄，憑藉著本身的膽識與才幹，一步步地往上爬，後來更掌控了郭子興的部眾，開始擴張勢力。當他在應天府（南京）建立政權的時候，天下仍處在群雄割據的亂象中，他急於消滅其他勢力，開始往浙東發展，這時候，有人提起了劉基的名字。

劉基，字伯溫，是浙江青田縣人，生於元朝末年，是元順帝至順四年的進士。劉伯溫從小好學，而且記憶力特強，什麼書都看，不但是經史子集樣樣通，而且上知天文、下知地理，對於兵法或是性理也都頗有研究，可說是滿肚子的學問。既然中了進士，劉基也曾經當過官，但是他嫉惡如仇，剛正不阿，這樣的個性當然無法在黑暗的官場中生存，遭受壓抑與排擠的他做過三次官，最後都以棄官收場，回鄉平淡度日，專心作他的學問，寫他的書，從此隱居起來，除了寫寫諷刺時事的文章之外，不再過問政事，一直到朱元璋派人來敲他的門。

元惠宗至正二十年，已經五十歲的劉伯溫，答應了朱元璋第四次的延請，離開隱居的山林，成爲朱元璋的軍師，朱元璋視他爲漢代的著名謀士張良，對他敬重有加，時常與他商討軍事大計，對於後來順利殲滅陳友諒與張士誠等其餘勢力，劉伯溫貢獻了不少錦囊妙計，最後更把朱元璋推上龍椅寶座，是朱元璋創立大明朝的一大功臣。

天下底定之後，朱元璋任命劉伯溫爲御史中丞，視他爲大明國師，封爲誠意伯。劉伯溫的神機妙算與高深智慧雖然早就爲眾人所知，但太祖還是喜歡隨時隨地出題考驗他的機智與才華，劉伯溫也總是能夠見招拆招，既不傷及太祖的尊嚴，還能維持君臣之間的禮儀，兩人常常吟詩作對，算是正事之外的一大消遣。

劉伯溫性情善良敦厚，非常關心民生疾苦和百姓需求。當時雖然已經統一全國，戰事平息，但因爲先前戰爭太過頻繁，需要加徵田稅以應付國家龐大開銷，後來經過議定，根據宋代的徵稅標準，每一畝田要再加收五合的米糧。劉伯溫後來下鄉查訪民情的時候，發現自己的家鄉青田縣，經歷三年水患肆虐後，又遭受三年的旱災折磨，當地人民苦不堪言，糧食已經嚴重不足，又怎麼繳得出稅收？心急如焚的他，火速趕回京城，想要說服太祖放寬青田縣的稅收標準，但要怎麼做才能順利達成目的呢？

靈光一閃，他拿過筆墨，開始謄寫一份奏章，寫完以後偷偷地把它壓在隔天早朝時要上呈給太祖的一堆奏摺最上面，這才放心離去。

隔天早朝，文武百官行過禮之後，太祖照例拿起第一份奏章，想也沒想打開就唸：

青田，青田，選石成田；

山無糧，水無糧，稅糧減半再減半。

太祖一唸完，還沒回過神來呢！劉伯溫立刻對著文武百官宣布：「奉萬歲旨意，青田縣稅糧減半再減半，還不快謝主隆恩！」

文武百官一聽，馬上高呼萬歲，只見太祖瞠目結舌地愣在龍椅上，等到他搞清楚狀況了，君無戲言的「聖旨」也已經下了，他雖然知道自己被劉伯溫設計了，但他也知道劉伯溫是爲了百姓著想，自然就不再追究了。劉伯溫爲鄉里所做的貢獻，後來更世世代代傳爲美談。

劉伯溫的神機妙算，無所不知，早已被後人神格化。在民間傳說中，有一首著名的詩作名爲〈燒餅歌〉，據說就是他根據星象所推算出的預言詩，詩裡預言了從大明以至清代的中國命運，就連五百多年後的民國成立，甚至是海峽分裂的現在以及未來，全都可以在〈燒餅歌〉中一一求證。

據說，〈燒餅歌〉中所預測的，至中國分裂爲兩個政權以前，都已經獲得證實了。這只是人們的穿鑿附會嗎？還是眞有不可言的玄機呢？我想，「人算不如天算」，踏實地過每一天，才是最重要的吧！

清

一帆一槳一漁舟，一個漁翁一釣鉤。
一俯一仰一場笑，一江明月一江秋。

88 不偶然的成功

朱然

記得高中時候，班上有個女孩子，是校園的風雲人物。她參與社團活動積極活躍，個性活潑大方，但又桀驁不馴，不怎麼願意遵守學校的某些規定，有點大剌剌的老大姐作風，每每在團體中總居於領導位置，很受人注目。她的學業成績平平，甚至有好幾個科目總是低空飛過，班導師總是說她明明有天分，夠聰明，卻不知道珍惜。升上高三，大家開始上緊發條，爲一年後的聯考而打拚，但她的一顆心卻仍在社團活動上，學業成績未見起色，當時每個師長都搖頭，推測她肯定要重來一次。誰知道，高三下學期，她突然開始奮發用功，態度認眞，聯考放榜，竟然考上一間排名不錯的私立大學，讓所有師長跌破了眼鏡。

你的身邊，是不是常常有這種「不鳴則已，一鳴驚人」的「黑馬」呢？

清朝時代，嘉城這地方有個讀書人，姓朱名然。年少的時候，朱然是個「身在福中不知福」的年輕人，他不愛唸書，不求上進，整天就跟一些地方混混或是有錢人家的少爺聚在一起，到處玩樂，吃吃喝喝，還自命風流地四處拈花惹草。就因爲這樣，父母要他去應考，每考必敗，每一年都名落孫山，他自己無所謂，父母親卻因此傷透了心。

朱然家中環境並不富裕，他的一切開銷全靠父母親省吃儉用，在外面努力工作，一點一滴換來的。爲孩子如此辛苦勞累，沒有哪對父母會有所怨言，但他們唯一的希望，就是兒子能夠用功讀書，有朝一日榜上有名。然而，兒子長大以後卻是如此不成才，不但白費了父母的苦心，眼看就快毀了自己的前途，怎麼不教這對老父老母痛心牽掛呢？

漸漸地，朱然長大了，當他看到父母總是爲了他偷偷掉眼淚，那種傷心無奈的樣子，以及白髮蒼蒼的身影，讓他開始反省自己以前的所作所爲。父母親含辛茹苦地拉拔他長大，從來不曾要求過他什麼，只希望他能用心讀書，金榜題名，而他到底回報了父母什麼？荒唐玩樂，學業一場糊塗，他怎麼能再讓父母爲他擔心掉淚呢？這樣一想，他下了決心，從此遠離狐群狗黨，開始發憤圖強，夜以繼日地苦讀，後來考取了秀才，並且中了舉人，不僅讓鄉里父老刮目相看，也讓年邁的父母感到欣慰。

看到朱然竟然中了舉人，受到鄉親父老的讚揚，以前那些一起廝混的紈褲子弟心中很不是滋味，就酸葡萄心理地，在朱然家門口貼了一張紅紙，上面寫了大大的七個字：「偶然中試是朱然」，意思就是嘲笑朱然的中舉只是偶然，不需要太過張揚高興，也沒什麼了不起。

看到那張紙，朱然的父母非常地生氣，他們認爲兒子的確已經改頭換面了，他的努力他們全都看在眼裡，現在遭到這樣的羞辱，實在憤恨難平。但是朱然卻沒有動怒，反而安慰父母不用在意，然後他撕下那張紙，將它貼在自己的書桌前面，當成激勵自己的原動力，繼續爲會試努力準備。皇天不負苦心人，第二年春天，朱然高中了進士。

對於兒子今日的成就，朱然的父母感到驕傲不已，但每次看到朱然掛在書桌前的那張紙，他們總是會想起兒子曾被這樣的侮辱。有一天，朱然的父親對朱然說：「兒子啊！你的用心與努力我們都看見了，但是那群不知長進的年輕人還是不明白你的苦心，你能不能用這句話完成一首詩，表明你的努力，也順便教訓教訓他們？」朱然想了想，有理！於是，他拿下紅紙，又補上三句話，完成了一首〈偶然詩〉：

偶然中試是朱然，難道偶然又偶然？
世間多少偶然事，要知偶然不偶然！

這首詩後來流傳甚廣，成爲父母教導兒女的教育方針，而那些原本對朱然不以爲然，寫那句話諷刺他的紈褲子弟，看了這首詩也感到慚愧，其中幾個後來也努力向上，還成爲朱然的門生呢！

年少輕狂的歲月，也許每個人都會走過，曾經不把父母的付出當成一回事，曾經認爲那些關懷都是嘮叨，都是壓力。挑選這篇故事，不在於告訴大家唸書有多麼重要，而是當你明明有能力，卻不肯努力，浪費了老天給你的才能，糟蹋了父母的苦心，是多麼不該的一件事。想一想，有多少人，想做，卻不見得有條件、有能力去做，那麼，「身在福中」的你，就請「惜福」吧！

吳藻

89 一洗女兒故態

身為女性，你有沒有想過：「如果我是男人……」

清朝嘉慶年間，杭州錢塘地方，著名女詞人吳藻誕生。吳家是當地富甲一方的絲綢商，吳藻身為獨身女，父母呵護備至、寵愛疼惜，錦衣玉食更不用說，就像被捧在手心上養大似的。吳藻的父親雖然是商人，卻非常看重女兒的教育與氣質培養，特別聘請了名師到家中教導女兒作詩寫詞、彈琴繪畫，吳藻天性聰穎敏捷，吸收很快，十五歲的年紀，就已經是樣樣精通，尤其是填詞方面的表現更是非凡。

吳藻不但有過人的出色才華，更有一張清麗的容顏與高雅的氣質，加上吳家優渥的家境，婚嫁的年齡一到，上門求親的媒人從沒斷過。吳家是當地富商，婚事自然講求門當戶對，可惜家境能與吳家相提並論的紈褲弟子，沒有哪個「胸有半點墨」，吳藻根本看不上；而能與吳藻一較高下的才子，卻又大多家境貧困，父母哪肯委屈女兒下嫁，頻頻搖頭。就這樣，左看右瞧也找不到一門雙方都滿意的親家，吳藻的婚事就這麼耽擱下來。

轉眼間，吳藻二十二歲了，「女大不中留」，她的父母急了，費盡了脣舌，好說歹說地，她才終於勉強答應了同是絲綢商的黃家提親。吳藻的丈夫雖然是個道地的商人，從來不碰詩詞書本，但他也欣賞妻子的才華，還爲她布置了一個雅緻的書房。對於丈夫的用心，吳藻原本相當感動，以爲丈夫也和她有相同的興趣，日子一久，她才知道丈夫只是討她歡心，仍然是個一看書就會打瞌睡的「凡夫俗子」，一顆心從此冷卻，只能每天悶在書房中，鬱鬱寡歡。

看見吳藻愁眉深鎖，丈夫心中不捨，就鼓勵她多交朋友，吳藻也眞的開始結交一些閨中密友，而且透過這些朋友，她認識了眞正的文人雅士，這些人看過吳藻的創作之後讚嘆不已，邀請吳藻參加他們的詩詞酒會，吳藻的丈夫竟然也同意，她也就大大方方地去了。

能夠與這些文人雅士唱和交流，吳藻如魚得水，生活漸漸有趣起來。但這些文人都是男人，可以瀟灑隨意，就算是徹夜不歸，或是醉醺醺地回家，都是常事，但對身爲女兒身，而且已經嫁作人婦的吳藻而言，自然不能被世俗所認同，許多閒言閒語也就這樣傳開了。意外地，吳藻的丈夫並沒有因此動怒，反而認爲只要妻子高興，他不會干涉。既然獲得丈夫的默許，吳藻也就更不避諱與這些男子同進同出，但畢竟男與女有別，還是會有不便之處。從懂事以來，吳藻就希望能跟男孩子一樣，可以自由外出，與他人交往，但只因爲她是女孩，這些行爲一概被禁止，她心裡早有滿腹的不平，於是，她寫下了對身爲女人的埋怨：

生木青蓮界，自翻來幾重愁案，替誰交代？願掬銀河三千丈，一洗女兒故態。收拾起斷脂零黛，莫學蘭台愁秋語，但大言打破乾坤隘；拔長劍，倚天外。

人間不少鶯花海，盡饒他旗亭畫壁，雙鬟低拜。酒散歌闌仍撒手，萬事總歸無奈！問昔日劫灰安在？識得天之眞道理，使神仙也被虛空礙；塵世事，復何怪！

「願掬銀河三千丈，一洗女兒故態」，這該是吳藻最大的心願吧！她想放棄那些𦙶脂俗粉，也不想學那些女子悲秋的愁言愁語，雖是大言不慚，卻想打破這社會給予女人的阻礙啊！只是，「萬事總歸無奈」、「塵世事，復何怪！」她還是無奈，這世間的事，還能再怎麼怪誕呢？

後來，吳藻男扮女裝跟著這些文人墨客進了妓院，還故作風流地與一位妓女眉來眼去，甚至寫了情詩送給對方。就因爲這樣，國外學者把吳藻稱爲「有史以來最偉大的女同性戀詩人之一」。

事實上，吳藻應不至於是個同性戀，她之所以會有那些行爲舉動，只是不甘心身爲女性就得受到那些束縛與不平等待遇，所以迫切希望能以男性的身分得到她所想要的自由，那只是她恨不能生爲男兒身的遺憾。然而知道了這個故事，我卻給予她的丈夫極大的肯定。雖然自己沒辦法變成吳藻想要的丈夫，但他對吳藻的用心與寬容，已屬難得。無奈吳藻實在太過心高氣傲，絲毫不肯給丈夫機會，直到結婚十年後，丈夫因病過世了，她才開始懷念起丈夫的種種，還爲他寫了多首詞作。最想說的是，不管身爲男人或女人，都該珍惜身邊對自己眞心的人，等到失去那一刻才驚醒，再多悔恨也換不回那份眞情了！

林紓

90 寧負美人恩

相信大家都看過《伊索寓言》吧？《伊索寓言》是兩千多年前就已經出版的文學巨著，中國最早發行的《伊索寓言》譯本，是明朝時候由一名比利時的傳教士口述，再由另一個中國人張賡寫成書，在西安發行出版，當時的書名叫《況義》。但是現在流傳最廣的翻譯版本，卻是晚清光緒二十八年，由著名翻譯家，也是古文家的林紓，和嚴璩共同合譯的，而執筆的林紓卻是一句外文都不懂的老先生呢！

林紓，字琴南，號畏廬，別署蠡叟、冷紅生，是現在的福建福州人，出生於清朝咸豐年間，是光緒八年的舉人。林紓十一歲開始學習古文，十三歲到二十歲校閱過二千多卷的古書，三十一歲的時候因爲認識了李宗言，看到李宗言的兄弟家中有滿牆的各類書籍，愛看書的他就像發現一座寶庫，從經、史、子、集，到唐宋文學小說，一本都不放過，是一位博覽群書的學者，不但會寫詩作文，也是有名的畫家。

民國初年，中國情勢混亂，軍閥袁世凱妄想恢復帝制，打出要尊重孔子傳統儒家思想的口號，但是陳獨秀、胡適等初步接受西方文化衝擊的學者，卻認爲儒家傳統思想已淪爲維護帝制的工具，因此提倡學習西方新文化，剷除腐敗的舊文化，這波思想改革活動被稱爲「五四新文化運動」。胡適等人擁護西方文化的舉動，被守舊的傳統學者認爲是大逆不道的行爲，紛紛在報紙上發表反對文章，兩派人馬開始脣槍舌戰，誰也不讓誰，而林紓就是守舊派的代表領導人物。

其實關心世界時勢的林紓，也主張中國要富強，必定要學習西方文化的長處，之所以無法容忍胡適等人，在於他們不但主張學習西方，竟然要大家離棄中國儒家傳統文化，放棄古文寫作，改寫白話文，看在桐城派古文高手的林紓眼中，當然怎麼看怎麼礙眼。雖然反對新文化運動，林紓卻看過很多外國的翻譯作品，但他不懂外文，看不懂原文書，而許多譯本的水準又不高，於是，林紓開始與朋友王壽昌、魏易合作譯著外國文學作品。第一部由林紓與王壽昌合譯的法國經典小說《茶花女》發行之後風行全國，大受歡迎，受到鼓勵的林紓，翻譯作品陸續推出，之後的二十年裡，他翻譯了一百八十一種各國文學作品，其中小說就多達一百七十一部，就這樣，林紓從一個古文學家，變成一位著名的翻譯學家。

《茶花女》出版之後，幾乎是人手一本，林紓的翻譯貼近原著，文筆動人，讀者被書中男女主角坎坷的愛情故事所感動，而八大胡同中的妓女謝蝶仙，卻是對譯者林紓有了浪漫的愛慕之意。就在這時候，林紓的妻子去世了，老年喪妻的林紓沮喪難過，甚至不願意出門，謝蝶仙知道之後，就託人給林紓送去一封信，表明自己因爲仰慕他的才華，願意跟隨他，照顧他一輩子。林紓收到這樣一封告白信，心中雖然感動，但理智上又覺得不妥，畢竟他已經是個六十開外的老人了，謝蝶仙卻是年輕漂亮，又出身風塵，想了一夜之後，他決定予以婉拒，就寫了一首詩當成回信：

不留夙孽累兒孫，不向情田種愛根；
綺語早除名士習，畫樓寧負美人恩。

因爲不想讓我造成的孽緣拖累了兒孫，所以我選擇不在情田中種下我愛的根苗；至於我以前所寫的那些綺麗文辭，都只是文人一時的風流，與美人在畫樓上唱和的情景，也已經成爲回憶了，請你原諒我辜負你的一片深情吧！

這一段韻事後來傳遍京城，謝蝶仙一夜之間聲名大噪，許多人都搶著要來一睹她的風采，得不到林紓的青睞已經讓她夠難過了，又一天到晚被蜂擁而至的客人打擾，心煩意亂的她，一氣之下，閃電嫁給一位商人，離開了京城，隨丈夫躲到嶺南去了。據說後來謝蝶仙因爲不習慣嶺南的氣候，丈夫又不懂得憐香惜玉，到嶺南不久就生了病，最後憂鬱地死去。

在民初那樣還算封閉的時代裡，林紓以一個不懂外文的古文學者，不辭辛勞地致力於外文著作的翻譯，將國外不同的社會民情、政經情況介紹給國內民眾，貢獻與影響都非常深遠。只是，我仍忍不住會想，如果他能拋開世俗的束縛，敞開胸懷接納謝蝶仙的心意，說不定也能談個浪漫的黃昏之戀呢！

91 香妃傳奇

某年一月，安徽省錫山縣西關出土了一具保存良好的女屍。這具女屍身材修長勻稱，還裹著「三寸金蓮」小腳。根據隨她出土的陪葬品、她身上的服飾以及一些器具推斷，考古學家認爲她是清朝時候皇宮內的女子，去世時年齡應不滿三十歲。女屍眞正的身分已經無法確定，但後來卻有媒體報導，這具出土的女屍，可能是清朝乾隆皇帝的寵妃——香妃。消息一傳出，引起軒然大波，原本不怎麼被注意的女屍，頓時變成目光焦點，民眾都想親眼看看這具女屍，爲什麼呢？因爲那是赫赫有名的香妃啊！

香妃，這個自清朝以來就帶著傳奇色彩的女子，到底曾經有過什麼樣的故事呢？

傳說中，香妃原名伊伯爾罕，父親是維吾爾族的族長吉合扎麥。伊伯爾罕是維吾爾族的美麗姑娘，有雙碧藍又水汪汪的大眼睛，皮膚白皙，身材高挑，一頭黑髮就像瀑布般地披散在她肩上，但最教人嘖嘖稱奇的是，她從小身上就會散發出迷人的芳香氣味，讓人失魂難忘。因爲如此，總是引來各路年輕男子的追求與迷戀。這朵草原上的嬌豔蓓蕾，最終落在南疆巴圖爾汗國年輕國王霍吉占的懷裡，伊伯爾罕成了王妃。兩人婚後恩愛異常，因爲有了伊伯爾罕的陪伴，霍吉占意氣風發，把汗國治理得井井有條，人民安居樂業，大家都很敬愛這對國王與王妃。

當時的南疆大多居住維吾爾民族，維吾爾人性情和睦，與清朝相處較融洽；北疆則是蒙古人的地盤，個性悍烈剛強，常與清朝起衝突。這原本與巴圖爾汗國毫不相干的戰事，卻因爲伊伯爾罕的豔名遠播，而爲汗國帶來了滅國之禍。原來南疆有個天生散發異香的奇女子，已經因爲使者口耳相傳，傳到了乾隆皇耳裡，向來風流成性的他，怎肯放過一睹其風貌的機會。剛好蒙古又挑起事端，乾隆皇派兵鎮壓，卻暗中交代必須帶回伊伯爾罕。於是，剿平北疆叛亂後，清軍在回程時攻進巴圖爾汗國，國王霍吉占雖奮勇抵抗，仍是不敵大軍壓境的清兵，最後，霍吉占戰死馬上，而伊伯爾罕也被擄獲帶回京城。

自己的國家無緣無故被滅亡，伊伯爾罕心中氣憤難平，面對乾隆皇帝，她更是恨得咬牙切齒。爲了討好她，乾隆皇封她爲香妃，不但爲她請來維吾爾族的廚師，爲她準備家鄉料理，還另外建造了一座寢宮，所有景物布置得就跟她的家鄉一樣，甚至還有一大片的草原。然而，國仇家恨豈是這樣的籠絡手段就能撫平的？香妃看著眼前熟悉的景物，心中的悲痛與酸楚一湧而上，只有藉由詩詞抒發情緒，於是，她寫下這首詞：

思故鄉，欲斷腸。關山萬里路茫茫，空惆悵，伊人秋水，天各一方。故國山河何處是，仰天翹首，父老可安康？

忍恥辱，到異鄉。此身能殺不能降；不能降，氣自壯，不畏刀斧，不怕強梁，英雄流血不流淚，莫做楚囚相對淚徬徨。

詩中的慷慨激昂與英雄氣概，由女兒身的香妃寫來，完全不輸給七尺男兒軀。不管乾隆皇如何費心，香妃就是不肯屈服，甚至還想刺殺乾隆皇為自己的人民與丈夫報仇。皇太后知道香妃的意圖之後，大為震怒，就趁著乾隆皇出宮的時候，下令絞死香妃，乾隆皇知道時已經太遲了，只能將她護送回故鄉南疆厚葬，還為她修了一座香妃墓。

以上這個版本，是有關於香妃故事的其中一種說法，在民間傳說中，香妃是個一心為家國犧牲的烈女子，然而根據史學家的考證並非如此。歷史上，香妃確有其人，一般認爲她就是文獻記載所提到的容妃，是新疆伊斯蘭教和卓家族的後裔。傳說故事中的霍吉占，不是香妃的丈夫，而是叛亂的首領，香妃的兄長與父親還率兵幫助清廷平亂。乾隆二十四年，香妃入宮被封爲「和貴人」，地位尊貴，受乾隆寵愛。二十六年，奉太后之命，她由貴人晉升爲嬪，三十三年又升爲妃，稱爲容妃。容妃在宮中享有特殊待遇，她穿著維吾爾服飾，有專屬維族廚師，她還多次陪伴乾隆皇出巡遊歷，受寵的程度可想而知。根據考證，香妃去世時已經五十多歲，因此安徽省出土女屍不可能會是香妃。香妃死後被安葬在東陵裕妃園，新疆的香妃墓應該只是衣冠塚。

香妃是不是眞的天生異香，已經無從查證，正史中的香妃故事，似乎比較無趣，而傳說故事中的香妃，已經變成了一則民間傳奇，一代一代地在民間流傳著。人們總愛爲歷史人物加油添醋，甚至到了離譜誇張的地步，史學家也許會搖頭，會不以爲然，然而，茶餘飯後能有這些傳奇故事陪伴，似乎也爲無味的生活加了一點酸甜苦辣呢！

92 雲中鳳難敵薄情郎

孫雲鳳

俗話說「男怕入錯行，女怕嫁錯郎」，其實不管是男是女，「入錯行」與「嫁錯郎」同樣讓人傷神。然而在二十一世紀的今天，似乎已沒有所謂的「入錯行」，進入任何行業，就算後來發現不是最適合自己的，起碼是一種經驗，而世界上沒有用不到的經驗，若要成就日後的自己，這些先前的經驗都是踏腳石，都該要珍惜。

那麼，我們是否也該把「嫁錯郎」當成人生的一個體驗，一個重新審視自己的機會呢？

袁枚是清朝乾隆年間的大詩人，二十四歲就中了進士的他，才華橫溢，名冠江南，在文壇上有相當地位。袁枚的思想比較自由開放，是「性靈派」的創始人。他三十三歲就辭了官，在小倉山下蓋了座「隨園」，自號「隨園老人」，絲毫不留戀官場生涯。

袁枚個性率眞，特立獨行，不理會世俗觀點，收了一批女弟子，其中較爲出色的有十三人，個個才學出眾。杭州的孫家三姊妹就是其中的佼佼者。

孫家三姊妹依照排行分別是雲鳳、雲鶴、雲鵬，出身顯貴的官宦人家，三人從小就聰慧靈巧，也都在袁枚門下學詩作文，不但滿身才華，且都擁有花容月貌，是江南一帶首屈一指的名門閨秀，其中大姊孫雲鳳則是被公認爲三姊妹中最爲出類拔萃的一個。排行老大的她，本來就是三姊妹的領導者，她的才氣與容貌更是略勝一籌，在任何場合裡，都是最爲搶眼的一朵牡丹。雲鳳九歲的時候，大詩人袁枚來到孫家拜訪，驚豔於小雲鳳的聰慧資質，允諾日後將收她爲徒，後來袁枚辭官歸隱，果然就收了雲鳳與兩個妹妹成爲他的第一批女弟子。

因爲父親到處遷徙當官，雲鳳姊妹少女時候也跟著到過不少地方，有著多采多姿的遊歷經驗，雲鳳更隨手寫下不少詩篇，記錄旅行的心得或感觸。後來孫家又搬回家鄉杭州，這時候的雲鳳已經到了適婚年齡了。

憑雲鳳才貌雙全的條件，上門說親的媒人從來就沒少過，雲鳳的雙親倒是很民主，婚事由女兒自己做主，女兒高興，他們就同意。既然雲鳳號稱才女，當然看不上那種沒有眞才實料的繡花枕頭，也因此遲遲找不到眞正能符合她標準的夫婿。

這一天，聽說老師袁枚回到杭州，雲鳳就做主擺了酒宴幫袁枚接風洗塵，邀請的客人，除了袁枚門下的女弟子，也有一些男弟子剛好前來迎接袁枚，因此成了座上客。席間有個公子叫程懋庭，長得俊俏瀟灑，飄逸不凡，對雲鳳一直頻獻殷勤，看雲鳳沒有拒人於千里之外，他也就大膽地塞了張紙條給她，謙稱是自己的詩作，請雲鳳指教。雲鳳偷空看了詩，的確寫得是清雅別緻，後來又經過旁人的敲邊鼓，當對方請人來說媒時，她終於點頭出嫁了。

嫁到程家後，小夫妻如膠似漆，甜甜蜜蜜，但日子一久，孫雲鳳卻發現丈夫有些不對勁，每次要他寫首詩，程懋庭就支支吾吾地推託，婚後一個月，他沒再寫出半首作品來。一次丈夫不在，她在書房整理，卻發現了一個小小錦盒，裡面裝滿了一篇篇的詩作，好奇之下拿來一看，字跡與之前丈夫拿給她看的詩作相同，但仔細看過內容，卻怎麼看怎麼像女子所作的閨情詩，孫雲鳳心生懷疑，再翻找一番，竟讓她找到了一封信。原來這些詩都是一個妓女寫給程懋庭的情詩，程懋庭還答應要娶她爲妻，結果因爲父母反對，他也就理所當然地另求新歡去了。孫雲鳳無法相信，自己竟然傻傻地相信了他，相信了這個始亂終棄的薄情郎跟騙子！

等到程懋庭回家，看到妻子手中那些詩篇，還有她憤怒惱恨的表情，知道已經東窗事發，但他竟然沒有半點愧疚，兩人為此大吵了一架。從那天起，程懋庭就很少回家，時常在外面花天酒地，就算回家也是對孫雲鳳冷嘲熱諷，說自己根本不愛她，娶她只是為了炫耀而已，後來更變本加厲地動手打她！

孫雲鳳心如刀割，怎麼樣都沒想到，經過千挑萬選的丈夫，竟然是一個騙人面不改色的花花公子，那她以前到底在堅持什麼？如果知道自己最後的歸宿竟是如此不堪，當初嫁誰不都一樣嗎？老天爺跟她開了好大的玩笑啊！想起自己曾經是人人豔羨、名噪一時的才女，卻落得這樣的下場，孫雲鳳無力抵抗命運的擺弄，只能任由自己的生命從此墮入黑暗中，認命而悽慘地活著。就因為這樣，她寫的詩不再明亮多情，充滿了灰暗的色調。次秋日登高，別人看到的是秀麗風景，她卻寫下如此詩句：

渚清沙白孤帆遠，雲冷江空一雁來；
人事獨悲秋漸老，少年須惜水難回。

她看到的，是「孤帆」、是「雲冷」、是孤獨的「一雁」，更深深感嘆歲月流逝，奉勸世人要珍惜，因為青春就像光陰一樣，過去了就無法再回頭了啊！

歷史並沒有記載孫雲鳳最後到底怎麼了，但我想，不會是好結局。一次錯誤的婚姻，總會讓人遍體鱗傷，很難再去相信人，也很難再愛人。那麼，請先好好愛自己吧！這樣，有一天，若有人再來到你心房前，你也才能再次展開雙臂擁抱那份愛啊！

納蘭性德

93 難忘舊妻

中國的各種古典文學，有非常明顯的代表時期，如「唐詩」、「宋詞」、「元曲」，表示這些文學在這些年代裡，才被發揚光大，或是藝術成就非凡。詞，是宋代的代表文學，但這並不表示，除了宋代詞人，其他時期就沒有出色的詞人。本篇要說的，就是清朝最著名的大詞人——納蘭性德，他的有情有義的小故事。

如果依照現在的說法，納蘭性德應該算是個紈褲子弟，就是「含著金湯匙出生」的富家公子哥兒。要真說起他的家世背景，可不只是「家財萬貫」可以形容。納蘭世家，是清朝最顯赫的家族之一，是名副其實的「皇親國戚」，納蘭性德的父親明珠，一路從內務府總管、刑部尚書、兵部尚書，做到太子太師，是康熙皇帝最倚重的大臣，人人都要尊稱他一聲「相國」，權力地位在當時可以說已經是「一人之下，萬人之上」了。出生在這樣的家族裡，又是明珠的長子，納蘭性德從小就是萬眾矚目的焦點，不但天資聰穎，而且非常喜歡唸書，甚至有過目不忘的本事，以二十出頭的年紀就能主持編纂一部儒學匯編《通志堂經解》，並且在二十二歲時考上了進士，卓越的表現讓康熙皇帝非常賞識，讓他當了御前侍衛，隨著康熙皇帝到處遊歷，可以說是前途無量的青年才俊。

儘管文武雙全，成為人人羨慕的年少奇才，但在納蘭性德的心裡，根本就不喜歡宮廷裡明爭暗鬥的風氣，以及頹靡庸俗的生活，功名利祿對他而言只是隨風飄過的浮雲，他一點都不眷戀。他的詩文寫得很好，但成就最高的是他的詞作，因為不喜歡現實的世事，他的詞作大部分都是寫自己生活的感受或是離別相思等情懷，風格與李後主（李煜）很相近，是那個時候詞壇上表現最傑出的詞人。

傳說中，納蘭性德年少的時候，家中有位擁有絕色容貌的姑娘（另一說是表親），兩人情投意合，並且訂下婚約。但是後來這位姑娘被選入後宮，納蘭性德對她思念不已，還曾經假扮成喇嘛，冒險進宮見她一面，雖然見到了面，兩人卻因為身旁有人，連句話都無法交談，納蘭性德只得滿心惆悵地離開，放棄這段感情。

之後，十九歲那一年，他與兩廣總督盧興祖的女兒盧氏結婚了。雖然曾有段年少的愛戀，他也未完全忘記那位沒有緣分的女孩，但他對於新婚妻子盧氏一樣疼愛有加，夫妻婚後感情甜蜜，如膠似漆，過著讓人「只羨鴛鴦不羨仙」的幸福生活。但是快樂的日子似乎總是無法長長久久，婚後第三年，摯愛的妻子盧氏竟然生病去世了。這樣的打擊對納蘭性德來說，簡直是椎心刺骨的疼痛，雖然後來他又另外再娶了關氏，還有偏房顏氏，但在納蘭性德的心中，始終沒有辦法忘記盧氏，並且在之後的日子裡，寫了很多首悼念盧氏的詩詞作品，以下這首〈菩薩蠻〉，就是他在盧氏去世之後大概三個月所寫的作品。

晶簾一片傷心白，雲鬟香霧成遙隔。無語問添衣，桐陰月已西。

西風鳴絡緯，不許愁人睡。只是去年秋，如何淚欲流？

似乎不需要多作解釋，這闋詞所透露出來的情意，已經能夠讓閱讀者自然感動了。看看那原本掛在房中的水晶簾，現在只有一片悽楚的白色，再也看不到愛妻的身影；以往總是會聽到她溫暖的提醒，要他記得添加衣物，現在也已經聽不見了，而他就這樣呆坐著，不知不覺月亮已經偏西了；在西風中鳴叫的紡織娘，好像故意要讓他這個愁苦傷心的人沒辦法入睡。眼前的景象不是都跟去年秋天一樣嗎？可是爲什麼他看著看著，卻只是想流眼淚呢？流淚，是因爲景物雖在，但是人事已經全非了，再怎麼美的景色，妻子看不見了，以後的日子裡，他的歡喜或是憂愁，也已經沒辦法再跟妻子分享了。這闋詞裡的眼淚，你看見了嗎？

我們總是一直在追問，愛情有沒有永遠？有人相信，有人不相信，但我想，不管是信還是不信，當你愛上一個人，就請用心眞實的愛吧！因爲，他是獨一無二的，就算以後還會再遇上別人，曾經擁有的美好回憶不就是「永遠」嗎？那是屬於你們兩個人才擁有的回憶啊！何苦在情緣盡了的時候，翻臉成仇人，甚至演出駭人聽聞的情殺案件呢？我們都該感謝，生命中有人陪我們走過一段，教我們成長，讓我們學習，當有一天眞的走到了終點，請溫柔地說聲再見吧！別再讓一時的憤怒與不甘，造成永遠的遺憾了！

乾隆皇

94 一時口誤，翰林變判通

曾經收到過一篇關於新聞從業人員的笑話集錦。新聞從業人員，例如主播、記者，常常因爲分秒必爭，加上本身專業素養不足，或是過於緊張慌亂，一個不小心就說出了讓人啼笑皆非的報導。舉其中一個廣爲流傳的笑話爲例，曾經有一個主播，有一次播報到一則飛機的輕微事故時，看到稿子上寫著「在空中盤旋一周後離去」，主播大人馬上自作聰明，把它「翻譯」成「這架飛機在空中盤旋一個禮拜後離去」，此話一出，不僅讓在場的工作人員目瞪口呆，也讓電視機前的觀眾紛紛到處打聽：到底是哪種飛機這麼神奇，可以在空中撐一個禮拜不用加油？

以上笑話，就算是眞人眞事，頂多只是成爲大家茶餘飯後的話題，無傷大雅。其實，「人有失足，馬有失蹄」，偶爾舌頭打結總是有的，不過，因爲說錯話而丟官的，可是大有人在喔！

中國有史以來，總共有過二百三十多位皇帝，但也許是國事操勞，或是養尊處優的環境養成了這些皇族子弟羸弱的身軀，他們總是短命的多，長壽的寥寥可數。中國歷史上最長壽的皇帝，就是自稱爲「十全老人」，享年八十九歲的乾隆皇帝。

乾隆皇帝，全名是愛新覺羅弘曆，是雍正皇帝的第四個兒子，從小聰明伶俐，才華出眾，不但擅長騎射武功，也喜歡讀書，寫詩作文都在行，還寫得一手好字，出色的表現深得祖父康熙皇帝的疼愛，當雍正需要冊立太子的時候，弘曆理所當然成爲儲君人選。雍正皇帝去世之後，二十五歲的弘曆繼位，改元乾隆，是爲清高宗。

在乾隆即位之前，清朝已經過七十多年的「康雍盛世」，人民安居樂業，四海昇平，國勢鼎盛，所以乾隆可以說是個太平皇帝。二十五歲當皇帝的他，已經可以獨當一面，不需要其他大臣輔佐，他又融合了祖父康熙的寬厚仁德，以及父親雍正的嚴厲竣治，取得了中庸之道，執政剛柔並濟，並且以他的雄才大略平定了幾次大叛亂，把清朝的威望推上了最高峰。雖然晚年的他，因爲寵信貪官和珅，敗壞了滿清朝政，使得清朝國勢由強轉弱，而讓史學家對他的評價打了折扣，但大體而言，乾隆還是一個勤政愛民、多才多藝的好皇帝。

在民間傳說中，乾隆皇很喜歡微服出巡，「乾隆下江南」的故事早已家喻戶曉，事實上，乾隆皇的確不安於室，喜歡四處遊歷，也藉此探查民情，或是暗中考核各地官吏的政績。這一次，乾隆皇又來到江南地方巡視，當地地方官隨侍在旁，隨行隊伍中也有一些翰林等文官作陪。走著走著，一行人來到一座規模很大的陵墓前面。

中國有很多帝王或是高官的陵墓前，都有一條筆直的大道，稱為神道，神道兩旁擺設很多的石人、石獸，象徵保衛的儀隊，而這些石人有各式各樣的姿態與表情，並且有個專門的名稱，叫做「翁仲」。傳說中，翁仲是秦朝的一個大力士，身高有一丈三尺，力大無窮，他曾經替秦始皇守過宮門，也曾經駐守在臨洮，與匈奴對戰有功。翁仲死了以後，秦始皇依照他的樣子作成石像，擺放在咸陽宮司馬門外，據說匈奴來犯的時候，看到石像就嚇跑了，後來人們就把這些石人、銅人叫做「翁仲」。

看到這些「翁仲」，乾隆停下了腳步，隨口問身邊的一位翰林說：「這些石像，叫什麼名字來著？」那位翰林不知道是書真的唸得不多，還是一時情急加上緊張，竟然脫口而出：「叫仲翁！」——他把「翁仲」給說反了！

聽到這樣的回答，乾隆眉頭一皺，但並沒有當場發飆。回到京城之後，他馬上下了一道聖旨給那位翰林，聖旨的內容是一首打油詩：

翁仲如何作「仲翁」，只因窗下欠「夫功」；
從今不許爲「林翰」，判作江南一「判通」。

就因爲一時的口誤，那位翰林垂頭喪氣地被降了官，從一個翰林變成通判。乾隆的降職詩中，還故意把詞彙都給說反了，藉以諷刺那位翰林，幽默的乾隆，大概就是要他再多唸點書，好好反省吧！

其實看看現在政壇上那些官吏，滿腦子草包，比那位翰林更需要多唸點書的大有人在，不是常常制定一些毫無道理的法令，讓民眾無所適從；就是對眞正有利民眾的民生法案視若無睹，一天到晚只會拍桌子對罵。忍不住會想，如果乾隆皇帝還在世，想必他老人家也會被氣得吹鬍子瞪眼睛，聖旨下不完吧！

95 勇於擺脫婚姻桎梏的素馨花

張宛玉

幾年前，一位向來以愛妻愛家形象博得好評的作家，因爲外遇情事被八卦周刊披露，引起一片譁然。不管是社會大眾，還是女子的友人，都爲這個曾被丈夫稱爲「賢內助」的女子打抱不平，但協議離婚之後，女子重新站起來，還出版了一本小說創作，成爲不比前大遜色的作家。當她接受電視媒體專訪時，我們看到的是一個容光煥發的女子，妙語如珠，從容自信，不見所謂「棄婦」的憔悴可憐。她說，她也曾因這段遭受背叛的婚姻以淚洗面，但是沒有愛的婚姻，已沒有必要再繼續，現在的她，找回了自己，開始過自已想要的「上進的生活」。

沒有愛的婚姻，的確沒有維持的必要，但有多少人能夠看透這一點，而眞正放手呢？

清朝乾隆時代，松江（現在的上海）這地方有一個女子名叫張宛玉。宛玉雖出身平民，但自小喜歡舞文弄墨，也頗有文采，寫得一手好字不說，作詩也出色，稱得上是個才女。只是在當時「女子無才便是德」的封建社會裡，女子就算身懷十八般武藝，也會被忽視與埋沒，可想而知，宛玉的才華從來沒有受到父母的重視。

到了適婚年齡，舊派保守的父母自認是爲女兒的幸福將來著想，又貪戀錢財，不顧宛玉的強烈反對，做主把她嫁給淮西一個商人爲妻。一直對錢財斤斤計較的商人，行爲粗俗不堪，根本與氣質出眾的宛玉格格不入，宛玉心中厭惡至極，時時刻刻都想擺脫這段沒有任何感情的婚姻。只不過，在保守的時代裡，離婚的女子總是會遭到他人的指指點點，宛玉因此裹足不前，只好告訴自己要忍耐，也許情況會好轉。但是，日子一天一天過去，丈夫的粗魯與唯利是圖根本沒有絲毫的改變，宛玉的忍耐已經到了極限，她決定放手一搏，爲自己找回美好的生活。

這一天，趁著丈夫外出經商的機會，宛玉逃離夫家，躲到江寧縣一位親戚家中。她的丈夫回來以後，氣得七竅生煙，認爲宛玉背棄夫家，肯定是紅杏出牆，與人有染，就一狀告到官府，官府因此下令緝拿宛玉。

當時的江寧知縣，是清代著名的詩人與文學評論家袁枚。張宛玉被拘捕到案後，一上公堂就直喊冤枉，極力澄清自己逃離夫家，只是因爲無法與粗鄙的丈夫一起過生活，絕對沒有與其他男人私通。袁枚看她說得聲淚俱下，也不禁有了一份同情之心。張宛玉知道袁枚是當代大詩人，理應通情達理，因此靈機一動，在公堂審簿上寫下一首〈自述〉詩：

五湖深處素馨花，誤入淮西沽客家。
偶遇江州白司馬，敢將幽怨訴琵琶！

她將自己比喻成優美文雅的「素馨花」，卻不幸落入了淮西庸俗的商人家中，痛苦難耐；又巧妙地運用了白居易的「琵琶行」，希望袁枚能像以往的白司馬解救琵琶女一樣，也能幫她脫離苦海。

袁枚看這詩，情眞意切，稱得上是首好詩，知道眼前的女子果眞具有出色才華，愛才之心油然而生。爲了進一步試探宛玉的詩才，袁枚又指著堂上的一棵樹，要宛玉以「樹」爲題，再寫一首詩。宛玉擦掉淚水，不慌不忙再次揮筆寫道：

獨立空庭久，朝朝向太陽；

何人能手植，移作後庭芳？

藉著這首詩，張宛玉又再次以樹自比，以詩明志，悽楚動人，自然貼切。袁枚大爲讚賞與感動，當下就宣判宛玉無罪釋放，讓宛玉回到了故鄉。

個性完全南轅北轍的夫妻，在生活中其實隨處可見。有的是急驚風配慢郎中，有的則是潔癖小姐配上隨性先生，到底是互補還是互斥，只要夫妻倆能夠各自配合，也許能有另一番生活情趣。張宛玉之所以無所不用其極地想要擺脫丈夫，最重要的癥結，其實不在迥異的個性，而是這段婚姻沒有感情的基礎，加上她先入爲主地排斥經商的丈夫，當然更不可能忍受這樣的婚姻生活。我們佩服她堅持不被命運擺布的勇氣，只是不免會想，如果她能敞開心胸，試著與丈夫溝通，是不是能有不一樣的結局呢？

陳沆

96 「一」字成詩

已有百年歷史的山西省平遙古城，是現今保存最爲完整的明清時代縣城，也是山西商人匯集的商業區，在這個人來人往的金融古城，誕生了中國歷史上第一家具有眞實意義的銀行——「日升昌票號」。「票號」是清代才出現的金融機構，清道光三年，平遙城西大街上，「日升昌票號」的招牌掛起，是中國第一家專門經營匯兌、存放款業務的私人金融機構，組織管理嚴密，資產雄厚，營業版圖因此不斷擴張，有「京都日升昌匯通天下」的美譽。「日升昌票號」的繁榮興盛，帶動了全國的金融發展，西大街成了「大清金融第一街」，而山西商人的生意更做到了蒙古、香港、日本等地，讓他們曾經自豪的說：「凡是有麻雀能飛到的地方都有山西人。」

「日升昌票號」的前身，是西裕成顏料莊，匯兌辦法由他們最先試用，也由於他們的慷慨墊付赴考經費，成就了清朝才子陳沆的無量前程。

陳沆，原名學濂，字太初，號爲秋舫，是湖北蘄水人，生於乾隆年間，是一個下層官僚人家的孩子，家境並不怎麼好，但是他的文思敏捷，才華洋溢，嘉慶十八年考中舉人，六年後再中進士，授官翰林院修撰，後來做到四川道監察御史。在嘉慶後期到道光初年，陳沆被譽爲「以詩文雄海內」，但他虛懷若谷，傾慕晚輩龔自珍，稱讚他的古文是「奇寶」，又與當時還沒有功名的另一位晚輩思想家魏源是「講學最挈之友」，常拿自己的文章向魏源請教，絲毫不理會外界眼光。

話說年輕的時候，陳沆要到黃州去參加舉人的秋試，當他這一天急急忙忙趕到河邊要坐船的時候，卻發現船隻已經離開了岸邊，船上還坐滿了跟他一樣要去赴考的考生。陳沆急了，在岸邊邊追邊喊，希望船夫能回頭載他一程。船夫見他那個著急模樣，雖然慢慢把船往回撐，卻向著岸上的他喊著：「要坐船可以，這位相公既然是要赴考，想必應該有滿腹學問吧？那麼讓老漢考考你，如果你能馬上背出二十四史有哪些，老漢就讓你上船！」只見陳沆定了定神，馬上朗聲唸出：「《史記》、《南齊書》、《隋書》、《新五代史》……」

話聲剛落，船也正好快要靠岸，船夫對他的表現非常滿意，原本要讓他上船，但船上還有其他的考生，知道他就是那個擅長作詩吟對的陳沆，有意試探他的眞才實學，就阻止了船夫，其中一個比較年長的書生笑著對還在岸上的陳沆說：「我們早就耳聞了你的學問，今日既然湊巧遇上了，您何不再讓我們開開眼界呢？」另一位考生接著說：「沒錯！現在我們出個題，請你作出詩中有十個『一』字的詩來，我們就讓你上船！如果做不出來，那就不好意思，請你再等等吧！」

對於這樣的挑戰爲難，陳沆不以爲意，他答應了。正當他尋找作詩題材時，剛好看到不遠的地方划過來一艘漁船，船上還有個漁翁正在悠閒地釣著魚，模樣輕鬆有趣。見此景色，陳沆靈思飛動，馬上開口吟道：

一帆一槳一漁舟，一個漁翁一釣鉤。
一俯一仰一場笑，一江明月一江秋。

這首詩不但嵌了不多不少的十個「一」字，而且意境生動，情意盎然，船上所有人聽了都忘情叫好，當然都甘拜下風地迎接陳沆上船，一行人這才啓程上路，而陳沆後來也中了狀元，開啓了錦繡前程。

歷史上總多的是機智聰明、反應奇快，舉一就能反三的詩人與文學家，但臨場的即時反應，其實都奠基於平時的努力與用心。別總是妄自菲薄地說自己不如人，若是能在平常儲存能量與實力，當機會來臨時，你才能準確抓住，並讓自己散發最耀眼的光芒！

馮小青

97 淒絕傷心的揚州美女

某年十月，工作暫告一段落，參加了妹妹公司所辦的員工旅遊，目的地是日本北海道。在機場候機的大廳裡，一夥人正在東南西北地閒聊著，我突然注意到一對母子。一個看起來不過二十三、四歲的少婦，帶著一個大約兩三歲的小男孩，在不遠的另一邊座位旁玩耍嬉戲著。會注意到他們，是因爲少婦清麗的容顏，一看就知道是彼岸的姑娘，氣質靈秀脫俗，淺淺的畫眉，含蓄的笑容，一頭瀑布般的直長髮，神似昔日的玉女明星胡茵夢。忙著照顧小男孩的她，瞥見我們的目光，向我們微微一笑，點頭示意，我們也就放膽過去與她攀談了起來，這才知道她是蘇州姑娘，現在是台灣媳婦，正準備與先生帶著兒子回大陸去探親。

中國歷史上，蘇州以出美女聞名，揚州也不輸人。只是查了史書才發現，所謂的揚州美女，其實不單純指外貌美麗的女子，大部分的時候，「揚州美女」指的是那些從小被買來豢養，並且被精心教育，琴棋書畫要精通，女紅或計算也要懂，長成之後才被賣人青樓或是當大戶人家寵妾的女子，這些女子還有個怪異的別稱，叫「揚州瘦馬」。被喊做「瘦馬」，已經夠給這些「揚州美女」難堪了，而她們的命運，也總是叫人哀嘆。

馮小青是清朝廣陵（現在的揚州）地方人氏。馮家先祖早期因爲跟著明太祖朱元璋南征北討，算是爲朱元璋打天下的功臣，因此日後享有高官厚祿，到了馮小青的父親則被封爲廣陵太守，生活富裕無憂。身爲馮家的獨生女，馮小青不但是錦衣玉食，而且從小聰明伶俐，清秀端莊，她的母親也是個大家閨秀，懂得音律，也頗有文采，自然對這個寶貝女兒呵護有加，並且盡心培養。馮小青的童年可以說是充實而快樂的。

無奈，天有不測風雲，小青十五歲那一年，家中飛來橫禍，遭朝廷下令滅門，當時小青剛好跟一位遠房親戚楊夫人出遠門，幸運逃過一劫，得知這晴天霹靂的消息後，楊夫人帶著她到了杭州。小青原本在杭州無依無靠，但楊夫人偶然間打聽到有個馮家的本家馮員外，曾經與小青的父親有些許交往，就帶著小青前往投靠。幸好馮員外是個有錢的絲綢商人，他看小青家中遭遇這樣的不幸，她又是這樣一個楚楚可憐的弱小女子，就好心地收留了她。

住進馮家的小青，雖然暫時有了棲身之處，但想到家中所遭遇的悲慘劇變，想到自己從今以後就是個孤兒了，她心裡的苦澀哀痛無法對人說，總是愁眉不展，難有笑容。這一天，一年一度的元宵節到了，馮家裡裡外外掛滿了燈籠，客人來來去去的，好不熱鬧，原本鬱鬱寡歡的小青也出了房門。剛好馮家的大少爺馮通搭了台子，做了好多燈謎，給大家玩樂猜測，小青看著其中一個燈謎突然失了神。

那燈謎是這樣寫的：「話雨巴山舊有家，逢人流淚說天涯；紅顏為伴三更雨，不斷愁腸并落花。」

馮通看見了小青，知道她是前些日子因故寄住在家中的女孩，又見她望著燈籠發呆，就走過來問她：「這謎底，姑娘想必是知道了吧？」

小青嚇了一跳，小聲地回答：「是蠟燭嗎？」

馮通笑著點頭，小青不好意思地轉身就跑。

幾天後，有緣的兩個人又在馮家後院相遇了。同樣愛梅的他們，因為梅樹開了，不約而同來到後院賞梅。這天以後，馮通時常到小青的住處，談詩、談梅，也品茶，情愫漸生，馮通終於向父親提出要求，將小青納為妾，更為專心負責地照顧她。只是，馮通的元配雖然因為公公做主而無法反對馮通納妾的決定，但小青過門以後她就開始百般刁難，最後硬指小青作詩侮辱她，哭鬧著一定要小青離開。馮通無可奈何，只好將小青送到馮家另外的別墅安住。原以爲自己得到幸福的小青，頓時又變成孤單一人，只有個老媽媽陪著她，而馮通卻因爲元配管束嚴厲，少有機會能來探望她。無語問蒼天的小青，寫下了〈題牡丹亭〉：

冷雨幽音不可聽，挑燈閑看牡丹亭；
人間亦有痴如我，豈獨傷心是小青。

冷冷的雨下著，幽靜的雨聲如此悽涼，讓我不敢靜聽，只好挑燈欣賞《牡丹亭》這篇戲曲。沒想到人間還有比我更加痴情者，傷心的原來不只小青我一人啊！

《牡丹亭》是晚明著名戲曲作家湯顯祖的大作，杜麗娘與柳夢梅的愛情故事纏綿悱惻，引人入勝。小青雖然說傷心的不只她一人，但也正可以由這句話看出她的傷心欲絕。她望眼欲穿，日日盼著夫君能來探望她，但始終不見馮通身影，一天天過去，她逐漸消瘦憔悴，終於因爲傷心過度，哀怨地離開了人間，這時候的她，還不滿十八歲。馮通知道小青的死訊後，痛哭失聲，雖然他厚葬了小青，但一個年輕美好的生命，卻已經飄散在這愁苦的世間了！

一個原本無憂無愁的官府千金，最後不但委屈自己嫁人爲妾，因爲情關難過，還落得這樣悲涼的下場，俗話說的「自古紅顏多薄命」難道眞的如此靈驗嗎？我想，情關也許眞難過，但總有辦法，也總有一天會雲淡風輕，又何苦把自己鎖在這樣一個框框裡？古時候的女子也許眞有無法打破的藩籬與桎梏，現在新時代的女性，該爲自己的未來，走出灰色角落，你將會發現，湛藍的天空原來從沒有離開過呢！

鄭板橋

98 是誰勾卻風流案

香港無厘頭喜劇天王周星馳紅遍東南亞，他獨樹一格的喜劇電影總是能讓人看了捧腹大笑，暫時忘掉世俗的煩惱。但仔細研究他的電影，並不是只有毫無意義的低級搞笑，甚至還常常隱藏著發人深省的涵義，有著被尊稱為「星爺」的他，想用輕鬆的電影手法表現的個人思想。看過他獲獎無數的電影《威龍闖天關》嗎？整部片子雖然充斥著無厘頭的搞笑片段，卻對中國官場的黑暗現實與醜陋，做了最深沉的批判，讓人拍案叫絕。

到底，一個眞正的父母官，應該為他的人民做些什麼呢？

鄭板橋是清朝康雍乾三代的著名文人，他的家境貧苦，可以說是出身卑微，但是他會作詩，字寫得好，又畫得一手好畫，被稱為「詩、書、畫三絕」，也是為書畫藝術開闢獨特風格的「揚州八怪」之一。只不過鄭板橋的運氣一直都不是很好，四十四歲才中了進士，五年後，也就是將近五十歲，才被派遣到山東范縣當個小小知縣。

鄭板橋是一個灑脫、不重視名利的讀書人，他做官，是眞心想要爲百姓做一點事，並不是想因此得到榮華富貴，因此他對於官場上所謂的「規矩」向來不放在心上，也做不來那些逢迎巴結的事情，只一心一意想做個幫人民謀福利的父母官。他來到范縣當縣令，常常一個人到處巡視，親自了解人民的需要，照顧孤兒；當災荒發生的時候，他顧不得上級的責罰，擅自打開糧倉救濟百姓，范縣的老百姓都對這位愛民如子的好官非常敬重與感激。

板橋雖然是個讀書人，但他的想法一點都不迂腐，而且還非常有幽默感，機智過人，常常因此化解了許多老百姓的糾紛。這一天，縣衙前面來了一大堆圍觀的民眾，吵吵鬧鬧，原來是范縣裡的一座崇仁寺有個和尚，和大悲庵的一個尼姑，竟然「六根不淨」地談戀愛了！這在民風淳樸保守的范縣，眞可以說是一件大新聞，老百姓發現了之後，都覺得這對出家人簡直是罪大惡極，就把他們兩個人抓起來，送到縣衙來，要請縣老爺鄭板橋做個「公平審判」。

這對出家人，跪在公堂之上，知道自己犯了大錯，旁邊圍觀的民眾又個個是群情激慣，不停地叫著要縣老爺主持公道，兩個人早就嚇得魂飛魄散，抱在一起直發抖。鄭板橋舉起手，民眾馬上安靜了下來，等著看縣老爺怎麼處罰這對「罪人」。

鄭板橋仔細打量了一下這對和尚尼姑，兩個人其實都還是年輕的孩子，長得眉清目秀，可以說是非常登對，如果不是因爲兩人的身分，應該會是值得讓人祝福的一對璧人。鄭板橋心裡知道，其實有很多出家人都是迫於現實的無奈，才會逃到寺廟裡躲避俗事的一切，並不是眞的已經看透了一切才出家，因此會有凡人的慾念也是正常的。他能理解這樣的情感，但老百姓卻不見得可以，因此他必須想個辦法成全這對情侶，也能對老百姓有個交代。

他溫和地開口問：「你們兩個，是眞的看破了一切才出家的嗎？」

堂下的兩個人，互看了對方一眼，神情無奈，都搖頭。

鄭板橋又問：「那麼，你們兩個是眞心相愛的嗎？」

這對年輕的男女，握住對方的手，很篤定地回答：「回大人的話，我們的確是眞心相愛的！」

鄭板橋微微一笑，大筆一揮：「既然如此，本縣命令你們即日起還俗，並且擇日成親，不得有誤！」

此話一出，民眾一陣譁然，這對年輕的男女卻是喜出望外，想不到縣太爺不但饒了他們，還幫他們找了退路，兩個人感激地對著鄭板橋拜了又拜，歡天喜地的一起離去。

鄭板橋後來在這件案子的卷宗上批了一首詩：

一半葫蘆一半瓢，合來一處好成桃。
從今入定風歸寂，此後敲門月影遙。
鳥性悅時空即色，蓮花落處靜偏嬌。
是誰勾卻風流案，記取當年鄭板橋。

這首詩，風趣地為這件事做了註腳，希望大家能夠有一顆成全的心，「合來一處好成桃」，中國人最喜歡看到的不就是圓滿的結局嗎？既然是一對相愛的戀人，大家就祝福他們吧！當大家想到這件風流案的時候，也請記得當年鄭板橋的用心啊！

每當選舉季節到了，街上總是見到宣傳車不停播放宣傳帶，看到各個候選人聲嘶力竭的吼著自己的政見。其實，這些花招從來就不是老百姓要的，老百姓要的，只是一個像鄭板橋這樣勤政愛民，真正替人民著想的父母官。但是，這樣簡單的要求，卻為什麼似乎永遠都是一個奢侈的夢想呢？

註：鄭板橋的故居位於現在江蘇省興化市東城外，房屋保存良好，庭院裡花木扶疏，清幽雅靜。屋內陳列鄭板橋的書畫複製品，他生前使用的日常用品，還有研究他的相關資料，是興化市保護的文化古蹟。另外興化市中心還有鄭板橋紀念館，二樓設有《鄭板橋生平及藝術成就》展覽，是了解這位廉潔正直的一代藝術家的好地方。

鄭板橋

99 一副對聯一千兩

自從科技越來越普及發達之後，許多從前難以獲得或是無法公開的資訊，在網路上隨便找就一把，各式各樣的訊息在網路的世界裡暢行無阻，只要連接上網，你可以從事買菜、訂餐、購物等日常消費，而平日難以啓齒的情趣用品，現在透過網路，可以精挑細選，也不怕被發現而遭來異樣眼光。

鄭板橋個性灑脫不受拘束，說他怪，不如說他眞，他非常珍惜自己的任何一項作品，因爲每一樣都是他的心血結晶，就因爲這樣，他的作品可不是有錢就買得到。他曾經把自己的眞跡字畫送給窮困的百姓，去換得一點溫飽；若是遇到那種財大氣粗的富豪或是仗勢欺人的官員，鄭板橋可從來不會客氣，非得讓這些人付出相當代價，才可能得到他的作品。

話說有一天，有個富商一大早就來敲鄭板橋家的門，表達想要求取對聯一副。鄭板橋先問用途何在，富商表示，江西龍虎山著名的道教傳人張眞人要進京城朝見天子，不久之後會經過揚州，很多政商名流都會爭相諂媚巴結，他當然不想錯過良機，而鄭板橋的字畫已經名滿天下，如果能夠求得，絕對能讓張眞人滿意，自己也臉上有光。

鄭板橋知道對方是要拿他的作品去討好巴結權貴，心中非常不樂意，但是對方苦苦要求，賴著不肯走，他只好勉爲其難地答應，不過他也沒太便宜對方，向對方表示：要字可以，酬勞不多不少，要一千兩銀子！

富商一聽，心中直犯嘀咕，但表面上仍然客客氣氣地先付了五百兩銀子。五百兩入袋，鄭板橋果然大筆一揮，寫下上聯：

龍虎山中眞宰相

七個字寫完，他把筆放下，好整以暇地喝起茶來。富商原以爲鄭板橋只是稍做休息，也不敢說話，只好站在一旁等著。誰知道鄭板橋慢條斯理喝完茶後，把上聯遞給富商，就起身送客了。

富商一頭霧水，嚷嚷著說：「這怎麼回事啊？還有下聯沒寫呢！」

鄭板橋笑笑說：「您糊塗了！剛剛說好一副是一千兩，您只給了我一半的錢，我當然只給您寫一半的字啦！」

富商實在覺得一副對聯要價一千兩太貴了，但誰叫他是鄭板橋呢？他只好乖乖再給了另外五百兩，鄭板橋這才又回到書桌前寫出下聯：

麒麟閣上活神仙

雖然這一千兩給得不怎麼甘願，但富商一看這副對聯不僅對仗工整，而且把張真人的特色都給寫了出來，這下子馬屁準是拍個正著，自己說不定真有點好處可以撈，一想到這裡，他也就不再追究，還對著鄭板橋是千謝萬謝，興高采烈地捧著這副對聯回去了。

智慧，是多年經驗的累積，任何創作都是經過千辛萬苦的過程，才有可能呈現優秀的成果。藝術創作是如此，音樂唱片的出版也是如此，科技的持續發展，也許會有越來越多不可抗拒的趨勢出現，然而尊重原作者的創意與心血，卻是亙古不變的道理啊！

100 人言可畏

龔自珍

阮玲玉是上世紀二、三十年代著名的電影明星。她出身窮困，十六歲時因緣際會踏入演藝圈，因為演技收放自如，自然又真實，一夜之間紅遍大街小巷，擁有萬千影迷。然而，這位戲劇名伶逃不過「自古紅顏多薄命」的詛咒，因為前夫的糾纏不清，加上與富商之間的曖昧牽扯，造成媒體瘋狂地追訪查探，社會輿論也炒得沸沸揚揚，年輕的阮玲玉受不了如此巨大的壓力，最後竟然服毒自殺，享年僅二十五歲。

據說，阮玲玉留下了遺書，遺書上只寫了兩句相同的話：「人言可畏！人言可畏！」謠言八卦的殺傷力，阮玲玉是最著名的受害者。因為人們不負責任的渲染談論，導致身心都受傷害的例子，可不是「空前」，也絕不會「絕後」的。

滿人原是擅長武功騎射的民族，入關後才漸漸受到漢人文化的薰陶影響，開始了習文的風氣。清代的文風也算是鼎盛，陸續出了不少詞人，但其中稱得上能夠佔有一席之地的，只有被譽爲「滿洲詞人，男中成容若，女中太清眞」的納蘭性德與顧太清。

顧太清名春，字子春，號爲太清，本來姓西林覺羅氏，是漢化的滿族人鄂爾泰的後代，因爲從小父母雙亡，她就被蘇州的姑丈與姑母收養，隨姑丈改姓爲顧。太清的姑丈是個文人，也讓她讀書寫字，學作詩詞，太清資質聰慧，不但寫得一手精巧清麗的詩詞，而且長得是美麗可人，白皙靈秀，是當時江南首屈一指的才女佳人。

這一年，貝勒爺奕繪來到蘇州，當地文人特地辦了酒席招待，正值妙齡青春的顧太清也隨著姑丈出席了宴會。當時奕繪貝勒的正室福晉妙華夫人剛剛過世，貝勒出遊除了散心，也有再尋佳人的意願，所以，當他看見氣質清秀的太清時，心中已經動情。等到他回京城的時候，當然帶了太清同行，將她納爲側福晉。

奕繪貝勒非常寵溺太清，兩人平時總是吟詩作對，賞景談心，伉儷情深可見一斑。也許因爲生活愜意，太清的文思如同泉湧，創作出一首又一首的詞作，每每成爲京城中文人雅士傳閱的佳作，這段日子可說是她最幸福的時候。婚後九年，奕繪貝勒突然一病不起，最後撒手人寰，太清受到打擊從此足不出戶，只將心力放在教養一雙兒女身上。

守寡第二年，杭州有個文人叫陳文述，想爲旗下的一批女弟子出書，爲了打響這本書的名號，他要自己的媳婦去拜託汪允庄，請汪允庄去向顧太清求一闋詞，放在他的書裡。汪允庄是顧太清還沒出嫁之前的閨中好友，原以爲可以順利求得，誰知道顧太清不屑陳文述沽名釣譽的作風，不但拒絕贈詞，還寫了首詩諷刺他，讓陳文述氣得牙癢癢的，這也爲顧太清日後的造化埋下不安的變數。

後來，顧太清走出喪夫的陰影，又開始與名士文人詩詞交往，位在太平湖邊的貝勒王府，時常有雅士名人出入走動，龔自珍就是其中之一。龔自珍是晚清公認的大文豪，也是位博覽五車的思想家，但其詩作風格卻是奇麗靈逸，顧太清非常欣賞他的作品。龔自珍當時的官職是份清閒差事，他有滿腹經世濟民的抱負無從施展，只好寄情於詩詞之中，成爲貝勒王府家的常客，常與顧太清以詩會友，兩人之間並無不可告人的曖昧情愫。然而這一年秋天，龔自珍寫了一首〈己亥雜詩〉，卻引發一場桃色風暴！

〈己亥雜詩〉是這樣寫的：

空山徒倚倦遊身，夢見城西閬苑春；
騎傳箋朱邸晚，臨風遞與縞衣人。

我隱居在空靈的山中，對仕途生活已經厭倦，但卻還是夢見了城西園林中的春色；有個騎馬的人在夜晚時分從那紅色的宅邸出來，將一紙信箋交給了那迎風獨立的白衣佳人。詩後面還有一行小注寫著「憶宣武門內太平湖之丁香花」。

貝勒王爺府附近的確有一片丁香樹，龔自珍很喜歡那裡的清幽，時常留連忘返，這本來只是他有感而發的抒情小詩，但這首詩流傳出去之後，被之前與顧太清結怨的陳文述看到了，爲了報一箭之仇，他開始四處散播不實謠言，說詩中的「縞衣人」指的是顧太清，這是龔自珍寫給顧太清的情詩，是兩人偷情的證據。

這件緋聞鬧得滿城風雨，龔自珍與顧太清百口莫辯，更有無聊人加油添醋到極點。因爲這樣的飛來橫禍，兩人身心俱疲，龔自珍最後黯然辭官離開京城；而奕繪貝勒與正室所生的兒子戴鈞也不諒解顧太清，把她與她的兒女趕出貝勒王府。顧太清後來雖然生活清苦，仍堅強地將兒女拉拔長大，並沒有被這樣無中生有的不實指控給擊倒。

這樁桃色公案究竟是眞是假，後來有許多學者都爲此加以查證，雖然仍有人相信兩人之間的確有情愫，但也有知名學者舉證爲顧太清洗刷冤情。人言，永遠是最無情的武器，我們無意中所說的一句話，都可能是當事者心中永遠的痛，傷害之大無法想像。所以，下次開口前，請先三思吧！千萬別成了謠言散播的幫兇啊！

國家圖書館出版品預行編目資料

一首詩的故事／王盈雅著.
—— 三版. ——臺中市 ：好讀，2018.01
面： 公分，——（經典智慧；25）

ISBN 978-986-178-445-8（平裝）

856.9 106024481

好讀出版

經典智慧 25

一首詩的故事【插畫新版】

作　者／王盈雅
總 編 輯／鄧茵茵
文字編輯／莊銘桓
美術編輯／許秋山
行銷企畫／劉恩綺
發 行 所／好讀出版有限公司
台中市407西屯區工業30路1號
台中市407西屯區大有街13號（編輯部）
TEL:04-23157795 FAX:04-23144188 http://howdo.morningstar.com.tw
（如對本書編輯或內容有意見，請來電或上網告訴我們）
法律顧問／陳思成律師

總 經 銷／知己圖書股份有限公司
（台北）台北市106大安區辛亥路一段30號9樓
TEL:02-23672044/23672047 FAX:02-23635741
（台中）台中市407西屯區工業30路1號
TEL:04-23595819 FAX:04-23595493
E-mail:service@morningstar.com.tw
網路書店 http://www.morningstar.com.tw
郵政劃撥：15060393
戶名／知己圖書股份有限公司

印刷／上好印刷股份有限公司 TEL:04-23150280
三版／西元2018年1月15日
定價／230元
如有破損或裝訂錯誤，請寄回臺中市407西屯區工業30路1號更換（好讀倉儲部收）

Published by How-Do Publishing Co., Ltd.
2018 Printed in Taiwan

ISBN 978-986-178-445-8

讀者回函

只要寄回本回函，就能不定時收到晨星出版集團最新電子報及相關優惠活動訊息，並有機會參加抽獎，獲得贈書。因此有電子信箱的讀者，千萬別吝於寫上你的信箱地址

書名：一首詩的故事【插畫新版】

姓名：＿＿＿＿＿＿＿ 性別：□男□女 生日：＿＿年＿＿月＿＿日

教育程度：＿＿＿＿＿＿＿＿＿＿＿＿

職業：□學生 □教師 □一般職員 □企業主管

□家庭主婦 □自由業 □醫護 □軍警 □其他＿＿＿＿＿＿＿＿＿＿

電子郵件信箱（e-mail）：＿＿＿＿＿＿＿＿＿＿＿ 電話：＿＿＿＿＿＿＿

聯絡地址：□□□ ＿＿＿＿＿＿＿＿＿＿＿＿＿＿＿＿＿＿＿＿＿＿

你怎麼發現這本書的？

□書店 □網路書店（哪一個？）＿＿＿＿＿＿＿＿＿ □朋友推薦 □學校選書

□報章雜誌報導 □其他＿＿＿＿＿＿＿＿＿＿＿＿＿＿＿＿＿＿＿＿＿

買這本書的原因是：＿＿＿＿＿＿＿＿＿＿＿＿＿＿＿＿＿＿＿＿＿＿

□內容題材深得我心 □價格便宜 □封面與內頁設計很優 □其他＿＿＿＿＿＿

你對這本書還有其他意見嗎？請通通告訴我們：

＿＿＿＿＿＿＿＿＿＿＿＿＿＿＿＿＿＿＿＿＿＿＿＿＿＿＿＿＿＿＿＿

你買過幾本好讀的書？（不包括現在這一本）

□沒買過 □1～5本 □6～10本 □11～20本 □太多了

你希望能如何得到更多好讀的出版訊息？

□常寄電子報 □網站常常更新 □常在報章雜誌上看到好讀新書消息

□我有更棒的想法＿＿＿＿＿＿＿＿＿＿＿＿＿＿＿＿＿＿＿＿＿＿＿

最後請推薦五個閱讀同好的姓名與E-mail，讓他們也能收到好讀的近期書訊：

1. ＿＿＿＿＿＿＿＿＿＿＿＿＿＿＿＿＿＿＿＿＿＿＿＿＿＿＿＿＿＿

2. ＿＿＿＿＿＿＿＿＿＿＿＿＿＿＿＿＿＿＿＿＿＿＿＿＿＿＿＿＿＿

3. ＿＿＿＿＿＿＿＿＿＿＿＿＿＿＿＿＿＿＿＿＿＿＿＿＿＿＿＿＿＿

4. ＿＿＿＿＿＿＿＿＿＿＿＿＿＿＿＿＿＿＿＿＿＿＿＿＿＿＿＿＿＿

5. ＿＿＿＿＿＿＿＿＿＿＿＿＿＿＿＿＿＿＿＿＿＿＿＿＿＿＿＿＿＿

我們確實接收到你對好讀的心意了，再次感謝你抽空填寫這份回函

請有空時上網或來信與我們交換意見，好讀出版有限公司編輯部同仁感謝你！

好讀的部落格：http://howdo.morningstar.com.tw/

請填妥後對折黏貼，直接投郵即可，無須貼郵票。

好讀出版有限公司　編輯部收

407 台中市西屯區何厝里大有街13號

電話：04-23157795-6　傳眞：04-23144188

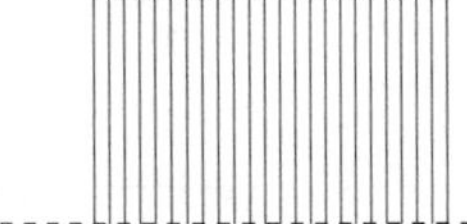

沿虛線對折

購買好讀出版書籍的方法：

一、先請你上晨星網路書店http://www.morningstar.com.tw檢索書目或直接在網上購買

二、以郵政劃撥購書：帳號15060393 戶名：知己圖書股份有限公司並在通信欄中註明你想買的書名與數量

三、大量訂購者可直接以客服專線洽詢，有專人爲您服務：客服專線：04-23595819轉230 傳眞：04-23597123

四、客服信箱：service@morningstar.com.tw